柔福帝姬

米蘭Lady ◎著
柔福帝姬
棠棣之華
上

目錄

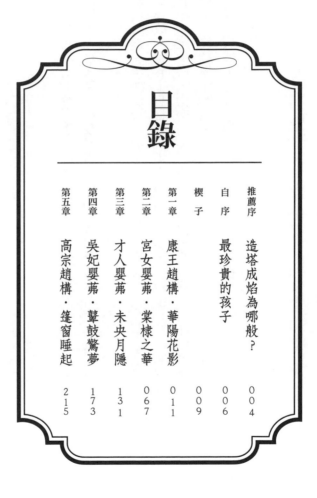

推薦序

造塔成焰為哪般？

劉心武

《柔福帝姬》這本書的作者署名爲米蘭Lady，自我介紹說「就是一個寫字的女子，喜歡與米蘭有關的事物：米蘭城，AC米蘭，那種叫米蘭的花和這個筆名米蘭。」我覺得有點奇怪，爲什麼不特別提出米蘭大教堂？

我在米蘭遊覽過，去了直奔米蘭大教堂。那是世界第三大的天主教堂。從一三八六年建造到一五〇〇年才終於建成。世界上有哥德式尖塔的教堂多矣，一般都只有一個到幾個尖塔，但是米蘭大教堂卻造出了一百五十三座尖塔，密密的尖塔彷彿一片竄天的火焰，因此俗眾稱它爲火焰大教堂。在米蘭大教堂外面的廣場上，我調換距離和角度反覆欣賞，心裡不住地想：這位設計者，爲什麼要造塔成焰、密集一片？是什麼樣的激情，促成了他非這樣不可？他想留給世人的，除了視覺上的衝擊，究竟還有什麼朝著靈魂而去的啓示？

米蘭Lady的歷史小說《柔福帝姬》篇幅浩蕩，有六十五萬字，人物眾多，結構複雜，作者提筆前寫作中一直在讀正史、查資料，但到頭來卻還是任憑自己的想像力在歷史資料的大框架留白處狂放馳騁。整部小說的敍述風格彷彿蘇繡，針腳細密，色彩斑斕，在從容不迫中，卻又有內在的焦慮憂傷與孜孜矻矻的追問探究在燃燒，確實，很像米蘭大教堂。我掩卷後不禁喃喃低問：造塔成焰爲哪般？

你寫歷史小說，爲什麼偏選擇宋朝的靖康之難這一段？既寫這一段，怎麼又把亡國之君和勝利之王都作爲配角設置，偏選擇柔福帝姬這樣一位在正史上無足輕重的小女子來當大主角？既把她當成統領全書的中心人物，怎麼又非把她的命運寫得那麼詭譎悽楚？

顯然，米蘭Lady自有她的道理，但她並不把那內在的「心靈命令」直接宣示出來，她只負責用文字呈現出一座密集著火焰尖塔的恢弘宮殿，她讓我們自己通過進入其中徜徉，去品味，去體察。

《柔福帝姬》是先在網路上一段段貼上去，先有網上讀者，然後才終於完成，再加潤色，才印製成紙質書籍的。這看起來只是個技術性問題，實際上，這樣的發表過程本身，昭示著一種新的文化正在我們這個處於轉型期裡的社會裡蓬勃生成。

新的生命，不僅意味著具有新鮮的生理結構，必須懂得，新的心理結構，新的情感結構，新的思維和新的追求，都在老中青幼共用的這個時空裡生成，當然也就生成著新的文化，包括新的小說，新的歷史小說。新鮮不能萬歲，萬歲也就遠離新鮮了，但所有得以延續的事物，在不斷更新的過程裡保鮮，則是鐵的規律。《柔福帝姬》是新鮮的。它的最大優點，我以爲就是留有餘地。怪不得米蘭Lady說她喜歡米蘭的事物，卻並不特別提出火焰大教堂來。

自序

最珍貴的孩子

我是不太喜歡給自己的小說作序的，連載時感觸雖多，一旦寫完便沉默了，那些創作之艱辛，筆下的甘苦，千頭萬緒，已是欲說還休，不如封緘於心底。而且，也覺得沒必要把寫作意圖、創作過程及角色分析一一道來，我希望讀者直接看書，體會書中世態人情，得出自己的感想，作者說得多了，反而影響讀者對小說內容純粹的個人理解。

《柔福帝姬》出至第三版，編輯反覆盛情相邀，希望我自作一篇序言，也有讀者留言請我就此說幾句，斟酌再三，終於還是提筆寫下了這篇文章。二〇〇三年我開始在網上連載這小說，至今已事隔八年。

柔福帝姬的故事我中學時已通過歷史書籍知曉大概脈絡，當時便想寫一個關於她的中篇，但起初構思簡單，僅僅想表達一個單純小公主因家國變故而眞假莫辨的離奇經歷，因種種原因沒立即動筆，沒想到我最後會是以數十萬字的篇幅來完成這部小說，耗盡我前後兩年挑燈夜戰的滴滴心血，而最終呈現在我面前的《柔福帝姬》已與年少時的構想大相逕庭，就像書中描寫的那些角色，模樣在跌宕的命運中不斷變化。「若不是幾年來與你朝夕相處，我必也不會認爲你還是曾經的你」，書中嬰茀這樣對趙構說，語氣是蒼涼而感傷的，略帶失望。而面對《柔福帝姬》的變化，我卻頗感欣慰。她的創作過程曾讓我備感痛苦，有如經歷育兒般陣痛，但她最後的樣子要比我起初構思的成熟很多。我很慶幸我這兩年光陰沒有虛度，留下這些值得回憶的文字。當然在讀者看來這部書可能會有這樣那樣的缺點，但我敝帚自珍，視她如我迄今最珍貴的孩子。

我偏愛歷史題材，寫歷史小說對我來說是件樂事。首先閱讀各種史書，眾多歷史事件就如散步於星空的一個個圓點，我要把它們找出來，然後用曲線把這些事件圓點串起來，最後勾勒描繪成一幅完整的星座圖畫面。這個過程無法脫離歷史，卻又有自己發揮的空間。歷史事件不可改變，史書的記載通常直白而簡略，只敍述事件經過，而小說作者的任務是解釋人物心理，如何使人物行爲在歷史背景下顯得合理是歷史小說作者必須面臨的挑戰，我喜歡這樣的挑戰。同時活在歷史中及我筆下的人物，從情感角度出發，我或許不是對每個都有好感，但我願意在寫作時暫時代入他們，由他們的視角看問題，從而理解他們的行爲，讓情節在這不同的視角中合情合理地發展。

我非歷史專業出身，開始寫《柔福帝姬》時工作沒多久，閱歷尙淺，很多人對我能就這個題材寫出這麼多字感到奇怪。這一方面緣於我的「細節控」毛病，爲求證一個細節往往會不厭其煩地翻閱一堆史料，並設法詳細地描述進書裡，另一方面是因爲邊寫邊在網上連載，網上高手如雲，不乏鑽研宋史者，不時提出批評意見，也督促了我反覆修改和完善小說內容，使此書越寫越厚，能以血肉較豐盈的狀態出版。

我喜歡網路連載的方式，可以及時與讀者交流，得知他們的看法。小說連載的過程也如同一曲人生的圓舞，在起伏的韻律中有人加入，有人離去，我珍惜每個舞伴曾給我的鼓勵，也希望我筆下的故事能給離去的人留下一段愉快的記憶。在距離《柔福帝姬》開始連載八年後的今天，我要特別向我的朋友素履無咎表達最誠摯的謝意，從「柔福」創作之初到現在她都一直關注著我的作品，給予中肯的評論和適時的鼓勵。在我寫作遭遇瓶頸時，她以一句「Old soldiers never die」令我重燃鬥志，堅持寫完了這本書。她的友情與「柔福」一樣是我那段生命中最美好的回憶。

這次新版我加入了講述鄆王楷和其王妃蘭萱故事的中篇〈素衣微涼〉。其實這故事在「柔福」創作過程中就寫過開頭，後來因故停筆，又覺得趙楷夫婦的隱情可留白，給讀者更多想像空間，便一直未完成。沒想到幾年來總有讀者提起，問我何時填平此坑，終於促使我決定完結〈素衣微涼〉，同時也讓自己遵守了一個諾言：所有宋代背景的小說動筆之後都寫完。因篇幅所限，〈素衣微涼〉沒有花太多筆墨來描述歷史背景，集中筆力寫趙楷夫婦的情感故事，讀起來可能比「柔福」輕鬆，但也有可能不爲欣賞「柔福」歷史氛圍的讀者所喜。最終效果如何，有待各位看官評價。

米蘭Lady

二〇一一年七月二十五日

楔子

宋建炎四年（注）八月戊寅，高宗趙構下旨，以長公主之儀仗迎在三年前的「靖康之變」中隨徽宗趙佶、欽宗趙桓及數千宗室子女、後宮嬪妃一起被俘北上的柔福帝姬回行於臨安。

朝散郎、知蘄州甄采親自護送這位自金國逃歸的帝姬入宮。當侍衛內臣層層地把柔福帝姬車輿迎至皇城正門麗正門的消息傳到坐於正殿中等候的趙構耳中時，他幾乎是一躍而起，大步流星地走到殿外，朝宮院外柔福將來的方向望去。

麗正門外，兩名宮女走至柔福所乘的雲鳳肩輿前，先一福行禮，再自兩側牽開緋羅門簾，又有兩名宮女上前請安，並請端坐在軟屏夾幔中，朱漆籐椅紅羅裀褥之上的帝姬下輿入殿。

肩輿中的女子輕輕款款地起身，在宮女的攙扶下移步下來，彎腰低首間頭上的九株首飾花所垂珠翠與兩鑲金博鬢及身上所繫白玉雙珮碰撞有聲、叮噹作響。下輿時她小心翼翼地略略拉起珠珞縫金帶的朱錦羅裙，露出一點鳳紋繡鞋，以足點地拾級而下。

扶她的宮女相視一眼，心下都微覺詫異：這位帝姬的雙足不像皇女們纏過的纖足，尺寸似乎要大許多，在她精緻的裝扮和高貴的氣度映襯下顯得並不和諧。

柔福甫下輿便有兩位美人迎了過來，雙雙含笑欠身問安。

她們是趙構的嬪妃，婕妤張氏和才人吳氏，遵趙構旨守候在麗正門內以迎帝姬。

柔福還禮，再緩緩打量她們，從她們的服飾上猜出了她們的身分。在把目光移至吳才人臉上時，她忽然淺淺地笑了。

「嬰茀，」她對吳才人說：「你成我的皇嫂了。」

才人吳嬰茀面色微微一紅，道：「我只是服侍官家的才人罷了，官家一直虛后位以待邢娘娘。」

柔福點點頭，不再說話，然後在一位尚儀引導和兩名嬪妃伴隨下向皇帝趙構所處的文德殿走去。

趙構立於文德殿外，看著他妹妹柔福漸行漸近。這日天陰，不見陽光，迎面吹來的風已滿含蕭瑟秋意，她輕柔地行走在殿前正道上，衣袂輕揚，朱錦羅裙的身影忽然顯得有點淒豔而奇異，宛如一朵自水中慢慢浮升上來綻放著的血色芙蓉。

她終於走至他面前。看清她面容後趙構暗暗長舒了口氣——那五官與他記憶中的相符，她是他的妹妹柔福帝姬。

柔福鄭重下拜，向皇帝哥哥行大禮。趙構馬上雙手相扶，道：「妹妹免禮。」

她也並不受寵若驚，只淡淡道：「謝官家。」

她的口吻和神情與趙構預計的全然相異。趙構略一蹙眉，又溫言喚她小字，對她說：「瑗瑗，你可以像以前那樣稱呼朕的。」

柔福抬頭看他，片刻後輕吐出兩字：「九哥。」

她的語調中沒有他期待的溫度。他有些失望。再細看她，發現她的眼角眉梢銜著一種應與她十九歲韶華全無干係的淡漠與幽涼。她的身形消瘦，皮膚囂張地蒼白著，並且拒絕精心著上去的胭脂侵染，使那層豔粉看上去像浮在純白瓷器上的紅色浮塵。

但是，在揮之不去的陰霾下，她的美麗仍與她的憔悴一樣咄咄逼人。

注：建炎四年八月趙構尚未移蹕臨安，小說中顧及情節時間有所更改。

第一章　康王趙構・華陽花影

一　芳誕

哲宗趙煦崩後，向太后在神宗趙頊諸子中選擇了第十一子趙佶爲帝，這便是趙構與柔福的父親徽宗。趙佶深受其姑夫、賢惠公主駙馬王詵影響，從這位汴京風流才子那裡繼承和發揚了三大愛好：繪畫、蹴鞠和食色。他號稱繼承父親趙頊與哥哥趙煦的遺志，像他們那樣推行新法以強國，但借皇權之便，及時行樂的熱情很快勝過了即位之初的滿腹壯志。他做不到如父親趙頊那般銳意改革不事遊幸，而在詩詞歌賦、琴棋書畫、尋花問柳上的造詣就遠非父親可比。他爲數眾多的妃嬪共爲他生下三十一個兒子和三十四個女兒，趙構是第九子，柔福是第二十女，同父異母，在偌大的宮廷中照理說應像其他皇子與皇女那樣，各自與自己的母親居住，甚少有接觸的機會，雖有兄妹名分，關係卻大多是疏遠的，即便相逢也未必相識。

但是，柔福對趙構來說卻與別的妹妹不一樣。自她誕生之日起，他便很清楚地意識到了她的存在。

趙構記憶中的母親韋氏是位非常溫柔嫻靜的女人，像後宮許多女人一樣，以一種仰視而崇敬的態度卑微地愛戀著他的皇帝父親。她常常在黃昏之後立於所居庭院之中賞園圃內的春蘭秋菊，目光卻不時有意無意地飄出影壁朱門，似在尋覓某人的身影。往往如此一站便是許久，直到月上柳梢，目中的希望漸漸燃盡。

長大之後，趙構開始明白了母親賞花的含義，也看懂了她並不受父皇寵愛的事實。與父皇別的妃嬪比起來，母親缺少能吸引他的優點。出身不及王皇后，姿色不及大小劉貴妃，口才不及喬貴妃，「資歷」不及王貴妃與後來被冊封爲后的鄭貴妃，若眞要尋値得一提之處，母親惟剩的便是那寒微出身造就的一脈溫順的性情了，可是這在一身風流才子習氣的父皇看來卻也未必是什麼亮點。

在眾妃中，趙佶尤其寵愛王、鄭二貴妃，她們起初是侍奉向太后的宮女，因聰明伶俐又乖巧，頗得太后歡心，太后遂命她二人爲慈德宮內侍押班，趙佶還在做端王時，每次入宮向太后請安都是她們代爲傳報。趙佶見她們姿容嬌豔嫵媚，人也聰慧而善解人意，便有了愛悅之意，時時與她們眉目傳情。這一切向太后都看在眼裡，待趙佶即位之後就把她們賜給他爲妃。

也許在兩人之中趙佶更愛鄭貴妃一些，所以在元配王皇后崩後即冊封鄭貴妃爲后，但對王貴妃的寵愛也絕非普通宮人可比。王貴妃所育兒女不少，她先後生下鄆王楷、莘王植、陳王機及惠淑、康淑、順德、柔福和賢福五位帝姬，柔福生於政和二年，是王貴妃的第四個女兒。

趙構的母親韋氏只生了他一個孩子，而且，這已經是很意外的結果了。她起初只是服侍鄭皇后的宮女，與皇后閣中另一宮女喬氏十分要好，兩人遂結爲姐妹，並約定若以後誰先獲皇上寵幸必爲他引薦另一人，共用天子恩澤。後來還是活潑喜人能言善道的喬氏先吸引了趙佶的目光，得寵之後她一路升至貴妃，而她也並未忘記當初誓約，在趙佶枕邊說盡好話，勸他納韋氏爲妃。這事對趙佶來說自然何樂而不爲，不過臨幸之後轉頭便忘，只給了韋氏一個毫無地位可言的「平昌郡君」的封號。幸而韋氏頗有運氣，寥寥幾夕侍寢之後便懷了身孕，並於大觀元年生下了趙構。

韋氏此後一生的尊榮全由此子帶來。

因生了趙構，她很快被進封爲婕妤。隨著趙構的成長，趙佶逐漸發現這個兒子有不同於其他諸子的智慧與膽略，於是對他的母親也格外施恩，再進封爲婉容，不過韋氏的地位始終難與其餘寵妃相比。

趙構第一次感覺到這點是在政和二年母親生辰那天。

那時他年僅六歲，但異常早慧的他已能清楚地記住那日發生的事，並在將來的幾年中理解了這事透露出的訊息。

當他父皇趙佶黃昏之後果眞走入母親韋婉容的庭院時，她竟全然沒反應過來，一時忘了請安，只愣愣地望著她的皇帝夫君，木然呆立，不發一言。直到趙佶笑著對她說：「韋娘子可是不認識朕了麼？」她才滿面暈紅地拉著兒子趙構施禮。她習慣了黃昏後無望的等待，卻早已忘了若眞等到了人來的時候她該如何面對。

隨後的她笑得倉促卻喜悅。她的玉顏在流逝時光中悄然黯淡，此刻由衷的欣喜終於給了她重煥容光的機會。多年以後趙構仍然記得很清楚，母親那時目中閃現的神采是他從未見過的。那日的母親異常美麗，在父皇命人點亮的華燈光線之下，她溫柔地依在父皇身邊，聽他語笑晏晏，間或輕輕抬目視他，脈脈含笑。

她的笑容在趙佶不經意地說起一個事實時忽然有凝結之感。他說：「朕記性眞是不好，若非喬貴妃提醒，險些就忘了今日是韋娘子生辰。」

但是，她那一瞬間的失望神色很快消失，重又微笑開來，連聲謝官家的眷顧垂愛和禮物賞賜。後來趙構猜測，也許，母親是很清楚，能在生辰之時得到皇帝的臨幸已是意外之福，她本無資格計較這個恩典是發自他本心，還是在別人勸說提醒之下出於憐憫施捨才施於她的。

可是她這難得的幸福時光也並未持續多久。那晚生辰宴席未罷，便有王貴妃的宮女跑來稟告王貴妃即將早產的消息。

王貴妃本次預產之日是在五日後，沒想到竟會在這日便出現早產跡象。宮女說貴妃似乎深感痛楚，恐是難產。

趙佶聞聲大急，立即起身往外走去，連向韋氏道別都沒想到。韋氏也惶然站起，不敢挽留，只默默一福恭送。倒是趙構追著出去拉住了父皇的衣服，對他道：「今天是媽媽的生辰，爹爹必須走麼？還會回來麼？」

趙佶低頭和言道：「爹爹現在必須去看看。一會兒會回來看你和你媽媽的。」

然後決然離去。這晚再也沒回來。

趙構與母親對著殘席等至深夜，才有宮人來報：「王貴妃生下一位小公主，官家很喜歡，又見貴妃產後虛弱，所以留下照料，請韋娘子不要再等了。」

趙構聞言再問母親：「爹爹是不是不來了？」

韋氏默然片刻，然後輕輕把他抱起，微笑著對他說：「你又多個妹妹了，喜不喜歡？你爹爹要照顧你的新妹妹，所以今天來不了了。但是沒關係，我們不可以怪他。」

從此趙構便記住了，他有一個生於政和二年，與他母親一天生日的妹妹。

政和三年，趙佶仿周朝稱公主爲王姬之舊制，改稱公主爲帝姬，用二字美名替換以往的國名封號，郡主稱宗姬，縣主爲族姬。

趙構記得那個妹妹的美名是從喬貴妃口中聽來的。某日喬貴妃前來與韋氏聊天，其間談起王貴妃的女兒時忽然很有興致地說：「姐姐見過王貴妃的四女兒麼？就是跟姐姐一天生日的那個。長得眞是玉雪可愛，而且一見人就笑，也不怕生，甚是可人。官家賜她美名爲柔福，是所有帝姬中最好聽的了。」

韋氏一聽也笑著說：「眞的麼？那我什麼時候也去看看，順便準備點禮物送給她。」

她們繼續閒聊著，都沒在意一旁玩耍的趙構，也不知道他一直默默地聽著，並記下了那與母親一天生日的妹妹叫柔福帝姬。

二　纏足

臨安皇宮內，在幾句禮節性的淡然寒暄之後，柔福隨趙構步入殿中。

她的步態自小時起就很優美，尤其是如現在這般安靜地移步的時候。趙構注視著她的一舉一動，一個十五歲少女的身影漸漸自記憶深處浮現而出，大袖長裙、褕翟之衣，頭上戴著九翬四鳳冠，微微笑著應父皇的要求以淑女之姿翩翩地走著，有步步生蓮之美態。

那是什麼時候？她行笄禮之時罷。他鬱然歎息，爲她舊時模樣。

但，當柔福邁過門檻進殿時，他注意到她探出羅裙的足。

這不是他印象中柔福的纖纖金蓮。

他立即想起了一事。在迎柔福歸來前，他曾命以前認識柔福的內侍省押班馮益和宗婦吳心兒前往越州驗視，看甄采所發現的這個姑娘是不是眞的柔福帝姬。兩人回來說：「眉眼完全一樣，只是略瘦弱了些，問汴京宮中舊事也答得無一錯誤，不過雙足比以前大了許多。」

的確大了許多。

賜座之後，他仍反覆思量著這事，目光不由長久疑惑著停留在她的羅裙邊上。

柔福觀之了然，淡淡問道：「九哥是覺得我的雙足比以前大很多罷？」

聽她直言問出，趙構不免有些尷尬，道：「妹妹想是被迫走了許多路，吃了許多苦。」

柔福惻然一笑，對他說：「九哥知道當初我們這些原本鞋弓襪小的帝姬妃嬪是怎麼被送往上京的麼？金人揭奴呵叱著驅逐我們，便如逐趕牛馬一般。到了金國，再不是金枝玉葉，終日如普通奴婢一般勞作，也沒人再服侍我們纏足。而今乘間逃脫，赤腳奔走歸來，行程將有萬里，豈能尚保得一雙纖足如舊時模樣？」

她說著這些淒慘故事，卻無哭訴之色，眼中不見絲毫淚意，神情倔強得全然陌生。

那是她麼？三年前的及笄少女，和眼前的蒼白紅顏。恍惚間這兩個美麗的影子悄然重疊又分離，趙構忽然覺得悲傷。

他強以微笑來掩飾自己的情緒，想引她憶起一些美好往事：「瑗瑗，你還記得第一次見九哥時的情景麼？與你纏足之事有關。」

她聞言抬目看他，雙眸閃著一縷奇異的幽光，說：「若非九哥提醒，我倒是忘了我纏足之事與九哥有關。」

趙構第一次見到柔福時，她已經六歲（注）了。

政和七年，柔福的生母王貴妃薨。一次艱難的生育損害了她的健康，死亡先於衰老降臨在了她身

注：本書中人物年齡均以虛歲計。

上。臨死前，她把年幼的幾個子女託付給鄭皇后照顧，其中，也包括柔福。十一歲的趙構也把這事記住了。從柔福誕生以來，他所聽見的所有與她有關的事他都能一下子記住，也不知是爲何，十一歲以前，他甚至連她長什麼樣都還不知道。

他是在政和七年秋的某一天，鄭皇后的生辰「千秋節」那晚見到柔福的。

皇后的生辰有很盛大的慶祝儀式。白天，皇后在坤寧殿接受妃嬪、帝姬和命婦們的重重朝拜，黃昏之後，又在趙佶擴修的新宮城「延福宮」設有舞臺的宴春閣內宴請眾皇親與命婦。教坊司仿百鳥齊鳴奏樂後開始入席，眾人按尊卑依次行酒向皇后祝壽。每一盞酒間都有優伶樂伎特別的表演，例如唱歌、獻舞、樂器獨奏、雜技百戲和雜劇等等。節目禮儀繁多，總要持續到深夜。

趙構起初只是一言不發地看著，透過花團錦簇的賀壽情景和皇后在大家擁簇奉承之下的笑顏，漸漸想起了母親那年生辰苦等父親的形狀。皇后的生辰是大家都應該慶祝的千秋節，而母親的生辰就只能那樣慘澹地過麼？

他下定決心，終有一日，他會把母親的生辰也列爲節日，讓她可以在這一天接受天下人的祝賀。

開始演雜劇了，他畢竟是小孩心性，受不了那些對年幼的他來說晦澀無趣的對白，便隨手從桌上取了個壽帶龜仙桃的麵點，然後悄悄自母親身邊溜了出去。

延福宮很大，東西各十五閣，雕欄玉砌與水景園林相結合，嘉花名木，幽勝宛如生成。此時處處華燈相映，照得園中如白晝，但出了設宴的宴春閣，外面卻很幽靜，想是人大多都聚在閣中了。

一隻蟋蟀忽然鳴叫著在百無聊賴的趙構眼前一閃而過。他一時興起，把手裡仙桃揣入懷中，便追了過去。那蟋蟀十分靈活，引得他疾走撥草，左撲右按，忙得不亦樂乎，不知不覺已繞過了幾處園門曲徑。

待他終於捉住蟋蟀，放進隨身帶的金絲籠中時，忽然聽見一陣啜泣聲衝破遠處喧囂的鑼鼓聲傳出，清楚地傳入了他的耳中。

細細的哭聲，與今日的喜樂氣氛完全相異。於是他大感好奇，順著聲音傳出的方向探去。

又穿過兩重門，他走到一處殿閣前，門上題字曰「絳萼」。裡面有燭光，他辨出那哭聲是由女孩發出的。

門未鎖，走進去，穿過小廳，進入裡面的臥室，然後他看見了那哭泣的女孩。

約五六歲的小小女孩，穿著白綢睡衣，披著過肩的整齊秀髮，坐在床上嚶嚶地哭，見他進來立即警覺地看著他，有點驚恐之意。

「你是誰？也是宮女嗎？」他問。

她猶豫了一下，大概是在想要不要理他，最後還是搖了搖頭算是回答。

見她否認，又注意到了臥室內的精緻陳設，他立即意識到了她的身分：「你是父皇的女兒罷？是哪位帝姬？」

「我……是柔福……」她怯怯地答道。

他有些訝異。全沒想到現在見到的就是傳說中的柔福。

「你爲什麼哭？」沉默片刻後，他問她。

柔福低頭，揉著紅紅的雙眼說：「我醒來，這裡一個人都沒有……」

原來她是害怕了。當日父皇離開母親要去照顧的就是這個小東西和她的母親。想起這點，他有點淡淡的不悅，但轉頭一看眼前的柔福，忽然間所有的不快近乎煙消雲散了。原來她是這麼個小娃娃，皮膚細白，五官精緻，可憐兮兮，會流淚的瓷娃娃。

她的確是需要人照顧的，所以他在那一瞬間原諒了父皇當初對母親的輕慢。

他走到她床邊，告訴她：「服侍你的宮人大概見你睡著了就跑去看皇后的壽宴雜劇了，不過沒關係，我是你九哥，我可以陪你說話。」

「你也是我哥哥？」她有些驚喜地笑了：「母后把我接到這裡來後我的哥哥們都不能經常來看我了……」

趙構點頭道：「那你是不是很悶？來，下床，我帶你出去玩。」

柔福欣喜地答應，掀開被子下床，豈料腳一沾地立即蹙眉痛苦地輕叫出聲。

趙構忙問她怎麼了，她指指說：「我的腳好疼啊！」

趙構低頭一看，發現她的雙足被條狀白綾一層層地緊裹著，而且還用針線密密縫合了。

他明白了：「你是在纏足罷？」當時的宮廷貴族女子已有纏足的習慣，趙佶也喜歡小腳女子，因此規定每個帝姬都要纏足。

柔福點點頭，神色委屈，淚光瑩瑩閃動。

「很疼麼？」趙構雖知纏足之事，但對過程和女子對此的感受並不瞭解，也沒聽人說過，因此覺得很奇怪。

柔福重又坐回床上，說：「又痛又熱，疼得很難睡著，我剛才就是被疼醒的。路都走不了，我不能跟九哥出去玩了。」

「既然疼，那就把布拆了吧！」趙構一邊說一邊摸出自己身上的小金刀：「我幫你拆。」

柔福遲疑地說：「是母后要我纏的……」

「可是弄得你這麼痛苦就應該拆了啊。」趙構說完便直接去挑她足上縫合白綾的針腳。

柔福雖有些害怕，但能解除這個束縛畢竟是快樂的，便也不再說話，任他爲自己拆走白綾。

趙構花了不少時間才完全解開一圈圈反覆纏繞著的白綾，然後，他看到了一雙紅腫的小腳。她小腿上的皮膚粉嫩可愛，但雙足被裹得通紅腫脹。此前足掌被人緊壓密纏，以求盡可能地抑制生長，使足形顯得纖直。解開之後柔福似乎覺得有點癢，便伸手撓了一下右足，足背上立即被抓破，顯出一道血痕。

趙構忙拉開她的手，說：「不要抓，現在這層皮膚很薄，再抓就血肉糢糊了。」

柔福又不禁掉下淚來，說：「我見過她們給我順德姐姐纏足，到最後每次都纏出好多血，布跟皮膚都沾在一起了。」

趙構同情地看著她問：「你纏了多久？要纏成什麼樣？」

柔福道：「我才纏了兩個多月。好像最後要把足部多餘的血肉化去，僅以皮膚裹骨才行。」

僅以皮膚裹骨？趙構驚訝道：「那腳還能走路麼？」

柔福點頭說：「我三個姐姐都是這樣纏的。爹爹說，裹足後雖然走路會慢些，但步態很好看……」

趙構簡直提前替她感到了那種椎心的疼痛，安慰淚水漣漣的妹妹道：「我去勸爹爹和皇后不要讓你纏足吧。」

「眞的麼？」柔福一喜，問道。

趙構稱是，她便淺淺而笑。看到她笑，他也覺得很開心。

忽然注意到她房中桌上有一桌未動過的飯菜，看樣子放了很久，已經涼了，趙構便想起一個問題：「你是不是還沒用晚膳？」

「嗯，」柔福說：「腳太疼，我哭了一下午，然後睡著了。」

趙構記得從宴上帶出的仙桃，對她說：「那些飯菜涼了不能吃，給你個點心吃吧。」

豈料伸手摸出，卻發現仙桃在適才他蹦蹦跳跳捉蟋蟀時已經被擠壓碎了。尷尬地笑笑，然後道：「這樣吧，我去御膳房給你找點東西吃。你想吃什麼？酥兒印、芙蓉餅、駱駝蹄、千層兒、蟹肉包兒還是糖蜜韻果圓歡喜？」

她搖搖頭，擔心地問：「你要出去麼？那麼我就不吃了。」

趙構知道她是害怕一人待著，就安慰道：「我去去就來，給個小玩意陪你。」探入袖中把裝著蟋蟀的小金籠取出遞給了她，然後飛快地朝御膳房跑去。

那時壽宴上的菜已經上齊了，宴席又還沒散，所以御膳房中廚師都已出去小歇去了，只有個廚娘坐在門前打盹。趙構自她身邊走進去她一時也沒醒來。

因逢皇后生辰，御膳房裡的各色點心自然十分齊全。趙構按自己最愛吃的挑了幾樣，用一個大碟子盛了便出門回去。不想剛走出幾步那廚娘卻醒了，一見他施施然自房中取走了食物立即大怒，一邊邁步衝了過來一邊破口大罵：「殺千刀的小黃門竟敢在老娘面前偷食！」

趙構聞聲轉身，冷冷道：「你看我是誰。」

那廚娘一愣，看清了他的服色，馬上硬生生地收回了即將揮到他臉上的手，試探著問道：「不知小官人是……」

「廣平郡王。」他平靜而不失威嚴地說出自己那時的封號。

廚娘忙跪倒在地，賠笑道：「原來是九大王。奴婢有眼不識泰山，冒犯了大王，請大王恕罪。大王取的點心夠麼？要不要奴婢再送些過去？」

他漠然打量著這個足下的奴婢，見她皮粗肉糙，舉止粗魯，長得甚是醜陋，而且說話間有一絲難聞的蒜味自她口中散出，心下頗覺得厭惡，便對她道：「不必。你走罷。」

她點頭哈腰地答應著，低頭退後幾步才敢轉身回御膳房。

趙構看著她的背影，忽然發現，這位廚娘長著一雙未曾纏過的天足。

三　絳萼

這個發現令他想起了一個以前未曾留意的事實：宮中女子，但凡身分高貴的多半都有一雙纖纖小腳，連略有點地位的宮女也都纏足，父皇有些妃子出身寒微，進宮之前是天足，便常常淪為小腳妃嬪的笑柄，因此這些妃子往往不顧年長雙足已定型還強行再纏，想盡方法就是要讓腳看起來更小些。而眞正從未想過纏足，且大大咧咧、不以天足爲恥的就是那些如眼前廚娘一般的粗使奴婢了。

原來對女子而言，雙足的尺寸直接代表著她們身分的尊卑。

所以，像柔福那樣嬌貴的帝姬，他的妹妹，怎麼可以不纏足，日後任雙足長得跟這個粗陋廚娘的一般大呢？

一路想著這個問題走回絳萼閣，尚未走近便聽見柔福驚懼的哭聲自裡面傳出。他立即快步衝了進去，卻看見她的臥室早已站滿了許多人：鄭皇后，及大大小小數位奴婢。

柔福的床前坐著兩名僕婦，正在伸手去捉縮在床角的她，而柔福瑟縮著拉著被子邊躲邊哭，拼命搖著頭哭著說：「我不纏，我不纏……」

趙構跪下向皇后請安。鄭皇后見他突然出現有點詫異，但也沒多問，只點了點頭讓他起來，然後又轉頭對柔福說：「唉，哪有帝姬不纏足的呢？趁著沒人就自己把白綾解開，你這孩子也太不懂事了。」又對僕婦命道：「還不快些請帝姬伸足出來！」

僕婦答應著強行把柔福抱了出來。柔福一聲尖叫，掙扎著朝趙構投來求助的目光。

趙構見狀重又跪下，對鄭皇后說：「母后請不要責怪柔福妹妹，剛才是臣幫她解開白綾的。臣知錯了，這就去勸妹妹接受纏足。」

鄭皇后略感意外地凝視他半晌，最後頷首道：「好，你去跟她說說。」

趙構走到柔福面前，她似乎還沒明白他適才所說的意思，眼淚汪汪地看著他喊道：「九哥……」

趙構一時也不知該如何勸她，沉默許久後說：「妹妹，父皇的女兒都必須有一雙纖小的腳，這是不可以改變的事，你長大後就懂了。現在雖然會疼，但忍忍就好。如果疼得睡不著，你就聽聽蟋蟀的叫聲，聽著聽著便能睡著。」

他把點心遞給一旁的僕婦，然後從柔福的床上拾起她掙扎時散落的蟋蟀籠，默默地放在她手裡。

柔福低頭看著籠中的蟋蟀，兩滴眼淚委屈地掉下來，驚得那蟋蟀開始在一時鴉雀無聲的閣中無休止地鳴叫。

僕婦見她不再抵抗，遂讓一名宮女過來抱著她，然後一人捉住一隻腳，拭淨之後在上面灑上一層明礬粉，再重新用白綾緊緊地包裹起來。

鄭皇后笑了，和言對趙構說：「九哥（注）年紀雖小卻十分明理，眞是難得。現已晚了，你快回去罷，你母親一定在急著找你呢。」

趙構只得告退，出門前回頭看看柔福，只見她疼得不斷蹙眉叫喊，臉上滿是淚水，手裡緊攥著他給她的小金籠，看來疼痛之下用力不小，那籠子只怕已被她捏得有些變形。

他不忍再看，掉頭離去。

他在臨安皇宮中爲柔福準備的殿閣也賜名爲「絳萼」。當他帶她至絳萼閣時，她久久凝視著門上的匾額，若有所思。

這時宮院內的桂花正開得盛，微風一吹便有陣陣鬱香襲來，她感覺到了，略略回首含笑道：「桂花很香。」

趙構亦朝她微笑道：「不僅有桂花，這院中種滿了四時花卉，有迎春、桃花、杏花、榴花、薔薇、牡丹、百合、萱草、梔子、菊花、木芙蓉和梅花，四季皆有花可賞。」頓了頓，又說：「我記得妹妹很喜歡櫻花，已命人去尋最好的品種了，明年春天，這裡的櫻花必能開得如華陽宮中的櫻花那般絢麗。」

注：宋宮眷稱皇子為「哥」，皇子之間也按排行稱呼彼此為「某哥」，無論長幼。

「哦？我曾跟九哥說過我喜歡櫻花麼？」柔福問道，卻沒看他，目光悠悠地飄浮於院中花草之上，語調雲淡風輕。

「你忘了麼？」趙構悵然道：「你以前常在華陽宮中的櫻花樹下遊戲。有一天，你在花雨之中盪秋千……」

她穿著淡淡春衫坐在樹下的秋千上輕輕盪著，那粉色的櫻花花瓣飄落如雨，輕柔地依附在她的頭髮、臉龐和衣裙上，色彩清豔柔和，與她春衫之色一樣。

柔福靜靜聽著，像是頗入神，卻見他不再說下去，便追問道：「然後呢？」

「然後？」趙構十分訝異，看著她蹙眉問道：「你……眞的不記得了？」

柔福一笑，道：「這些事過去很久了，我未必每件都能記得。」

她怎會變得如此陌生？連這段記憶都拋棄了，彷彿只留下了這個依然美麗的軀殼，而裡面的靈魂已全然改變。

趙構與柔福默然佇立在絳萼閣前的桂花樹下，相距不過咫尺，他卻無奈地感覺到三年多的時光已在他們之間劃出一道遼遠如天涯的距離。

自那年千秋節後，一連數年趙構再未見過柔福。柔福由鄭皇后撫養，管教甚嚴，不許她輕易外出與兄弟接觸。宣和三年十二月，十五歲的趙構被進封爲康王，次年行冠禮之後，趙佶賜他府第命他出宮居住，他與柔福就更無見面的機會了。

宣和七年，金軍大舉南侵，目標直指汴京，形勢十分危急。趙佶急得手足無措完全沒了主意。群臣建議先命太子監國，皇上南幸暫避，待危機解除後再返回京城。李綱則以血書相諫道：「名不正則言不順，監國何以安內攘外，陛下不如禪位。太子英明，定能挽回天意、收拾人心。」趙佶也早沒了治國禦敵之心，遂同意禪位，於宣和七年十二月下詔召太子趙桓入宮即皇帝位。趙桓涕泣推辭，趙佶不許，於是趙桓受禪，接手治國，尊趙佶爲教主道君太上皇帝，鄭皇后爲道君太上皇后。趙佶與鄭皇后便出居龍德宮，不再過問政事。

次年趙桓改元爲靖康元年。這年春正月，金人再次大舉進犯京師，駐軍於城西北，金帥完顏宗望（斡離不）遣使入城，邀大宋親王及宰相前往金軍寨議和。趙桓先遣同知樞密院事李梲等人使金。那李梲膽小如鼠，一踏入金軍寨瞧見金軍將士便已嚇得魂飛魄散，不斷發抖，哪裡還能「議和」，金人說什麼他便聽什麼，只剩點頭的份。在這樣的情形下他帶回來了金人提出的四條屈辱和約：一、向金納金五百萬兩，銀五千萬兩，表緞百萬匹，牛馬萬頭；二、割讓中山、太原、河間三鎮；三、宋帝尊稱金帝爲伯父；四、以宋親王及宰相爲人質，前往金營，送金軍過河。

趙桓無奈之下幾乎完全接受，但在派哪位親王前往金營爲質時不免躊躇。召了幾位一向號稱有膽識的弟弟前來商議，他把詢問的眼神投向他們，卻無一人敢坦然相應，都一味低頭默不作聲。

趙桓搖頭感歎：「如今國難當頭，賢弟們竟都難爲朕分憂麼？」

這回話音剛落便聽殿外有人朗聲應道：「請陛下准許臣出使金軍寨，爲陛下分憂。」

趙桓一喜，抬目望去，見一位少年昂然邁步入殿，神情堅毅，鎮定自若。

那是他的九弟，當時十九歲的康王趙構。

四　出使

趙構緩步進來，向趙桓行禮請安後再次出言請求趙桓遣他出使金營。趙桓見他主動要求自然長舒了口氣，但眞要決定下旨了，念及兄弟情誼卻又神情惻然，滿含歉意地對趙構說：「九哥，此行事關重大，須萬分小心，若非金人逼迫甚急，朕也不會答應讓自己弟弟冒如此風險。唉，是朕禦敵乏術，連累於你。」

趙構毅然道：「敵人必要親王爲人質，臣爲宗社大計，豈能推辭避讓！」

趙桓連連稱讚道謝，遂封趙構爲軍前計議使，少宰張邦昌爲副使，再派兩三名官員隨他們同行前往金軍寨。從金軍寨歸來的李棁聽說後，還道是趙構請命出使意在貪功而不知兇險，悄悄拉他過來對他說：「大金國恐南朝失信，所以要求親王送他們過黃河後才可以回來呢，大王可知此情麼？」

趙構冷冷掠他一眼，正色道：「國家現處於危難之中，就算是以死報國也是應該的。」

此言一出，聞者悚然，都暗暗佩服他的勇氣與氣概，而李棁早已面紅耳赤，窘迫得只恨無處藏身。

趙構暫時沒把這事告訴他的母親韋婉容，但這消息畢竟驚人，很快傳遍整個大內。當韋氏初聞此訊時幾欲暈厥，立即起身朝龍德宮太上皇寢殿奔去，找到趙佶，撲倒在他膝下，淚落漣漣地求他讓趙桓收回成命，不要讓她惟一的兒子趙構前往敵營冒此生命之險。

趙佶卻只不斷長吁短歎，反覆安慰她說此去不消幾天即可歸來，待趙構回來後定對他厚加封賞，賜兵馬實權予他。

韋氏拼命搖頭，仍堅持哭求，趙佶還是不允，她就跪在他面前，也顧不得珠翠簪髮不便叩頭，連連以頭磕地，邊磕邊泣道：「求你了，太上！」

她不斷重複著這句話，直磕到額上血跡斑斑、髮髻散亂、花鈿委地，而趙佶幾番制止之下見她不聽也就不再理她，轉頭閉目一言不發。

這便是趙構聞訊趕來時看見的情景。

他默默走過去一把把母親攙扶起來，輕聲對她道：「母親，是我自己請行的，與父皇無關，我們不要打擾父皇了，回去罷。」

韋氏依然悲泣著不願離去。趙佶看見兒子在此，也頗過意不去，便勸她道：「九哥很有膽略，此行無異於爲國立了一大功，婉容教子有方，朕心甚慰，特進封你爲龍德宮賢妃，居於朕寢殿之側，你看如何？」

韋氏淒然道：「太上有三十一個兒子，臣妾卻只有九哥一個，臣妾珍視他尤甚於自己的生命，若他此去不能安然歸來，臣妾必不能活，再要這些虛名又有何益？太上若能勸官家收回成命，即便是把臣妾廢爲庶人，爲奴爲婢，臣妾也心甘情願。」

趙佶聞之十分尷尬，趙構則立即勸道：「母親切勿如此說。」又在父親面前鄭重跪下叩首，道：「臣替母親謝父皇封賞。」然後站起，重又扶著母親，微笑道：「母親，你以後是賢妃了。」

賢妃與貴妃、淑妃、德妃一樣，居宋內命婦一品之列。能獲進封爲妃是韋氏多年來的心願，卻沒想到是在這樣的情況下得來。此刻全無欣喜之感，只越發悲從心起，摟著自己的兒子哭得肝腸寸斷。

趙構也輕輕摟著母親，心下鬱然而感傷。慷慨請行，固然是由一腔報國熱忱促生的決定，但多少也是爲了改變他們母子相對卑微的地位。他從小見慣了母親的哀愁與眼淚，現在，他長大了，他會設法保護母親，靠自己的力量給她十幾年來渴望而不可得的榮光，爲此他列出了一系列計畫，出使金營是第一步，就算是一場豪賭他也必須要有孤注一擲的勇氣。

臨行前，趙構密奏於趙桓：「朝廷若有用兵計畫，盡可實行，勿以一親王爲念。」副使張邦昌聽他如此說，擔心趙桓依言不顧他們生死貿然出兵，只覺前景堪憂，不由涕淚交流。趙構見了一蹙眉，慨然道：「出使，是男子分內事，相公不可如此。」一言說得張邦昌倍感慚愧，當即默默拭乾了淚痕不敢再露憂戚之色。

在城門外，趙構對依依送別的母親鄭重許下承諾：「爲了母親，我也必會平安歸來。」然後躍身上馬決然朝金軍寨馳去，再也沒回頭看上一眼。

韋氏心中又是一慟，虛弱地跌跪在馬蹄揚起的煙塵中，一任無盡的淚水氾濫在她刻滿痛苦的容顏上。

金帥完顏宗望見宋果然遣親王前來，有心給個下馬威，便以迎接爲名令營中精兵持利矛堅盾雪亮鋼刀兩行列開，排出一里有餘等待他們入軍寨。趙構見狀毫不驚慌，緩緩策馬行至寨前，然後從容下馬，健步朝宗望主帥帳中走去，如遇有人有意阻攔挑釁，他便側目冷對，直到那人生怯閃開，他再繼續前行。張邦昌等人瑟瑟縮縮地跟在他後面，亦步亦趨。

入見宗望之後，張邦昌等人忙恭恭敬敬地呈上趙桓擬好的誓書，行禮之後又朝北面再拜，向金國皇帝致敬，然後小心翼翼地側立於旁，再不敢多發一言。一行人中惟有趙構只朝宗望一揖爲禮，並不再拜，然後昂然直立，待宗望請他入座後便自然坐下，無論宗望說話是大聲威懾還是暗含機鋒他都從容應對，面不改色，不露絲毫畏怯之態。

宗望見他不過是個十八九歲的少年，卻身入敵營而不懼，不免暗暗稱奇。留他們在寨中住下後，派人日夜密切監視。張邦昌終日膽戰心驚，頻頻探問宗望何時過河返金，而宗望見宋朝廷雖接受了和議，但金國要的金銀目前繳納到寨中的尙不足十分之一，而且割地也未繳出，因此也不急著回國，只每日派遣些騎兵在京城外燒殺搶掠。

趙構與張邦昌全然不同，從來不問他們歸期，除了偶爾出去觀寨中金軍蹴鞠雜技，就只坐在帳中看書，意氣閒暇。宗望有時會入他帳中觀察他的行爲態度，趙構見了也頷首爲禮，卻不會多搭理他。

某日宗望再度來到趙構帳中，見他又在看書，便問：「你看的是什麼書？」

趙構答：「《孫子兵法》。」

宗望冷笑道：「你們宋人就會紙上談兵，實際卻總是手無縛雞之力，別說眞正領兵打仗，就連挽弓打獵都不見得有此力道呢。」

趙構聞言抬頭看他，見他身後背有一張漆黑鐵弓，便微微一笑，道：「元帥可否借我此弓一觀？」

宗望哈哈大笑，道：「你想拉開這張弓？這弓跟隨我多年，非常人能使，就連金國最勇猛的將士都未必能拉滿呢！」一面說著一面把弓解下來，並取了一支箭，一併握著遞給趙構，又說：「給你見識見識，不過要小心，別折了手。」

趙構起身接過，略看一眼，便引箭上弓，伸手展臂，緩緩拉開。

漸漸拉滿，而宗望的笑容也隨之漸漸凝固。

趙構直視前方，緊閉雙唇，神色肅然。忽然一轉身，剎那間將按在弦上的箭對準了宗望。

宗望悚然大驚，立即側身躲避。

趙構見狀朗然一笑，抬首引弓朝天，右手一鬆，那箭「嗖」地一聲離弦而出，刺破了穹頂一飛衝天。

然後趙構把弓擲在桌上，重新坐下，又拿起書靜靜閱讀。他此刻一身輕袍緩帶，髮上綰著白色絲巾，面容俊朗，看書神情寧靜而閒適，那弓莫名地躺在他面前桌上，彷彿從未與他有關。

宗望默然呆立半晌，最後冷面喝令道：「來，跟我射箭比試比試！」

趙構也不推辭，擱下書卷緩步隨他出帳。

待到了習射之地，宗望先自引弓，一箭射去，高於靶心約寸許，第二箭則低寸許，第三箭射出才刺透靶心。三箭一行列下，不偏不斜，恰好呈一直線狀。宗望頗自得，乜斜著眼睛瞧趙構，抬手把弓遞至他面前。

趙構接弓後取箭，側首閒閒地挑了三支，都握在右手中，再挽弓瞄準，不待宗望看清，他便以迅雷不及掩耳之勢將三箭依次發出，連珠不斷，且三箭呈品字聚攏，正中靶心。

瞬間的靜默後，一旁觀看的金兵也忘了他的身分，紛紛脫口叫好，而宗望臉色青白，面對從容提弓而立等他發話的趙構，好一陣才想出一句話：「你眞是南朝皇帝的弟弟？」

趙構頷首，清楚答道：「我是教主道君太上皇帝的第九子，當今聖上的九弟，康王趙構。」

宗望又凝視他許久，再接過他手中的弓，不語離去。

到了二月，尙書右丞李綱見和議雖成金人仍不退兵，便奏請趙桓派兵夜襲金軍寨，將其殲滅或逼退。趙桓遂命會京畿宣撫司都統制姚平仲領兵夜襲，不想金人提前得知風聲，已有準備，兩軍交戰之下各有死傷，而金軍也未能如願退去。

宗望見宋押親王爲人質卻暗中襲擊金軍，頓時勃然大怒，召宋諸使臣至他帳中，厲聲詰問南朝爲何違誓用兵襲寨。張邦昌恐懼之極涕泣如雨，一字也不敢吐，而趙構則神色不變地從容答道：「我們身在金軍寨，哪裡能知朝廷的戰略計畫，恕構不能答元帥的問題。」轉視一側淚流不止的張邦昌，又冷冷地說了一句：「爲國家，死便死了，何必如此惜命。」

宗望見他在這種情況下都能不爲所動，舉止言談仍是不卑不亢，越發懷疑他的身分。怒氣沖沖地揮手令他們退出後，對左右諸將道：「這個康王根本不像是南朝的親王。若是親王，生長於深宮之中，豈能像他那樣精於騎射！定是將門虎子，假冒康王之名來作人質。若是南朝那軟弱不堪的太上皇所生的親王，身入敵營後怎還會有如此膽略？也難怪南朝皇帝毫不顧及他的安危，居然敢違誓襲寨了。」

於是派人通知趙桓，要求另換個親王爲人質。趙桓又反覆思量挑選勸說後，派五弟肅王樞入金軍寨替換康王構。幾天後肅王至金軍寨中，正式許割三鎮之地，並帶來趙桓的詔書，進封張邦昌爲太宰，繼續留質軍中，宗望便點頭同意，放趙構返回了汴京。

五　艮嶽

趙構自金軍寨歸來後，趙桓果然對他厚加封賞，晉他爲太傅及靜江、奉寧軍節度使，除此外還特別予他一大殊榮，許他策馬入皇家宮苑艮嶽，並將其中的蕭閒館賜他作白天休憩之所。

修造艮嶽，是徽宗趙佶一生認真去做的幾件不多的大事之一。以前擴建的延福宮與神宗之前皇帝居住的舊宮相比已是巧奪天工盡善盡美，但在蔡京等人的慫恿鼓勵下，趙佶從不會停止一切對更美好事物的追逐。在抱著精益求精的態度研習推敲著他的書畫詩詞技藝同時，他也尋覓打造著可供他消遣欣賞的人間極品，例如美女和宮苑。

政和七年，道士劉混康建議說，皇城外東北隅地勢低下，皇嗣因此不廣，如能填高，當有多子之福。於是趙佶愉快地找到了再次大興土木的藉口。是年十二月，他下旨讓人在景龍門外動工修築一片園林式大型宮苑。園林中有一人工主峰，仿杭州鳳凰山而建，取名為萬歲山，其後又改名為艮嶽。「艮」屬八卦之列位，而「嶽」是眾山之總名，艮嶽之意就在於要取天下名山之妙匯為一園之中。為此趙佶不惜大興勞民傷財的花石綱，命人從江浙、兩廣、四川、山東、湖南等地選取花木奇石，千里迢迢地運送到汴京。那些花木都是各地的極品植物，本就價值不菲，但路途遙遠，中途枯死的不計其數，運至京城後尚能存活的不過十之一二。而奇石更為麻煩，那些造型奇異的太湖石大塊的往往高至數丈，需千人拽之，並載以大舟，為方便運送，官吏過河拆橋毀堰也在所不惜。有時候光運一塊大石前後用度就達三十萬緡錢。

宣和四年，艮嶽在這種擾人害物的花石綱輔助下建成，前後共用了六年的時間。周圍十餘里，主峰高九十步，兼有天臺、雁蕩、鳳凰、廬阜諸山之奇偉，及二川、三峽、雲夢等水景之曠蕩，果然是把天下名勝的優點皆匯集其中。園內名花異香盈風，佳木繁陰欣欣向榮，加上飛泉碧水噴薄瀲灩，奇秀幽美冠絕天下。艮嶽園林正門榜曰「華陽」，因此艮嶽又稱華陽宮。

靖康元年暮春，趙構第一次使用皇兄賜予他的特權策馬入艮嶽的時候，櫻花正開得如欲墜輕雲。

那天心情莫名地好，騎在馬上時而飛馳時而緩行，馬蹄沒在淺草之上，迎面而來的春風和著花香充盈衣袖，而散佈園中的宮人們喜悅地朝他微笑著，戀戀目光不時吻上他的髮際眉梢。

行至鳳池邊上，他看見那岸邊絢麗的櫻花。

艮嶽中的花品種甚多，國內名品應有盡有，無論花本來習性如何，植入園中後都能生長得很好。其中趙佶最喜歡的是金蛾、玉羞、虎耳、鳳尾、素馨、渠那、茉莉、含笑，稱之爲「艮嶽八芳」，但在這個時節，櫻花顯然豔蓋以上八芳，攬盡其間所有華美風致。

每朵花都有輕薄如絹綃的層層花瓣，那花梗像是承受不住如此繁花的重量，以一脈慵慵的姿態慵懶地低垂著。而那一樹樹粉色構成花團錦簇的景象，映在鳳池中，竟像是把那一泊碧水都染成了櫻花的色澤。

他策馬緩行在那一列櫻花樹下，風一吹便有花瓣如雪飄落，然後，透過陣陣花雨，兩個年輕女孩的身影漸漸映入眼簾。

她們年約十四五歲，穿著宮女統一的日常淺綠春裝，梳著一式的小鬟髻，正在面對面地踢毽子。稍大的女孩正面對著他，面容清秀，看得出踢毽技藝很好，毽子翻飛在她繡鞋之上，她總能接住，舞弄自如。那一雙腳雖是天足，但也不算大，形狀也頗纖直。

她踢了幾下後把毽傳給對面的小女孩，小女孩慌忙提著裙子伸足去接。那小女孩背對趙構，他看不清楚她模樣，但她側身行動間伸出的右足卻引起了他的注意。

纖小秀美，玲玲瓏瓏的異常動人，鞋的顏色也是淺綠的，卻不是普通宮女的式樣，要精緻得多，繡著漂亮的花紋。

如此小腳還能踢毽？他頗有興味地觀察下去。

纖小的雙足想必會使她連走路都難以走得穩當，可這女孩像是非常活潑，最可愛的是總有一種活動的欲望，雙手提著裙子伸足踢毽，鞋幫只一些些，纖鬆細滑不自持，要接住毽已十分勉強，而且連帶著令她幾乎難以站立，身體搖晃欲跌，不過卻更添了幾分嬌俏可人的盈盈之態。

她勉力踢了幾下，最後一腳毽子落點離她稍遠，她著急之下伸足猛踢，以腳背將毽子高高踢飛，而人也應聲跌倒在地。

她的同伴輕呼一聲，忙跑去扶她起來，她卻渾然不顧，目光始終追隨著毽子飛行的軌跡。

那毽直直地朝她們身後的趙構飛來，他看準伸手，一把便接住了。然後持著毽子，朝她們微微一笑以示意。

那兩個女孩愣愣地看著他，一時都沒說話。

他看清了適才關注的小女孩的容貌。剪水雙眸，雪膚彷若柔嫩花瓣，荳蔻年華的她已嬌豔如華陽宮青山碧水間盛開不敗的櫻花。

他暗自詫異，心想不知如此美麗女孩服侍的會是哪位主子，誰又會忍心以她為奴。

他下馬，走去把毽子遞還給她。

她接過，睜大眼睛肆無忌憚地盯著他看。

倒是她的同伴先反應過來，想是此前見過他的，朝他一福：「九大王。」

於是小女孩便十分開心地笑了，說：「原來你是九……大王呀！」

她的聲音也清亮悅耳。他頷首，不覺對她溫和地笑。

她又揚起毽子，建議道：「大王與我們一起踢吧。」

她的同伴一驚，輕輕地拉了拉她的袖子，示意不可。但她卻毫不明白，轉頭問她：「你拉我衣袖做什麼？」

那稍大的女孩便只好尷尬地低頭不語。

她又再問：「大王踢麼？」

趙構又是一笑，道：「好。」

他雖很少玩這種女孩們的遊戲，但跟他父皇一樣精於蹴鞠，所以此刻再玩毽子卻也不在話下。老老實實地踢了幾下覺得沒什麼意思，便把蹴鞠中的技巧用了進來，不時以背或以胸相接，甚至頂額口鼻皆可代足，正踢反踢得心應手，而毽子始終繞於身上而不墜。

那小女孩看得興致勃勃，不斷鼓掌叫好。她身旁的女孩則靜靜地看著，唇邊也有隱約的微笑。

獨自踢了一會兒，他招手讓她們一起來踢，她愉快地答應。他細心地把毽子踢到她易於接的地方，她穩穩地接了一個，立即格格笑出聲來。

如此三人又踢了一陣，直到宮中的內侍省押班遠遠經過時看見了趙構，朝這邊走來要向他請安，那兩個女孩才猛然驚覺，收起毽子匆匆告辭離去。

那小女孩雖被同伴拉著走得甚急，卻還頻頻回首看趙構。他也目送著她，目光相接時彼此都會對對方微笑。

待她們走遠了趙構才想起，剛才一直沒問她們是何處的宮女，連名字也不知道。轉念一想，卻又覺這個念頭很無聊，知道了又怎樣？不過是偶然相逢的一場玩伴罷了，又何必一定要知道她是誰。

六　初吻

此後幾天，趙構頻頻入艮嶽，有時是去與趙桓商討國事，有時是探望遊幸其間的父皇與母親，但每次見他們之後並不像往常那樣馬上回王府，而是下意識地策馬或漫步於鳳池畔，有意無意地長久徘徊於櫻花林下。

只是櫻花依舊，人面難覓。如此反覆數日，他察覺到心底的期待，卻有些厭惡自己的異樣情緒，他一向認爲自己跟父皇和大多數兄弟不同，不是個喜愛尋花問柳、輕易動情的人，何況，那只是個稚嫩的小小女孩。

無奈一天、兩天、三天……再未見到她，他已無法控制浮上心頭的那一點點惆悵。

第六日中午，他又如往日那樣朝鳳池走去，只作賞賞花、吹吹風的打算，所以當他意外地捕捉到她的身影時，不由地從眸光到心境都明亮了起來。

這次只她一人，獨自坐在櫻花深處的秋千架上，穿著粉紅的春衫，輕微盪著秋千，幅度很小，像坐搖椅一般，微垂著頭，有點百無聊賴的樣子，緩緩伸足一點一點踢著地上的青草。那櫻花片片飄落在她身上頭上，她也不以手去拂，漸漸積得多了，和她衣裙的顏色相融，遠遠望去彷彿她整個人都是由櫻花砌成似的。

他輕快地走過去，悄悄繞到她身後，然後忽然伸手推了一下她的秋千。秋千晃動的幅度增大，令她大吃一驚，忙雙手握緊秋千索，惶然轉頭來看。

看見是他，她便驚喜而安心地笑了：「九大王！」

她不像普通宮女那樣，見到他的第一反應是行禮請安，而是爛漫地笑著繼續穩坐在秋千上，絲毫沒有下來的意思。照理說應屬失禮行爲，但這種情態卻令趙構覺得很愉快。

趙構繼續一把把地推著她盪秋千，微笑著問她：「你叫什麼？」

她笑答：「瑗瑗。就是指玉璧的那個『瑗』。」

「很好的名字。你服侍哪位娘子？」

「嗯……我住在太上皇后閣裡。」

「哦？那你爲什麼從龍德宮跑到這裡來玩？不怕被太上皇后發現麼？」

「怕呀！」她灑落一串悅耳的笑聲：「我是偷偷跑出來的。」

聽她答得如此天眞坦率，趙構不禁大笑起來，加大了推秋千的力度，使她越盪越高。

她卻有點害怕，小臉煞白地緊緊抓住秋千索，叫道：「哎！太高了，如果掉下來我會摔傷的！」

趙構笑道：「無妨，掉下來我會接住。有我在這裡你怎麼會受傷呢？」

她便釋然一笑，仰首迎風，衣帶飄飄若仙。

瑗瑗盪著秋千，與趙構慢慢聊著天，也不知過了多久，忽然望見遠處有人走近，就有些驚慌地對趙構說：「那邊有人走過來了，你看看像是誰。」

趙構一看，故作大驚狀：「不好，是太上皇后！」

「哎呀哎呀，快放我下來！我們快逃吧！」瑗瑗大急，連聲催他拉穩秋千讓她下來。

趙構忍不住哈哈大笑。其實他並不確定來人是太上皇后，不過是想惡作劇地嚇唬嚇唬她罷了。但見她如此驚慌，便一手拉住秋千架，一手攬住她的腰，把她抱了下來。

她一著地便東張西望想找躲藏的地方，最後指著一塊很大的太湖石說：「我們躲那後面罷。」也不等他回答就牽著裙子，搖搖擺擺地碎步跑了過去。

趙構看著她的身影，唇上的笑意蔓延到心底。她眞是個可愛的小東西。這深宮裡的女子，文靜柔順的他見得多了，像瑗瑗這般活潑純眞的倒是很少見。趙構一面想著一面緩步走去跟她一起躲在太湖石後。

他們默默站了一會兒後，瑗瑗輕聲對他說：「你探頭看看她走了沒。」

趙構看了看，說：「還沒走過來。」

瑗瑗發愁道：「唉，希望她別過來了，往別的方向走罷。我發現我很不善於跟人捉迷藏哎，每次躲著總會被找到……」

趙構勉強止住笑意，故意正色問道：「你知道這是爲什麼嗎？」

瑗瑗搖頭道：「不知道。」

趙構說：「因爲你捉迷藏很沒技巧，哪有躲著時還這麼多話的？你一出聲人家當然會發現了。」

瑗瑗恍然大悟，道：「原來是這樣啊……可是兩個人躲在一起要不說話很難呢。」

「我有辦法可以不讓你說話。」趙構凝視她，目光溫柔卻帶有一絲曖昧的笑意。

「那是什麼……」她話沒說完，櫻唇已被他吻住。

她一驚之下身體微微一顫，他立即以手摟住，暫時停了停，觀察她的表情。

她似乎並不厭惡他的舉動，先是有點迷惘，然後眨了眨眼睛，低頭想了想，再盯著他的唇略帶研究意味地看著。這般模樣與其說是害羞不如說是好奇。

於是他放心地重又吻了下去。她的口舌帶有少女自然的甜甜清香，吹氣如蘭。在他的刻意挑撥下漸漸猶豫著笨拙地回應著他。剛開始她悄悄睜著眼看他的表情，發現他一直閉著眼睛，琢磨著大概這種時候都是要閉眼的，便也合上了眼瞼。

過了許久他才放開她，抬頭調整呼吸的頻率。然後低頭看看她，又輕輕地擁她入懷。

她默默地依偎在他胸前，靜止片刻忽然問道：「太上皇后走了麼？」

趙構又幾乎大笑出聲，說：「你既然如此怕她，我帶你去個她找不到的地方可好？」

「好呀！」她笑道，但轉瞬間雙眸又黯淡下來，說：「但我晚上還是要回去的。」

趙構點點頭，說：「一會兒我送你回去。」心想，即便你是太上皇后的宮女我也要設法把你要了過來。也不再多話，牽著她的手穿小路而行。

她也不問他要帶她去何處，只一味無心無思地跟著他走。

他們穿行於樹影婆娑的林間，踏著鬆軟的松針分花拂柳而行。陽光斑斕地灑在他們身上，趙構不時側首看她，只覺光影中的她生動而輕靈，同時卻有點莫可名狀的飄渺意味，像是害怕她突然幻化成光成影，趙構更緊地握著她的手，她感覺到了，轉頭看他，巧笑倩兮。

通過山路繞過流碧館、巢鳳閣、揮雲廳，再越過漱玉軒、清斯閣，他們來到了萬竹蒼翠掩映下的一處院落，那是趙構在華陽宮中的小憩之所——蕭閒館。

蕭閒館只是供他白天在宮中休息所用，晚上是不能住在這裡的，因此沒安置什麼宮女在內服侍，只有兩個內侍守門。現在是午間，那兩人正躲在門簷陰影下打瞌睡。

正準備牽她進去，卻注意到她移步間有叮噹聲頻頻響起，其實剛才已經聽見，可現在在這異常安靜的環境裡顯得尤其刺耳。他低頭去看，瑗瑗知道他的意圖，便輕輕抬起一隻足讓他看她穿的鞋。

那精美的三寸繡鞋後跟上居然縫著幾個小巧的銀鈴。

和她人一樣可愛的鞋。趙構一笑，伸臂一下把她攔腰抱起——雖說她只是個小宮女，但被人看見他在宮中帶她入室總是不好的，他不想任她叮叮噹噹地走著驚醒那兩個內侍，故此決定抱她進去。

她表現得很柔順，並沒有任何不悅和反抗的意思。進入館中，他把她放在了書房裡的貴妃榻上。

她似乎根本不知道他想做什麼，依然好奇地睜大眼睛觀察他的一舉一動。

見她如此純眞無辜的模樣，趙構忽然覺得自己很卑鄙，像是刻意誘騙她似的。不過又想，這有什麼所謂呢，他很喜歡她，他從沒如此渴望得到過一個女子如今日這般強烈，她是宮女，自己完全可以去跟太上皇后要求，納她爲側妃的。

他俯身又開始吻她。這對她而言大概是個新發現的遊戲，所以她帶著練習式的興趣不反對這樣的接觸。然後，他悄然解開了她的衣帶，拉開她的衣領，自她脖子上一路吻下去。

有點驚訝地發現，她姣好的左乳上方有一粒豔紅的胭脂痣，現於雪膚之上，像一顆落在白玉上的紅寶石。

他很喜歡這點突然出現的裝飾物，低頭去吻，動作很輕柔，她卻似忽然感到癢癢，「噗哧」地輕笑出聲，掙扎著起來，然後，他聽見她說：「不要，九哥，我是柔福！」

他驚愕得無以復加，怔怔盯了她半晌才問：「你說什麼？」

於是，她清楚地答道：「九哥，我是柔福，你的二十妹。」

他被激起的欲望完全湮滅，一下癱坐在地上，臉唰地紅了，又羞又惱。

而她居然還不知輕重地笑著，好似根本不知道她險些誘惑他做下那麼可怕的有悖倫常的事。他看著她的笑顏，好不容易才按捺下把她捉起來打一頓屁股的衝動，幾乎是惡狠狠地問道：「我問你叫什麼時你爲什麼不告訴我？」

她很認眞地回答說：「你是問我叫什麼，又不是問我是哪位帝姬。」

他有點啼笑皆非，道：「前幾天看見你穿的是宮女的衣服，我怎麼會知道你是帝姬？」

她又格格地笑了，說：「穿成那樣容易蒙混著跑出來玩呀，要是穿平常我自己的衣服，就算跑出來了也會很容易被人發現抓回去。」

他搖頭道：「這兩次你都完全可以告訴我你的身分，但你稱呼我爲大王，分明是故意想隱瞞。爲什麼？」

「這是因爲，我想知道如果我不是九哥的妹妹九哥會怎樣待我。」她一邊整理衣服一邊微笑道：「九哥你知不知道，自從你揚眉吐氣地傲視敵酋平安歸來後，宮中的女孩都很喜歡你呢。喜兒和嬰茀都不喜歡我那狀元哥哥了，成天在我面前說你怎麼怎麼好……」

她說的狀元哥哥是指她的同母哥哥，趙佶第三子鄆王楷，能詩擅畫，文才在趙佶所有皇子中最爲出眾，還曾在政和八年的科舉考試中考中過狀元，後來趙佶覺得應該避嫌，才命人另取他人爲頭名。因相貌英俊又有翩翩風度，一向是宮女們戀慕的對象。

趙構沒好氣地再問：「喜兒和嬰茀又是誰？」

柔福說：「是服侍我的宮女啊……嬰茀你見過的，就是上次跟我踢毽子的那個姑娘。」

「好了，我送你回去罷。」他鬱悶之極，也不想聽她繼續說她的宮女們的事，見她理好了衣服便想立即送走她。

出了門，本想像進來時那樣抱她，可最後還是硬生生地縮回了手，轉而低頭兩下扯掉了她鞋上的鈴鐺，然後牽著她的衣袖領她出去。她蹙蹙眉，有些不滿他這略顯粗暴的行爲，但見他臉色發青，極爲難看，也不敢多說什麼，只偷偷吐了吐舌頭。

送她至龍德宮寢殿後門前，她依然笑笑地向他道別：「九哥再見。」

他只「唔」了一聲，也不多說什麼。

她便朝門內走去，他忽然想起一事，馬上叫住了她。

見她回頭，他卻又躊躇了，猶豫良久才走到她身邊輕聲說：「今天的事不要告訴別人。」

她點頭道：「當然，我知道這是秘密。」

見她蹦蹦跳跳地消失在宮門內，趙構心底五味雜陳，無奈歎息，掉頭而歸。

七　王妃

從那天開始，出使而歸的喜悅逐漸淡去，生命中充滿了突來的鬱悶和不思議的煩躁。華陽宮春色依舊，櫻花開後八芳盛放，永遠是一派太平和美景象，而他再看卻有些意興闌珊，隱隱感到他心裡有某種珍視的東西還未完全綻放就已開到荼蘼，就如在金國虎視陰影下的艮嶽繁華。

他的母親看出了他的不快樂，把他喚來，溫言建議道：「你應該正式納妃了。」

她當然不知道趙構與柔福的這段插曲，只是覺得一個正妻會給年輕的兒子溫柔體貼的照顧和心理上的幫助，在他消沉陰鬱的時候，或許婚姻會使他重拾有關生活的樂趣。

趙構一口答應。此前他已收了兩個宮女爲妾，因成長中必然出現的需要，談不上有多少感情，而她們對他的態度也始終是畢恭畢敬的，那層主僕關係並沒有因親密接觸而改變，這令他覺得興味索然。他的正妃人選早已定好，是朝請郎邢煥的女兒。他很快決定接受母親的建議與邢姑娘完婚，雖然這並不代表他對這段婚姻抱有多少期待與憧憬。

婚禮那天，經過一番繁瑣的儀式後，他把王妃嘉國夫人邢氏迎入寢殿，揭了蓋頭便默然坐在她身邊，久久不發一言。邢夫人先是一脈嬌羞，低垂著頭也不說話，但見他如此沉默，終於忍不住抬起頭來，輕聲問道：「大王因何不悅？是我做錯了什麼麼？」

他搖頭，卻不好面對她的雙眸，目光閃爍游離，忽然落在了她微微探出羅裙的繡鞋上。

她臉一紅，忙把腳縮回裙下。

他想起母親曾跟他提起這位小姐的雙足非常纖小，便問道：「你的足也是自小纏的罷？」

她羞澀地頷首。

他心微微一顫，便對她呈出一絲溫柔的笑。

於是畫眉點唇，出雙入對，人人看在眼裡，都稱康王與王妃新婚燕爾恩愛非常。

靖康元年八月，金太宗再次發動大軍攻宋。金軍以完顏宗望爲左副元帥，完顏宗翰（粘沒喝）爲右副元帥，分東西兩路進兵。到了九月初，宗望率兵攻破太原，隨即又與宗翰會合，於十月初攻下了河北眞定府，並繼續南下，目標直指汴京。

趙桓惶恐之下忙派遣刑部尙書王雲出使金營與宗望議和。王雲回來後傳報金人的幾項要求：割三鎭之地予金國，奉皇帝袞冕、車輅給金主，宋皇帝尊金主爲皇叔，且上尊號。此外還有宗望特別提出的一項額外要求：下次宋派使臣入金營議和，必須遣康王趙構，否則免談。

原來上次宗望放趙構回去後，又多方打聽，得知他的確是趙佶的兒子、趙桓的弟弟，不折不扣的宋室親王，再回想他在營中鋒芒畢露的舉止，頓時懊悔不迭，心知此人與其餘懦弱皇子不同，如此年輕便已有這般膽識，以後勢必會發展成金國一大勁敵。所以這次點名要他再度出使，意圖從此將他扣押，帶回金國囚禁，決不再像上次那樣縱虎歸山。

趙桓見金軍已渡孟津，形勢迫人，朝中大部分大臣也力主割地求和，也就只好答應。又把趙構召來，懇求他再度出使金營爲國議和。

趙構也沒猶豫，立即應承下來。趙桓見他答應得如此爽快自是大喜過望，忙下詔書封他爲議和正使，王雲爲副使，定於十一月甲子前往宗望軍中議和。

韋賢妃得知後自又是傷心欲絕，而這次又多了個女人陪她落淚——趙構的新婚妻子邢夫人。她自得悉此事後便終日以淚洗面，但又怕丈夫看見，每次趙構回府總能發現王妃是在匆匆拭去臉上的淚痕後，才強顏歡笑地相迎的，然而她眉間悽楚之色卻無論如何也消抹不去。

趙構覷之惻然。一夕涼夜，風冷露重，他望著一輪殘月擁夫人入懷，對她說：「早知如此，我便不會娶你了。你我新婚不過數月，我此番離去若有不測，豈不誤你一生。對不起。」

邢夫人掩淚道：「大王切莫說這等話。我此生最感慶幸的事，便是能嫁予大王爲妃。即便相聚惟一日也雖死無憾。我相信，大王吉人天相，必能平安歸來。」

趙構點點頭，取出一雙金耳環，環下墜著兩隻栩栩如生的雙飛蝶，他親自為邢夫人戴上，說：「見環如見我，我離去的日子裡，暫且讓它與你相伴罷。」又歎道：「我一定會毫髮無傷地回來的。你也一定要保重，你永遠都會是我的妻子，還有許多美好的日子我們要一起度過。」

邢夫人撫著金環，無語凝噎，只頻頻點頭。

趙構擁著她，那一瞬忽然想起了柔福，不由地暗自思量：「她若得知我要出使的消息，可會如王妃這般難過？」

八　笄禮

這些天趙構並無再找柔福，甚至有意無意地躲避著她，即便入了艮嶽也不過是去見父母及皇帝哥哥，商議一些關於出使的事，再不涉足鳳池池畔和竹林中的蕭閒館，習慣於議事之後立即回府，以一戶朱門將華陽宮的繁花魅影拒之門外。

不想有一日，柔福的同母哥哥鄆王楷親自登門拜訪，給他帶來一個關於柔福的消息：「三日後瑗瑗在龍德宮行笄禮，她希望你能前去觀禮。」

三日後，那是他出發去金軍寨的前一天。趙構覺得突兀而異樣，問：「為何選在三日後舉行？所有兄弟都要去麼？」

「沒有，除了我等同母的兄長，只請了你。」趙楷一笑，道：「是她向父皇和太上皇后要求的。她說她已滿十五，三日後是個大吉大利的日子，比原定那天還利於行笄禮。另外，還特意提出請你去觀禮，說希望這及笄之喜能帶給你好運，佑你出使之後平安歸來。」

趙構一時並未答應，但望著簾外暮煙沉默不語。

趙楷側首以一種觀察的姿態注視著他，唇角的笑意意味悠長：「照理說帝姬行笄禮除父皇母后外只有嬪妃、姐妹、宗婦等內眷觀禮，兄弟很少參加，可瑗瑗指定請你觀禮，並將行禮日期定在你出行前一天，倒像是特意為你安排的一樣。你們平日常有接觸麼？」

趙構微有一驚，卻未形之於色，只斷然否認：「不，我上次見她時她還只有六歲。」

趙楷頷首：「其實這也不難理解。自九哥上次出使歸來，宮中少女莫不欽佩仰慕你英勇氣概，瑗瑗雖與你並不相熟，但想必對你也更加敬愛，而今對你竟像是比對我這親哥哥還要親幾分。」

「三哥此言差矣。」趙構淡然道：「難道我就不是瑗瑗的親哥哥麼？」

趙楷一愣，隨即大笑開來：「不錯不錯，是三哥失言了，九哥當然也是瑗瑗的親哥哥。」

「請三哥轉告瑗瑗妹妹，那天我會去觀禮的。」趙構終於應承。

趙楷點頭，微笑起身告辭而去。他是皇室之中最著名的美男，長袍廣袖地行走在晚風中，那炫目的容光有劃破暮靄的力量。趙構透過他與柔福相似的眉眼，再次分明地憶起了那日在華陽宮花影裡天真爛漫地誘惑著他的小妖精，心情越發沉重如暗夜來臨。

柔福笄禮當日，趙構隨趙楷一同前往龍德宮觀禮。趙佶頗喜歡這個女兒，也邀了趙桓及朱皇后前來，並讓鄭太上皇后親自為柔福加冠插笄。

兩位皇帝升御座後，提舉官啓聲奏道：「帝姬行笄禮。」於是笙樂大作，在女官的引導下散髮垂肩的柔福緩步入大殿東房，等候在其間的朱皇后爲之梳髮總髻，梳成後再引至殿中，樂聲稍歇，宮人唱祝詞：「令月吉日，始加元服。棄爾幼志，順爾成德。壽考綿鴻，以介景福。」

先由主持宗婦爲柔福加一普通釵冠，施以首飾，然後柔福再入東房著裙背、飲執事者所酌之酒，象徵性地略進饌食，又加大袖長裙，再進酒。最後再入正殿，宗婦爲她脫去適才所加之冠，置於盤中命人撤去，然後太上皇后起身，含笑將帝姬的正式釵冠九翬四鳳冠給柔福戴上，並從一旁宮女所托的盤上緩緩取過一支支冠笄、冠朵，細心地一一插到她的頭上。隨後有執事者奉褕翟之衣進殿，請柔福著衣，並再酌一杯酒，請太上皇后親執，祝詞再響：「旨酒嘉薦，有飶其香。咸加爾服，眉壽無疆。永承天休，俾熾而昌。」祝畢太上皇后賜酒，柔福飲完，再食執事者所奉饌食。

此時的柔福身形雖依舊嬌小玲瓏，但加冠著服之後已有一派少女風姿，眼波偶爾流轉顧盼，落到趙構身上時卻仍會不禁地流露出他熟悉的那一抹頑皮之色。禮成後女官引柔福至趙佶面前，柔福朝父皇下拜，趙佶微笑命她平身，她依禮謝恩而再拜。經過一番瑣碎累人的儀式，柔福看上去略有倦意而有些不耐煩，平身之後微微朝前壓低聲音笑著對父皇說：「是不是這樣就可以了呀？」

趙佶正色道：「都及笄了卻還這般不懂事！先聽宣訓，再拜你母后，然後接受內眷及幾個兄弟的祝賀。注意行動走路要輕柔優雅，再不能像以前那般蹦蹦跳跳了。」

柔福略嘟了嘟嘴，說：「哦。」於是再拜聆聽提舉宣訓：「事親以孝，接下以慈。和柔正順，恭儉謙儀。不溢不驕，毋詖毋欺。古訓是式，爾其守之。」

隨後柔福再拜，一字一字地背出她的答辭：「兒雖不敏，敢不祗承！」歸位再拜，並再三拜謝太上皇后。

禮畢，柔福如釋重負地朝一旁坐席走去，準備接受皇后、妃嬪及眾內臣的道賀。應趙佶的要求，她行動間舉止輕柔而優雅，一抹清新純美的微笑綻開在她盛裝之下的華美容顏上，蓮步輕移，翩然生姿。

經過趙構面前時，她略停了停，輕喚一聲：「九哥。」眸中依稀有一簇溫暖的焰火閃動。

像是被灼了一下，趙構倉促點頭，想跟她說幾句祝賀的話卻不知如何開口，惟有清苦一笑。

柔福亦不再說話，自他身邊飄然走過。

趙構木然立於一旁，絕望地呼吸著被她風華暈染過的空氣，不覺一絲酸楚之意逐漸蔓延至鼻端。

九　掛帥

靖康元年十一月甲子清晨，康王趙構入延和殿向皇帝趙桓辭行。趙桓親自離座授玉帶予他，再三好言撫慰，趙構淡然稱謝，隨即率副使王雲出城前往金軍寨。

王雲也是個貪生怕死之徒，一路上喋喋不休地勸趙構說敵強我弱，不可硬與之對抗，大王最好把他們提的要求盡數答應下來，否則很難全身而退，再要回京就不容易了。趙構漠然不答，最後聽得煩了便冷冷瞪他一眼，王雲嚇得一哆嗦才閉口不再出聲。

行至磁州，忽見有一著官服之人率領一群將士攔路跪迎。趙構勒馬，問：「你是何人？為何在此擋道？」

那人抬頭，目光炯炯有神，氣宇軒昂一派大將風度，朝趙構拱手道：「卑職是磁州守臣宗澤。上次肅王出使金營即被金人扣押，至今未歸。而今敵兵已進逼至此，危機已不是議和便可化解的了，敵酋詭辭要求大王爲使，實則意在誘大王入寨而非議和。請大王三思，勿再前行。報國尙有許多更好的途徑，大王貴爲帝子，切勿因一時意氣中計落入金人虎口。」

他說的道理趙構自然也很清楚，知道宗望這次絕對不會再放過他，此番出使已橫下一心，將生死置之度外，只求能與之周旋，爲大宋爭取一點抗敵的準備時間罷了。但此刻聽宗澤說「報國尙有許多更好的途徑，切勿因一時意氣中計落入金人虎口」，不免心有所動，便遲疑起來，思量著是否聽從他的建議暫不繼續前行。

王雲見他開始猶豫，立即著急勸道：「大王與臣是奉皇上的命令出使金營議和的，倘若不去而折返京城，豈不是違抗聖旨？請大王不要理會這些人的讒言，還是速速上路罷。」

趙構沉思片刻，對宗澤道：「謝大人挽留，但構既答應了皇上出使議和，當不辱使命才是。還請大人下令放行，讓我們過去。」

宗澤見他不聽，也不再勸，朝後使了個眼色，手下一幫將士立即聯手阻擋，越發將道路擋得嚴嚴實實。周圍的普通民眾聽說康王要再度出使，也都紛紛趕來，圍著他呼喊流涕苦勸他留下。趙構上次出使傲視敵酋的消息傳出後深得民心，臣民都爲他英勇氣概所折服，因此趕來塞道挽留，不讓他前去送死。

王雲見狀怒斥道：「大膽刁民，竟敢阻攔康王出使議和，若不想死就速速讓開！」

州民們聞聲朝他看去，立即有人認出了他，對大家呼道：「他便是上次勸大人拆我們房子的傢伙！」

原來王雲上次出使金營路過磁州時，曾勸宗澤把城邊民房都拆了以清野，於是民怨四起。大家本已是對他恨之入骨，現在又見他慫恿康王去議和，新仇舊恨一齊湧上，便一個個衝了上去，把王雲拉下馬，你一拳我一腳地暴打起來。

王雲連聲慘叫呼喊救命，趙構先是一驚，轉頭看了看宗澤，宗澤一向鄙視王雲，見狀只冷笑而不出手相救。趙構一想，也覺此人對金人奴顏媚骨，不救也罷，便也默不作聲。

於是王雲被一干民眾當場打死在地。

王雲死後宗澤再出言挽留，趙構遂頷首答應，當晚留宿於磁州。

在驛館睡至半夜，忽然被一陣金戈激戰聲驚醒，忙披衣出房，卻見門外他帶來的親隨和宗澤派來的守衛倒了一地，隨即兩柄冰冷的刀架在了他脖子上，一個聲音在他耳畔響起：「元帥擔心康王馬行得慢，特命我們前來迎接。請康王隨我們啟程。」

趙構此時已看清，身邊及院內佈滿了全副武裝的金國騎兵。

短暫的沉默後，他對身邊金兵說：「把刀拿開，我會隨你們走。」

金兵緩緩將刀撤走。趙構冷靜從容地啓步出門。

金兵將他鎖在準備好的馬車上，立即押他朝金軍寨駛去。

又行了一天，第二天晚上金兵停下來紮帳篷宿於野外。趙構故意早早閉目而寐，待聽得四處寂靜無聲後才悄悄起身。自靴中摸出暗藏的匕首，從帳篷後鑽出，卻見一金兵握刀背對他守在帳篷外，他立即猛地自後面以左臂勒住敵首，右手持匕首朝他脖子抹去，鮮血激噴而出，金兵慘叫倒地。

趙構馬上翻身騎上一旁的金兵戰馬，斬斷轠繩策馬狂奔。後面金兵驚覺，頓時喧聲四起，又有騎兵陸續追來。

趙構騎馬疾馳一氣奔出數里，忽見前面有一河擋住去路，水流湍急河面甚寬似不能過。趙構一急之下也顧不得許多，猛然加鞭催馬躍登。幸而那馬是匹良駒，勉力躍去雖仍落入水中，倒也離岸很近了，但可惜陡然觸上水底大石，馬後腿骨因此折斷，不能前行。

趙構棄馬而下，水深齊腰，他一步步地渡水上岸，再繼續朝前跑去。而那些追兵追至河邊，再策馬越河竟紛紛落水，一時不能追上。

也不知跑了多久，趙構精疲力竭，終於支撐不住倒在路邊。過了片刻，又見前方馬蹄揚塵，有一群騎兵朝他奔來。不免暗暗叫苦，心想此番只怕當眞要命喪於此了。

那一行人奔至他身邊，他才看清他們並不是金兵，穿的是宋人鎧甲。爲首一人下馬朝他一揖問道：「公子可是自磁州來？」

趙構雖見他們是宋人，但仍不敢輕易道出自己身分，便掩飾道：「我是往來於磁州與相州之間的商人，路遇金兵搶劫，所以逃避至此。」

那人打量他片刻，再道：「公子著裝不像是商人，倒更似王孫貴冑。我是相州知州汪伯彥，今日得磁州宗澤大人飛鴿傳書，稱康王在磁州驛館遭金人夜襲而被挾北去，所以立即領兵前來相救，不知公子可曾見康王一行路過？」

趙構聞言大喜，再三細看來人形容氣度，確定他所言非虛，便起身向汪伯彥拱手道：「我正是康王趙構。」

汪伯彥忙帶部兵下拜，隨後將趙構迎至相州安頓下來。

趙桓聽說趙構被金人追捕、逃至相州後也不再強令他出使，另派了一宗室子弟及數位大臣前去議和，但宗望見來人後一字也懶得吐，直接揮手令他們回去，然後加緊了入侵步伐，轉眼間已與宗翰會師於汴京城下。

趙桓無奈，一面傳旨讓趙構在相州懸榜募兵，約集河北諸將入衛，一面親自披甲登城鼓勵守兵防禦，艱難地與金兵對抗。

十二月戊申，金人已過登天橋，來勢洶洶地進攻汴京通津門。殿中侍御史胡唐老向趙桓諫言道：「康王奉命出使至磁州，爲士民所挽留而不去金軍寨，此乃天意。臣乞陛下就此將康王拜爲大元帥，以後好率天下兵士前來援救。」趙桓接納他的建議，將密詔封於一粒蠟丸內，募了秦仔、劉定等四人爲死士，派他們持蠟詔趕往相州，拜康王爲河北兵馬大元帥，知中山府陳遘爲元帥，宗澤、汪伯彥爲副元帥，儘快率河北兵將趕來保衛京師。

秦仔先至相州，見了趙構後自頭頂髮髻中取出蠟詔給他。趙構讀罷不禁失聲嗚咽，軍民聞之無不感動。

趙構遂遵旨受命爲河北兵馬大元帥，著鎧甲登臺閱兵，於獵獵旌旗下負手而立，舉目望去但見士兵嚴陣以待，一望無際，神情都莊重嚴肅，待他出現後即齊齊跪拜於他足下，齊呼大元帥向他道賀。

有淡雪飄下，寒風蕭瑟，和著長日將盡的氣氛更顯蒼涼。但趙構靜靜俯視著臣服的萬千士兵，漸有一絲淺笑徐升而出。

十　傾城

駐紮在汴梁城外的金兵日日架砲虎視眈眈，守城宋兵則毫無鬥志，眼看金兵馬上就要破城而入，趙桓憂心如焚，又遣宰相何㮚和濟王栩出使金軍請和。何㮚恐懼之極，吞吞吐吐不敢答應，趙桓再三命令，他仍遲疑著良久不作決定。吏部侍郎李若水見狀怒斥何㮚道：「國家危難至此，皆因你們這樣的小人誤事。如今社稷傾危，你們萬死也難辭其咎！」何㮚不得已才領命上馬，兩足卻戰慄著不能跨坐上去，在有人左右相扶下才騎上動身，由皇城出朱雀門這段短短的距離中，他所執的馬鞭竟三度墜地。

豈料現在的金元帥宗望及國相宗翰連親王宰相都瞧不上了，要他們回去請太上皇親自來議和。趙桓得知後對一干大臣歎道：「太上年事已高，而且已經驚擾成疾，如何能出外議和？迫不得已，還是朕親行罷。」

宗望宗翰見趙桓帶降表前來便提了許多割地輸金的條件，要求宋速交三鎮之地，並金一萬錠，銀二萬錠。趙桓一時不敢答應，便被拘留在寨中兩天，但因二帥暫時沒得到金主指示如何處理的詔命，最後還是放了趙桓回去。

趙桓回京時意外地發現京師士庶及太學生竟然夾道歡迎他這無能之君。想自己身爲君主竟被逼至敵營求和，大失國家體統顏面，趙桓不禁悲從心起，掩面泣道：「宰相誤我父子！」觀者亦隨之唏噓不已。

此時的汴京雖未有金兵入城，實際上卻早已失去防衛。金人天天催索金銀財物及少女，威脅稱若不交出便縱兵入城。趙桓不堪其擾，只得於靖康二年正月帶著鄆王楷及數位大臣再次前往青城金軍寨與金人商議。原本約定五日之內歸來，不想這次一去便被扣留了下來，宗望稱一定要金銀財物割地交清後才放趙桓回京。

趙構在相州開設大元帥府，擁兵萬人，分為五軍。先派宗澤率二千人為先鋒，行至大名時遇上一股金兵，於是宗澤正面迎擊，連破金兵三十餘寨，知信德府梁揚祖又率三千人趕來，連打數場勝仗，兵威稍振。可這時會簽書樞密院事曹輔突然帶著蠟詔至軍中，趙構見詔書中說：「方議和好，可屯兵十日毋輕進。」便遲疑未決，不知是否該繼續進攻。汪伯彥等人皆信和議為真，惟有宗澤生疑，對趙構說：「必是金人冒名擬詔書阻我師前行。大王切勿聽信此言，請直驅澶淵為壁，次第進壘以解京城之圍。」但汪伯彥、耿南仲等均反對，堅持稱若行宗澤之計必會影響和議和皇帝安全，請移軍東平為宜。趙構考慮後遂移駐東平，只另遣宗澤率萬人進屯澶淵，讓他們四處揚言稱康王在軍中。自此宗澤便被隔離出去，不能再與趙構及諸將在大元帥府中議事。

靖康二年春正月癸巳，趙構率兵至東平。金人一直在打聽他的下落，聽到他們散佈的消息，說趙構在澶淵，宗望遂遣中書舍人張瀓來宋軍營欲召他回去。哪知宗澤毫不理睬，一見張瀓便命手下壯士引箭去射，張瀓只得狼狽而逃。在東平停留了沒多久，汪伯彥等人又請趙構前往相對較安全的濟州駐紮。二月癸未，趙構抵達濟州。而金人也不肯就此放過他，密遣五千騎兵追殺康王。

靖康二年三月初，金主下令廢徽宗趙佶與欽宗趙桓為庶人，不久後宣佈立張邦昌為南朝皇帝，國號為楚。金兵全面入侵汴梁城。京城巡檢范瓊受張邦昌指使，入宮迫趙佶與太上皇后乘犢車出宮，金人並按內侍鄧珪私下獻上的妃嬪、帝姬及親王、皇孫名冊搜索這些宮眷，共搜得三千餘人。

三月末四月初，金帥完顏宗望、宗翰先後退師，帶二帝北遷回金，皇后、皇太子、京中親王、諸妃、帝姬、駙馬皆隨行，其中也包括趙構的母親韋賢妃和王妃邢氏，只有哲宗的元祐皇后孟氏因早已被廢，現在居於私邸，倒因禍得福，不在被俘之列。而汴京也被金兵徹底洗劫，凡法駕、鹵簿，皇后以下車輅、鹵簿、冠服、禮器、法物、大樂、教坊樂器、祭器、八寶、九鼎、圭璧、渾天儀、銅人、刻漏、古器、景靈宮供器，太清樓秘閣三館所藏珍品書畫，天下州府圖及官吏、內人、內侍、技藝工匠、倡優，府庫蓄積，均爲之一空。趙桓在軍中頭頂青氈笠乘馬而行，身後有監軍跟隨監督，自鄭門出發向北行，每過一城，趙桓必掩面痛泣，而其後女眷更是悲聲日夜不絕。

張邦昌雖在汴京做了皇帝，但畢竟是受金人僞立，自己也覺得於心不安，知道難以服眾，面對百官都不敢自稱爲「朕」而只稱「予」，詔書亦只稱手書，也沒改元。眾大臣絲毫不把他看在眼裡，都把目光投向了現在濟州的康王趙構身上，明裡私下都有人勸他稱帝，但趙構每每避席遜辭而不受。

張邦昌自知康王稱帝是眾望所歸，遂一面將元祐皇后孟氏接入延福宮居住，並以太后身分垂簾聽政，一面派人奉玉璽至大元帥府交予趙構，其上篆文曰「大宋受命之寶」。隨後元祐皇后下手書告天下，請康王構嗣統爲帝。趙構移居南京應天府，百官又上表勸其稱帝，趙構終於答應。

靖康二年五月，庚寅朔，兵馬大元帥康王趙構即皇帝位於南京。趙構登壇受命，禮畢再次慟哭，遙謝二帝，改元爲建炎。幾天後趙構尊靖康皇帝趙桓爲淵聖皇帝，元祐皇后爲元祐太后，遙尊韋賢妃爲宣和皇后（因太上皇尚在世，所以不稱太后），並立隨父母被俘北上的嘉國夫人邢氏爲皇后。

這月末，金人放宣贊舍人曹勳南歸。臨行前太上皇趙佶對他密語說：「如若見了康王，請告訴他：有清中原以復國的良策，就大膽行之，不要以我爲念。」並持韋賢妃信囑他交給趙構。邢夫人亦把趙構出使前贈她的金環取下，讓內侍交付給曹勳道：「請代我轉告康王，願如此環，早得相見。」

趙構閱母親書信已是感傷不已，再卒見夫人金環越發心酸。他以前王府中的二妾潘氏與張氏在聽得金兵要破城的消息時便悄悄趕往娘家居住，又因不是正室，金人掌握的名單裡也沒記有她們名字，故此倒躲過一難，其後被趙構遣人接到了南京，分別封爲賢妃和婕妤。而他的正妃邢夫人在他走後便入宮服侍婆婆韋賢妃，且又是他這金人勁敵的夫人，因此避無可避地一同被挾北歸。趙構黯然想，如今看來，當初娶她過門當眞是錯了，她若沒有康王夫人的身分，或許便不會遭此大難。一念之差，誤她一生，他也必將遵守當初的承諾，雖與她相聚只短短數月，但定會永遠視她爲正妻，在她歸來之前絕不會另冊他人爲皇后。

雖意外地受命爲帝，但國破家亡的沉重陰影久久鬱結於心，心情一直是壓抑的，直到六月辛未，潘賢妃爲他生下了一個皇子，才爲他帶來一絲喜色。

他爲皇子取名爲旉，並爲此大赦天下。

因連年征戰，國中逃亡的流民多了許多。大赦之日，他命人在城內布粥救濟流民，並親自出宮視察。御駕一出，自然有不少臣民蜂擁過來想一睹皇帝龍顏，而周圍侍衛也自是嚴密守衛，將眾人重重隔開。

繞城看了一周，正欲回宮時，忽聽一女子跑過來，對前面的侍衛說想見官家一面。侍衛自然不允，斥道：「官家是你想見就能見的麼？」然後便趕她走。那女子卻不依，反覆懇求，見侍衛仍不放她過來便悽楚地哭了，邊哭邊朝御輦喊道：「官家，我是服侍柔福帝姬的宮女呀！」

柔福帝姬！這個名字猛然從他刻意遺忘的角落裡浮升出來，攜一抹熟悉而久違的無奈憂傷。

他命人讓那女子走至御輦前。

識。

她一身男裝打扮，想是走了許久的路，衣服與臉上都滿沾塵土，又瘦又憔悴，不過容貌倒是似曾相識。

一見他，她即百感交集似的跪倒在地，雙目瑩瑩有淚水轉動，卻一字也說不出來，怔怔地看了他半晌，忽然身體一斜，暈倒在地。

他把她帶回宮，再命人爲她洗拭換衣，讓她臥床休養。然後走到她床邊，低頭看了許久，終於記起她是那個曾與柔福一起在華陽宮櫻花樹下和他踢毽的小宮女。

她在他凝視中醒來。一睜眼即看見他的臉，頓時滿面暈紅。

見她有了知覺，趙構便問她：「瑗瑗現在在哪裡？有沒有逃出來？」

這是他心底所存的最後一絲希望。雖然聽說在京所有帝姬都已被俘，卻始終盼望這能有例外，給予柔福的例外。或許，她可以像這個小宮女那樣逃出來呢？說不定她已經逃出來了，現在派這個宮女前來告知她的消息。

那宮女聞言一愣，繼而有兩滴清淚滴落。

他心一沉，再追問：「瑗瑗呢？」

「帝姬……」她猶豫著說：「也被帶往金國了……」

他沉默，維持著淡漠的表情，以掩飾剜心般的痛楚。

良久，他才緩緩歎了歎氣，又問：「你叫什麼？」

她低頭輕聲答道：「嬰茀。吳嬰茀。」

嬰茀。他才想起，這個名字好像是柔福以前對他提起過的。

十一　冷月

「瑗瑗，我的母后……在金國還好麼？」絳萼閣前，趙構以這句問話打破他們之間難堪的沉默。

「母后？」柔福像是思索了一下才明白過來他指的是誰，道：「九哥指的是賢妃娘子？對了，九哥當然應該尊賢妃爲母后……她最近怎樣我也不知道，許久沒見到她了。」

趙構蹙眉道：「我聽說你們是被分在一處帶往上京的。」

「是。」柔福淡淡答道：「但到上京後就被分開，此後我再也沒見過她。」

趙構聞之黯然，目光撫落在她雙手上，像是想從中閱讀出她曾經的苦難：「他們竟把你們當奴婢一般使喚……」

柔福輕輕把手縮回袖中，漠然抬目視著天際落日道：「亡國之女，遭受這等命運不足爲奇。」不等他安慰的話出口，忽又淺笑道：「我見了九哥這半日，卻還不曾聽見九哥提起父皇和大哥呢。」

她這話聽起來有些犀利，趙構有猝不及防之感，略略移步抬首道：「父皇與皇兄的消息，我常常命人前去金國打聽，所以大概情形是知道的。」

柔福盯著他道：「那麼，九哥應該知道父皇與大哥在韓州與九百多名宗親一起種了兩年多的地了？金主封父皇爲昏德公，大哥爲重昏侯，不過是借名譏諷嘲笑而已，只給田十五頃，令他們與宗親種植作物以自養，哪裡眞把他們當公侯對待？他們不但如普通農夫一般鋤禾日當午，汗滴禾下土，還更要忍受金人的斥罵與侮辱，甚至鞭打懲罰。」

趙構默然。柔福又道：「聽說最近金主要立劉豫爲大齊皇帝，因此命令將父皇與大哥遷到五國城囚禁，金烏登路統軍錫庫傳命說要減去隨行宗室官吏。父皇苦苦懇求，請金主收回成命，可根本無人理他，他只好流著淚辭別宗親們說：『大家遠道相隨，本來就圖個哀樂與共，同甘共苦，但現在我們命運掌握在他人手中，又能奈何！』非止宗親，連平日照應服侍他的內侍們一個也不能帶去，只有晉康郡王孝騫叔叔與和義郡王有奕哥哥等六人苦求金主，誓死相隨父皇，最後金主才勉強同意他們隨行。可想而知，以後父皇與大哥在五國城的日子必將更加難過。」

趙構歎道：「這些朕也聽說過……」

「九哥聽說過？」柔福逼近他身邊，輕聲問道：「那九哥準備什麼時候去接他們回來呢？」

趙構側首躲避她迫人的目光，說：「妹妹，此事不能急，尚須從長計議。」

一縷失望之色在她目中一閃而過。柔福再度沉默下來，然後緩緩屈膝一福，道：「九哥，我有些累了，請允許我回閣休息。」

趙構頷首道：「你旅途勞累，好好歇息，九哥明日再來看你。」

她轉身朝居處走去，腳步像是瞬間沉重了許多，走得徐緩而飄浮。趙構見狀正欲命人前去攙扶，她卻終於失衡，忽然癱倒下去。

趙構大驚，立即奔去扶起她。只見她雙唇緊抿，眼睛微微睜著，卻是毫無神采，面上煞白之色透過胭脂觸目驚心地呈了出來。

趙構一邊抱起她送入綷蓴閣一邊大聲怒斥身邊宮人道：「還愣著幹什麼？還不快傳御醫！」

御醫引線把脈後，向趙構提出了請女官對柔福帝姬進行身體檢查的要求，神色戰戰兢兢，措辭異常委婉。

趙構閉息凝目，視簾幕內躺著的柔福良久，然後傳來兩位為宮中女子體檢的司藥女官，冷冷對她們說：「仔細探視，記下她身體上每一寸傷痕，再來向朕稟報。」於是邁步回自己寢殿。

吳嬰茀聞訊趕來勸慰，趙構卻怎麼也難釋懷，不斷煩躁地輾轉歎息。在宮中坐立不安地等了好一會兒，才見御醫與司藥過來回報。兩位司藥你看我我看你地反覆三番後，才有一人躊躇著稟道：「柔福帝姬額頭上方有一處舊傷，應是碰撞所致，雙手上有做過粗活的跡象，背部和小腿上有遭過鞭笞的傷痕……」

「鞭笞！」趙構怒呼出聲，宮內人聞後莫不膽戰心驚，面面相覷大氣也不敢出。

司藥嚇得不敢再說話。趙構漸漸冷靜下來，又轉頭問御醫：「她可有內傷？」

御醫尷尬地低頭，額上滿是冷汗，囁嚅半晌才答說：「其實也無大礙，帝姬只是氣血虧損過多，現在身體十分虛弱，微臣已開了方子，照此調養很快就會恢復……」

「氣血虧損？原因呢？」趙構凝眸再問。

御醫跪下告退道：「詳細情況請二位司藥稟告陛下罷。請陛下允許微臣告退，讓微臣親自去為帝姬抓藥。」

趙構再看了看他，終於揮手讓他出去。隨即詢問的目光便落到了司藥們的身上。

司藥不禁都是一哆嗦，低頭視地，沉默到自知已不可不答的時候，剛才未說過話的那人才壯著膽開口說：「帝姬下體見紅，想是以前曾小產過，隨後一路奔波，便一直沒康復……」

言罷兩位司藥不約而同地一齊跪下，戰慄著不敢抬頭。

嬰茀不安地悄悄觀察趙構表情，但他這回反倒似波瀾不興，一言不發，臉上不著絲毫情緒掠過的痕跡，只漠然看著司藥道：「好了，你們回去罷。」

司藥再拜後起身，幾乎落荒而逃。

趙構獨坐著，仍是不言不語，紋絲不動。

嬰茀招手命一位宮女取來沏好的新茶，親自倒了一杯奉給趙構，說：「官家上次在臣妾閣中飲了臣妾命人採購的白茶後讚不絕口，因此臣妾今日特意帶了些過來，請官家再品品罷。」

趙構接過，看也不看便徐徐飲下。飲畢，一手握著那粉青官窯茶杯，緩緩轉動，像是很感興趣似的審視著。

嬰茀在一旁微笑著解釋說：「這是汴京官窯遷到臨安鳳凰山後燒出的第一批瓷器。胎薄厚釉，細密潤澤，精光內含，竟一點也不輸以前汴京官窯製品呢……」

話音未落，只聽一聲悶響，那茶杯已生生被趙構捏碎。瓷片碎屑、殘餘的茶水與手心迸裂而出的鮮血一齊散落濺流。

兩側宮女失聲驚呼。嬰茀一驚之下也下意識倒退兩步，但隨即鎮定下來，轉頭平靜地命令宮女取來藥水與淨布，再在趙構身邊坐下，輕輕拉過他受傷的手，一面仔細地洗拭包紮，一面淡然繼續閒聊道：「雖說瓷器常以胎薄爲貴，可實際用起來未必總是那麼妥帖。太貴重的東西每每如此，就算是握在手中也難免會碎……」

小產。趙構自然已有心理準備，不會天眞地認爲金人會放過他那一個個年輕美麗的姐妹，其中自然也包括柔福。但當這詞從尙宮口中蹦出時，他還是感到一種類似聽到斷頭宣判般毀滅式的絕望。簡簡單單兩個字，卻再次分明而無情地提醒了他，她貞潔的喪失和她曾經遭遇的痛苦命運。徹骨的悲哀和無處宣洩的憤怒幾乎令他窒息。

心緒不寧，早早就寢，畢竟不能安眠，便披衣而起，踏著溶溶月色走出宮室。守候在外的宮女內侍緊緊相隨，他卻回頭喝止，只想一人安靜地隨處走走。

信步而行，腦中儘是關於柔福昔日與今朝的容顏，眾多回憶紛繁交織，使他的思維與前行的腳步同時迷途。待驀然驚覺時才發現自己竟已走到了絳萼閣前。

更意外的是看見柔福俏立於院中，披髮，只著兩層生絹單衣，透過疏桐仰首望著夜空，感覺到他走近，側首以視，便微微笑了。

他走至她身邊，問：「怎麼不讓宮人在旁服侍？」

她答道：「是我不讓她們跟出來的。」

他憐惜地看著她，說：「穿得太單薄了。你現在身子很弱，不能著風寒，九哥讓人給你送披風過來。」

她攔住他，淺笑道：「九哥不要走，我們說說話，」

不覺心有一顫，他停步頷首道：「好。」

她一時卻又無話可說。兩人默然以對，過了片刻，他問：「瑗瑗，能告訴九哥你在金國的遭遇麼？」

她幽然一笑，反問：「九哥眞想知道？」

他卻又猶豫了，不再接口。

忽然有風吹過，她微一瑟縮，對他說：「九哥，我好冷。」

剎那間他很想展臂摟她入懷，但甫一伸手便凝結了動作，再漸漸縮回。

而她居然十分自然地伸出雙手環住了他的腰，再輕輕地把臉貼在他胸前，閉上雙目也不說話，像是一心一意地想自他身上取暖。

趙構先是被她突兀的舉動驚呆，全身僵硬不知如何回應。須臾才有一縷溫柔和暖的感情泛上心來，融化了今日一直感覺到的那層堅硬的生疏與戒備，於是也以手相擁，下巴輕抵在她的秀髮上，靜靜地體會著於苦澀中透出的點點幸福暖意。

不知過了多久，依偎在趙構懷中的柔福忽然幽幽地吐出三個字：「殺了他。」

趙構一驚，扶著她雙肩低頭看她，發現她眸中綻出一點怨毒之光，重複道：「九哥，殺了他！」

這種神色是他從未見過的，心底竟隨之生出一絲寒意。他緊鎖眉心問她：「你要我殺誰？」

她緘口不答，在他注視下忽又展顏笑道：「沒有特指誰，反正每一個金人都該殺。不是麼，九哥？」

他放開她，溫言道：「起風了，你還是早些進去歇息罷。」

她聽話地點頭，向他道別，然後轉身回閣。

趙構目送她歸去才鬱然啓步離去，但也沒回寢殿，漫步到御花園內，垂目凝視著水中淡月，不覺又是良久。

漸有雨點滴落，他也沒有躲避的意思。如此枯立至中宵，身後忽有人悄然走來，撐著一把雨傘爲他擋雨。

他不看也知是誰，深深歎道：「瑗苐。」

嬰茀柔聲勸道：「很晚了，又有雨，官家明日要早朝，請回寢殿休息罷。」

趙構轉首看著她，愴然問道：「嬰茀，當初瑗瑗爲何沒能像你一樣逃出來？」

第二章　宮女嬰茀・棠棣之華

一　爭標

「這話官家問過臣妾許多次了。」嬰茀說，語調依然溫和如故。

趙構一怔，失笑道：「是，朕是問過你多次，也聽過你無數次的解釋，可不知爲何總是記不住，如今又拿來問你。」

嬰茀輕歎道：「官家是太關心帝姬，始終覺得帝姬當初沒能逃出來是莫大的遺憾，因此一再想起這個問題。」

趙構無言，須臾舉目望著遠處的絳萼閣，說：「你覺不覺得她跟以前完全不一樣了……三年多的時間，竟把她變成了另一個人。」

嬰茀默默凝視著他，暫時沒回答他的問題。眼前的男人陰鬱而消沉，經年沉積下來的數重悲劇陰影侵入了他的四肢百骸中，再由他幽深的雙眸映射而出，看得她止不住地覺得悲哀。

若不是幾年來與你朝夕相處，我必也不會認爲你還是曾經的你。她想。立在臨安的夜雨裡，她忽然很懷念當年汴京的和暖陽光，以及浴著陽光出現在她生命裡的那個意氣風發的少年。

吳嬰茀生於汴京一個普通、甚至趨於貧寒的家庭裡。嬰茀這個名字也是後來才取的，她那沒什麼學問的父母本來給她取的名字叫「彩雲」。她父親吳近是個不折不扣的小市民，做著份收入微薄的小工，偏還要養活子女成群的一大家子，所以一早就把嬰茀的幾個姐姐嫁的嫁、賣的賣，全都打發了出去。嬰茀十二歲那年，吳近本來已跟一戶人家談好了價錢，要把嬰茀賣掉，但後來聽說皇宮派人出來選宮女，蹲下來琢磨盤算了半天，覺著把女兒送入宮也許是個放長線釣大魚的好機會：雖說現在得到的錢不如賣給富裕人家的多，但若女兒入宮，興許以後能得皇上寵幸，那不就發了？退一步說，即使皇上看不上她，能釣到一位皇子也是好的，如果不行再退一步，哪天主子一高興，把她賜給一位大官大將軍做妾也是好的。

於是吳近把嬰茀叫出來，命她收拾乾淨些，便帶著她去應選去了。

嬰茀天生姿容秀麗，當時雖未讀過什麼書，但性情好，溫順識禮，因此順利入選。入宮之後又小心謹慎地做好一切安排給她的事，十分勤快又不多話，皇后閣中押班看出她乖巧，不久後便調她去服侍鄭皇后。

平日服侍皇后一人的就有數十名宮女。嬰茀很快發現，閒暇之時這些年輕女孩最愛談論的就是皇帝趙佶的那大大小小幾十位皇子，因皇子們經常來向皇后請安的關係，她們見到他們的機會也比別處的宮女多，私下聚在一起評價討論他們的風姿氣質便成了她們的一大樂趣。

「肅王今日穿了件絳紗單袍，綰著銀絲唐巾，一雙緋羅靴上不著半點灰塵。來向皇后請安時是我替他通報的，當時他看著我微微一笑，還說了聲『謝謝姑娘』……」

「肅王生得太過文弱，還是濟王好。昨日剛拜了清海軍節度使，穿著戎裝進延福宮向官家謝恩，當真英姿颯爽，儼然是位英武的小將軍……」

「可他只是掛個虛職，又沒真上陣打仗，怎麼知道他是不是真的英武？而且濟王好像不愛讀書呢，上次跟景王一起見官家，官家要求他們當場塡一闋詞，濟王想了半天也沒作出來，而景王轉眼便已塡好三闋……」

「呵呵，若說文才哪位大王能跟鄆王比啊！景王會作幾首詩詞不過是有一般文人的小聰明罷了，人家鄆王可是正經科舉考出來的狀元呢！可惜官家爲了避嫌改點了別人，不過鄆王也毫不介意，只一笑置之，完全視名利如浮雲……」

「你這小妮子，成天把鄆王掛在嘴上，卻也沒見人家多看你一眼！」

「哼，他不看我，難道又看你了麼？」

「我才不像你那麼對人家抱有非分之想呢……再說再有才又能如何？將來接掌天下的還不是太子殿下！說起來眾皇子中還數太子殿下最爲穩重……」

「嘿，還是姐姐厲害，知道現在多接近太子將來便可以做皇帝娘子了……」

「哎呀呀，你們別爭了！聽說今天鄆王又畫了幅花鳥畫，官家連聲稱讚，說畫得比他畫的還好呢……」

「是麼？在哪裡呀？我們能去看麼？」

……

嬰茀便生活在這樣的環境裡，終日聽著關於皇子們的瑣事和以他們爲中心的爭執。被宮女們談論最多的是鄆王趙楷，嬰茀未見到他之前便已借大家的描述勾勒出了他的大致形象：英俊非凡，才華出眾，精通畫藝，風度翩翩而開朗健談。有一個名字大家提得就很少：康王趙構。嬰茀記得當時女孩們對他的印象是這樣：「倒是越長越帥氣，可就是不愛說話，也不太愛搭理人，不知道他成天在想些什麼。」

宣和六年三月二十日，她終於見到了這兩位傳說中的皇子。

這天，趙佶按慣例駕幸皇家水景園林金明池中的臨水殿觀龍舟爭標，並賜宴百官。他帶了許多嬪妃同去，嬰茀也隨鄭皇后一同前往。

薰風微來，晴瀾始暖，臨水殿正面對著波光瀲灩的金明池，池中橫列有四艘彩船，上有許多禁衛軍不斷演著百戲，如大旗、獅豹、掉刀、蠻牌、神鬼、雜劇等等。又有兩艘畫舫相伴在側，中有樂伎調琴吹笙，樂聲悠揚，透過紗幕蕩漾在青天碧水間。

看了一會兒船上彩樓上演的「水傀儡」戲後，又有兩艘豎著秋千架的畫船駛到了臨水殿前。船剛一停定，樂聲戛然而止，卻見一翩翩公子笑吟吟地持著一玉笛自艙中揭簾而出。

他著一身飄逸輕緩的素袍，廣袖隨著頭上長長的髮帶迎風而舞，那風像是被他的突然出現攪亂了似的掠得急促而紛繁，卻不曾影響到他啓步的從容和唇際笑意的閒雅。

他微笑著側首朝臨水殿中看來，立即引起珠簾後的女子一片或明或暗的驚呼：「啊，鄆王……」

嬰茀看清他面容後也微有一驚：俊美如斯的男子即便在皇室中也是少見的。

趙楷走到船邊，向臨水殿中的父皇深施一禮，然後又邁步走到船中部的秋千架側，昂然而立，引笛至唇邊，一陣清越的樂音轉瞬響起。

踏著樂聲，又一少年自艙中走出。他要比趙楷小好幾歲，看上去不過十六七，與言笑晏晏舉止瀟灑的趙楷全然不同，他的俊朗中仍帶有一絲淺淺的青澀，但雙唇緊抿，神情含著一抹超出他年齡的莊重與嚴肅，穿的也不是長袍，而是一身淡青窄袖勁裝。

面朝臨水殿行禮後，他抬足躍上秋千，然後隨著趙楷的笛聲蹴著秋千，穩穩盪起。漸漸笛聲越來越激越，而秋千上的少年也越蹴越高，來回飛盪於空中。樂聲漸入高潮，兩側畫舫上樂隊也隨之相和，眼見著那少年已蹴到身體與秋千的橫架差不多平行了，景象漸趨驚險，更引得殿中珠簾後的美人宮女們紛紛忘了禮儀爭相擁至門邊，以手撥珠簾以觀船上秋千。

此時突見那少年猛然自最高處騰空而起，棄秋千而出，在空中翻躍了兩個筋斗，最後擲身倒垂入水，淺淺激起一朵水花，很快化為漣漪蕩漾開來，水面復又歸於平靜。

宮人們齊聲喝彩，讚歎之聲不絕於耳。鄭皇后也微笑著對趙佶說：「九哥什麼時候學會了蹴水秋千？想是為此花了不少工夫罷，真是難為這孩子了。」

趙佶頷首而笑，顯得十分喜悅。

嬰茀在一旁聽著，才明白原來這位少年就是宮女姐姐們說過的那位「不愛說話」的九大王——康王趙構。

隨後各色爭標的龍舟相繼駛出，湖上大小龍船、虎頭船、鰍魚船、飛魚船接踵而至。划到臨水殿前時分成兩隊停靠在兩側，小龍船東西相向列於殿前，虎頭、飛魚等船則布在其後，呈兩陣之勢。靜待片刻後，有一人手持紅旗走至水殿前的水棚上，嬰茀定睛一看，發現竟又是剛才見到的康王趙構。

他此時已換了身撚金線的錦袍，腰紮金帶，映著陽光整個人都粲然生輝。還是一副不苟言笑的樣子，只果斷地一揮旗，那些龍船便各自鳴鑼出陣，划槳旋轉，一起排列為一圓陣。

「此陣名為『旋羅』。」有聲音自側邊響起，嬰茀回頭一看，發現說話的是趙楷。他不知什麼時候進到殿中，正在向皇帝皇后解說龍舟陣型。感覺到嬰茀在看他，他便轉首坦然相視，那目光溫和而依舊含著笑意。嬰茀不覺飛霞撲面，忙又再舉目去看外面的龍舟。

只見趙構又以紅旗作勢指揮，左右一揮，兩邊船隊立即散開，聚於兩邊，頃刻間又各自組成了圓陣。

「這叫『海眼』。」趙楷繼續說。

趙構隨即舉旗於空中劃了個叉，兩船隊又散開列隊相互交插。

趙楷朗然笑道：「此謂之『交頭』。」

接著趙構再以旗相招，兩隊再次分列於臨水殿東西兩側。有一小舟軍校持一竿而出，竿上掛著錦彩銀碗之燈，插在接近臨水殿的水中以作標竿。趙構待他插好後再度舉旗，決然揮下，兩船隊當即鳴鼓並進，爭相快駛，向標竿衝去。先到達者得標後自是喜不自禁，帶領著眾人朝臨水殿跪拜，三呼萬歲。然後同樣的儀式又在趙構指揮下重演，如此三番才結束了這日的爭標活動。

爭標既罷，趙構邁步進入殿中覲見父皇。趙佶龍顏大悅，對他與趙楷厚加賞賜，賜予他們金帛、貢品無數，而給予趙構的略豐於趙楷。

趙構下拜謝恩，之後起身歸座。在他抬頭的那一瞬，瓔珞覺察到了他目中已然點亮的傲然神采，和唇角轉瞬即逝的透露著自信訊息的淡淡笑容。

二　瓔珞

瓔珞漸漸得到了越來越多的近身服侍鄭皇后的機會，她的優點也因此很快被皇后發現，於是，有一天皇后把她召來，命她去伺候柔福帝姬，說柔福年紀尚小，需要有跟她差不多大的宮女陪伴，但柔福生性活潑而頑皮，一般小宮女只能眼睜睜由著她胡鬧，難得瓔珞這麼穩重又懂事，希望她既可與帝姬做伴又能對帝姬起點勸導的作用。

嬰茀自然順從地接受了皇后給她安排的新命運，那時的她根本捕捉不到屬於自己的意志，對所有的變化都被動地接受，然後主動地適應，無所謂願不願意，也沒人會問她願不願意。

隨後她被帶到了柔福的居處。一進門就看見滿室的宮人都跟在一個小女孩身後追。那女孩比她還略小些，身材嬌小，玉雪可愛，此刻正提著輕羅紗裙東搖西擺地四處亂跑，露出來的雙足纖小非常，既沒用白綾纏也沒著鞋，僅穿了雙粉色的襪子。身後的大宮女提著一條纏足白綾著急地追著，連聲勸道：「帝姬，一定要用布纏，否則腳會變大的！」而那女孩仍不停地跑，頭搖得像撥浪鼓：「我不要！我不要！熱死了！」

她正欲衝出門，卻正好撞上了剛進門的嬰茀，便停了下來，睜大眼睛好奇地打量她，問：「你是誰呀？」

嬰茀猜到這女孩肯定就是她的新主子，於是跪下回答道：「奴婢是皇后娘娘遣來服侍柔福帝姬的宮女。帝姬萬福。」

柔福點點頭，又問：「你叫什麼？」

嬰茀便說出了她那時的本名：「奴婢名叫彩雲。」

「彩雲？」柔福格格地笑起來：「好土的名字！」

嬰茀羞得面紅過耳，因她毫不加掩飾的直率反應，不由地深垂下了頭。雖知自己的名字取得確實不高明，卻也從來無人當面嘲笑過她，如今乍聽帝姬這樣說，一時間只覺無地自容。

這時那些宮人抓住了柔福，紛紛勸她回去纏足。她不耐煩地掙脫開來，道：「好了好了！我可以纏，但不要你們，讓這個彩雲給我纏。」

她們只得答應，把白綾遞給了嬰茀。柔福回到臥室坐在床上，讓嬰茀為她脫襪纏足，其間悄悄湊到嬰茀耳邊笑說：「輕一點啊……」

嬰茀點頭答應，很認眞地做起了服侍帝姬的第一件事。按她的要求沒用足勁纏，不過也不敢當眞放鬆，仍是纏得相當緊，默默地想著：帝姬的雙足如此纖小美麗，自然是應該好好保持的。

柔福盯著她的臉看了半天，隨即目光移到了她的腳上。

嬰茀偶然間抬頭，發現柔福頗感興趣地觀察她的天足，頓時臉上又有了火辣辣的感覺，立即拼命地把腳往裙子裡藏。

柔福笑笑，也沒就此談下去，只開口對她說：「彩雲，你的名字是不是皇后娘娘給你取的？」

嬰茀答說：「不是。是我爹取的，皇后娘娘沒有改。」

柔福一喜，道：「太好了！那我就可以給你另取個好名字。喜兒的名字我也不喜歡，可那是皇后娘娘取的，我就不好改了。」

嬰茀溫順地點頭：「如此有勞帝姬。」

柔福想了想，說：「那你以後就叫嬰茀吧，你原來叫彩雲，而嬰茀就是雲彩繞身的意思。」

嬰茀暫停了手上的工作，再次跪下謝帝姬賜給她新名。

柔福笑道：「嬰茀眞是很好聽呢，如果我可以改爹爹給我取的名字的話，我會把這個名字留給自己。」停了停，又朝外望去自言自語地說：「若是名字可以自己取，夫婿可以自己選，纏不纏足可以由自己決定就好了……」

嬰茀也隨之有那麼一瞬的怔忡。名字可以自己取，夫婿可以自己選，纏不纏足可以由自己決定——這也是她的願望，可是就連貴為帝姬的柔福都難以達成這樣的心願，對她這個身分卑微的小宮女來說就更是奢望了。

繼續為柔福纏著足，她又細細品味著「纏不纏足可以由自己決定」那句話。柔福厭惡纏足大概還是因為年紀小，不懂得纏足對女子的重要性罷。身分高貴的女子怎麼可以不纏足呢？就連家境中等人家的女兒也都會想方設法纏得一雙纖足，以期借此覓得一位好夫婿，而女子出身的卑微通常就寫在那一雙天足上，讓人一目了然。帝姬當眞是生在福中不知福了，她不會明白，如果「纏不纏足可以由自己決定」，那嬰茀的決定肯定會與帝姬的相反。

「你識不識字？知不知道『嬰茀』二字怎麼寫？」柔福忽然又問。

嬰茀慚愧地搖搖頭。

柔福微笑說：「沒關係，我可以教你。」

纏好之後柔福立即跳下床來，興致勃勃地命人準備好筆墨紙硯，然後提筆在紙上寫下了兩個秀麗的大字：嬰茀。

「能看清楚吧？來，你照著寫試試。」柔福把筆遞給嬰茀，鼓勵地看著她。

嬰茀猶豫半晌，在柔福的再三催促下才忐忑不安地接過筆，手顫抖著握筆正要往紙上落，柔福卻已忍俊不禁地大笑起來：「哎，筆不是這樣握的！」

嬰茀當然不知道正確的握筆姿勢，接過筆後一慌之下五指合攏，緊緊把筆桿攥在手心。現在聽見柔福嘲笑，不免又驚又羞，連忙放手，那筆就滑落到了地上。

柔福親自彎腰把筆拾起來，自己先握筆讓嬰茀看，然後再次遞給嬰茀，和言道：「就是這樣，很簡單的，你再試試。」

在她的指導下嬰茀好不容易能以正確的姿勢提筆了，但眞要寫卻發現困難更大，完全不知道從何下手。最後戰戰兢兢地聽著柔福的指示，又以畫畫臨摹般的態度終於勉強寫完了那頗不簡單的「嬰茀」二字。豈料剛鬆了一口氣，還沒回過神來便又聽見了柔福朗朗的笑聲：「原來這麼漂亮的兩個字也可以被寫得這麼難看。」

嬰茀的心一下墜入谷底，看見周圍的人都跟著柔福在笑，更是如寒冬受凍般地發顫，既難過又難堪，眼圈不禁開始泛紅。

「呀，你別難過，我不是在笑你！」柔福發現她神色不對，立即拉起她手勸道：「別這麼多心。我第一次寫字時寫得比你寫的還難看呢，讓我的狀元哥哥足足笑了半月，直說我要練書法是沒前途的了，若是跟著道士學畫符倒可以考慮。」

又讓人換上新的紙，命她反覆練習，邊看邊說：「以後我教你讀書寫字，學好了還可以請我的哥哥們來指點指點……他們好多人書法都很好，我的三哥楷哥哥就不必說了，植哥哥也不錯，他們是我的親哥哥，會不時來看我……聽說九哥的行書很漂亮，不過我沒見過……上次見他時我才一點點大，現在都記不起他長什麼樣了……」

三　趙楷

自此以後柔福果然經常教嬰茀讀書寫字，而嬰茀的態度總是異常認眞，學過的字、讀過的書很快就能做到過目不忘，對練習書法更是有無比的熱情，除了跟柔福一起練習外，她還會在每日天剛破曉、宮內諸人尚在夢鄉之時起床，就著微淡的晨光以筆蘸水在庭院內的雲石地板上習字，然後在別人起床前把筆洗乾淨，悄悄放回書房中。

所以每次柔福看到她新寫的字都會感到驚喜：「嬰茀，你眞的很有天分呢！寫得一次比一次好了。」

嬰茀通常低首回答：「是帝姬教得好。」

一日黎明，嬰茀又如往常那樣一人蹲在院中習字，寫完了昨日柔福教她的字，便又反覆練習寫她的名字「嬰茀」。正在寫著，忽聽背後響起一個溫和悅耳的男聲：「這是你的名字麼？」

嬰茀一驚而起，轉頭一看，便看見了趙楷俊朗的笑顏。他一手負於身後，一手鬆執著一把半張的高麗摺疊扇（注），蕭寒的晨風撩起他耳側垂下的幾縷散髮，拂過他完美無瑕的臉頰和含笑的唇，不經意間卻助他的衣香在嬰茀周圍的空氣中肆意蔓延。

嬰茀滿面緋紅地行禮道：「三大王早。」

趙楷笑說：「對我來說這可不早。我並非早起，而是晚歸，路過這裡看見你在寫字便過來看看。」

趙楷是趙佶最爲鍾愛的兒子，因他聰慧有才，人又風流倜儻，趙佶看著他便如看見年輕時的自己一般，所以待他之厚絕非尋常皇子可比。一般皇子滿十五歲後便要出宮外居，而趙佶一直等到趙楷滿十八歲後才放他出宮居住，賜給他的王府之寬敞精美遠超其餘諸子王府。另特許他隨時可出入禁宮，不限朝暮。這還不算，爲方便他經常入宮，又命人在他的王府與皇宮之間建造飛橋復道以縮短路程。飛橋復道即空中相連的飛閣長廊，凌空飛懸而越城牆，將兩宮連接在一起，自秦漢後歷代宮廷鮮見這種建築，趙佶特意下令爲趙楷而造，可見愛子之切。昨夜趙佶又留趙楷飲酒歡宴品評書畫，不覺又是一通宵，現在才讓他告辭回王府。

「你還沒回答我的問題呢。」趙楷依然含笑提醒說。

嬰茀忙頷首答道：「是。奴婢的名字是叫嬰茀。是柔福帝姬取的。」

「白蜺嬰茀，胡爲此堂？」趙楷笑道：「瑗瑗怎麼給你取了這麼個名字！」

「這名字……有何不妥麼？」嬰茀惶然問道。

趙楷卻又和言安慰說：「也沒什麼，只是深究其意義略有些不祥。但瑗瑗一定無他意，大概只覺得這詞好聽便拿來給你做名字……你小小年紀竟會寫字，眞是難得。」

嬰茀應道：「是帝姬不嫌奴婢愚笨，不厭其煩地親自教奴婢讀書寫字。」

趙楷聞言又笑了：「呵呵，她這丫頭，一向不好好學習，總是不求甚解，還好意思當人家老師。」

「哪裡，」嬰茀輕聲道：「帝姬的學識，奴婢一輩子能學到三分就心滿意足了。」

「你不會比她差的，嬰茀。」趙楷說，像是在很嚴肅地預言，然而唇邊的微笑並未隱去：「你是不是覺得自己什麼都不如她，容貌、才華、身分、命運？」

注：據宋．鄧椿《畫繼》記載，北宋時已有摺扇，稱為「摺疊扇」，尤以高麗所製為精。

嬰茀被他直接的問題逼迫得不知如何是好，半晌才垂目說：「奴婢惶恐……奴婢怎能與帝姬相提並論……」

「看著我，嬰茀。」趙楷伸手以二指輕輕托起她的下巴，目光直探到她眼眸深處。他的手指修長，觸在嬰茀的皮膚上微微有點涼意：「你們的容貌可說是春蘭秋菊，各有千秋，而你的才華可從你的字裡看出，你其實是很有天賦的人。至於現在的身分，這是天定的，但並不是決定命運的最主要因素。比身分更重要的是才華、勤勉和自信。你有才華，從你每日早起習字看來，也足夠勤勉，如今惟缺的只是自信。」

「啊，大王知道奴婢每日習字？」嬰茀又開始窘迫起來，側頭擺脫他的掌握，雙眼躲閃著他目光的追逐。

趙楷微笑道：「今日並不是我第一次晚歸。每次黎明路過這裡都會看見你在地上習字。這也是我如今有興趣跟你說這番話的原因。」稍歇，抬首望向朝陽初升的方向：「能受人關注並不是偶然的，上天總是特別眷顧那些有才華，而又勤勉、自信的人。」

嬰茀低首細細琢磨他所說的話，卻聽見他又問她：「你知不知道，有一點瑗瑗肯定比不上你。」

嬰茀訝異地抬頭，滿含疑惑地看著趙楷。

趙楷凝視著她，輕搖摺扇，笑容閒雅如故：「瑗瑗日後的夫君身分再高貴也始終不過是個臣下。臣子娶帝姬稱爲『尙』，而帝姬下嫁則稱『降』。一個降字即可看出帝姬嫁的永遠都只能是身分低於她的人。而你不同，嬰茀，你日後的丈夫身分必然高貴，會遠超過瑗瑗的駙馬。」

嬰茀立時又羞紅了臉，垂手撚著衣角，許久才開口回應，聲音輕如蚊音，幾不可聞：「奴婢豈敢有此非分之想。」

趙楷一笑：「我說如此，便會如此。我要回府了，以後會常來教你們書法。」又伸手輕輕撫過嬛茀的臉，那手指上竟帶有了絲溫度。

他另說了句：「以後在我面前你不必自稱爲奴婢。」然後轉身離去。

嬛茀有些迷惘地望著他遠去的身影，憶起適才的情景與他說的話，只覺彷若夢境。

兩日後趙楷來看柔福，只說要檢查柔福最近的習字情況，待柔福寫了幾個給他看，他便笑說：「越寫越難看。聽說最近你教的丫頭寫得都比你好了。」

柔福聽了自然不服，便讓嬛茀也來寫。嬛茀明白趙楷之意，便有些害羞，先是不肯寫，最後在柔福反覆催促和趙楷鼓勵的注視下才提筆寫了幾個。寫完趙楷細看一番，極認眞細緻地給她提了許多意見，並親自提筆示範指導。

柔福嘟嘴道：「楷哥哥分明是偏心，從來不會跟我講得這麼仔細。」

趙楷笑道：「哥哥這可是爲你著想。你的書法是我教的，寫差了人家看後暗中嘲笑我這老師我也就忍了，誰讓我是你親哥哥呢？可嬛茀是你收的弟子，要是寫得不好損的可是老師你的顏面，我如此疼愛妹妹，怎能讓妹妹遭人恥笑？所以勉爲其難地幫你教嬛茀，以後她書法有成我也不會搶妹妹的功勞，對外全說是妹妹教導有方。」

言罷看了看侍候在一旁的柔福另一貼身侍女張喜兒，朝她招手道：「喜兒也過來學罷。」

張喜兒難以置信地指著自己問：「大王是在喚我麼？」

趙楷頷首微笑：「不錯，今後我一齊教你們三人。」

喜兒大喜，伶伶俐俐地跪下謝恩，然後過來跟他們一起練習。

其後趙楷來得越發頻繁，通常入宮見過父皇后便會來柔福居處教她們書法及詩詞。鄭皇后聽說了不太高興，覺得他與柔福雖是親兄妹，但柔福逐漸大了，再如此親近畢竟不妥。趙佶卻全不介意，直說皇后想得太多，趙楷文才如此好，難得他有心指導妹妹學習，又何必多加阻攔。於是鄭皇后便也緘口不管。

有一日趙楷正在柔福閣中看她們習字，卻見趙佶派了名宮女來通報：「官家召了數位學士和新科進士在蘭薰閣賞花作詩，命奴婢來請三大王過去。」

趙楷側首問道：「太子也在麼？」

宮女稱是。他便微微一笑，也不急著說是否要去，只看著那宮女道：「青菡，你今天的胭脂顏色很好看呢。」

那宮女一愣，激動得話都說不清楚了：「大……大王知道奴婢的名……名字？」

趙楷點點頭，說：「上次父皇命你爲我斟酒，喚了你一聲，我便記住了。」

青菡聞言再不知該如何開口，欣喜地笑著，目中卻泛出了點點淚光。

「青菡，」趙楷又淺笑著對她說：「你可不可以回去告訴我父皇，說柔福帝姬纏著我要我教她習字，怎麼也不肯放我走？」

柔福聽了不滿道：「不想去就直說嘛，扯上我做什麼？」

趙楷轉頭以摺疊扇輕點了點她的額頭，清楚地吐出二字：「閉——嘴。」然後又回頭溫柔地看著青菡。

那青菡看他的眼神都止不住地飄浮起來，不自覺點頭應道：「是，是，奴婢會如此回稟官家。」嬰茀見狀即知青菡回去後必會拉著一幫姐妹述說今日意外地受鄆王關注之事，隨後必有幾夜會因此輾轉難眠。微覺好笑，但再回想趙楷對青菡溫言款款的情形，卻又有一點點莫名的惆悵。

待她走後，柔福問趙楷道：「楷哥哥，我真不明白爲何大哥在你就不去了，難道你怕作詩作不過大哥麼？那怎麼可能嘛！」

趙楷笑道：「比賽作詩我當然不會怕，可不能保證別人也不怕。你想，要是我當著眾人面又作了好詩，得到爹爹的誇讚，誰會最不高興？」

「哦，我知道了，是大哥！」柔福恍然大悟：「是呀，每次爹爹誇你大哥都臉黑黑。」

「呵呵，那是你說的，我什麼也沒說過。」趙楷又道：「與其去湊那個熱鬧看某人的黑臉，自然不如留在這裡看兩位美女習字了。」

「兩位美女？」柔福蹙眉道：「哥哥好像說錯了，我們這裡有三位美女哎……你是想說嬰茀和喜兒中的誰不是美女呀？」

「對呀，我說的兩位美女就是指她們兩位。」趙楷故作不解狀：「難道還有第三位麼？哪裡？哪裡？」一邊說著一邊左右擺首，像是在四處尋找。

柔福知道他是在故意開自己玩笑，自是不依，揮拳捶打他，眾人笑成一片。

這樣的情況又出現了一次，但結果相異。某日趙佶在保和殿賜宴蔡京、王黼等大臣，又命宮女前來邀請趙楷。趙楷再問太子是否在場，宮女答說官家只請了鄆王一位皇子，於是趙楷揮揮衣袖，面含微笑欣然前往。

經此二事，嬰茀亦漸漸看出，趙桓、趙楷兩兄弟表面展示的和睦友好不過是層和美面紗，之下暗藏的尖銳鋒芒令人觸之生寒。

某日趙楷一早便來，柔福那時尚未起床，嬰茀與喜兒便請他到書房小坐。待走進書房後，他見擁進好幾位宮女站在一旁伺候，便笑了：「我們要在這裡寫字，又不是演百戲，你們這麼多人全跑進來幹什麼？嬰茀與喜兒留下即可，其他人出去做事罷。」

於是眾人退去。須臾他又對喜兒道：「喜兒，你去服侍帝姬起床盥洗罷。這麼晚了還不起真是不像話，哪像個淑女！」

喜兒應承著離開。

嬰茀見書房內只剩她與趙楷二人，忽然局促起來，忙匆匆走到書案邊準備文房四寶。

趙楷一時也沒說話，只坐在椅中微笑著看她行動。

這點工作很容易完成，嬰茀又不知如何面對他了，只好默默地站著不停地磨墨。

「嬰茀，」趙楷悠悠開口：「你先寫點字給我看罷。」

嬰茀低頭問道：「大王想讓我寫什麼字？」

趙楷看看她，忽地一笑說：「我們打個賭如何？你可以隨便寫，但我猜你寫的肯定會是個『楷』字。」

嬰茀心想哪有這樣的賭法，且莫說我全沒想到要寫此字，即便是本來要寫，你現在自己先把這字說出來了，難道我還會再寫麼？

雖是如此想，但一時好奇，忍不住接口道：「那大王想與我賭什麼呢？」

「如果你果眞寫下『楷』字便是我贏了，」趙楷笑道：「那你讓我親一下。」

嬛茀小臉又羞得通紅，低聲道：「大王……不妥。」

「有何不妥？」趙楷問：「呵呵，難道你認爲你一定會輸麼？」

嬛茀沉默半晌，才問：「那……如果大王輸了呢？」

「如果我輸了……」一縷類似狡黠的笑意漩入他的雙眸：「那只好我讓你親一下嘍！」

「大王！」嬛茀一急之下下意識地輕輕跺腳道：「別取笑我了。」

趙楷哈哈大笑，說：「你這樣子很可愛呢……好，不逗你了，如果我輸了你可以要求我爲你做一件事，無論是何事我都會答應你。」

嬛茀沒再說話，算是默許。然後提筆略一思索，決定寫個「柔福帝姬」的「柔」字。豈料筆尖剛點到紙上，趙楷竟忽然起身走至她身後，從她後面伸右手握住了她握筆的手，另一手則輕輕摟著她的腰，然後牽引著她的手，在她尚未反應過來之前便在紙上寫下了個「楷」字。

四　占卜

寫罷，趙楷也沒放開嬛茀，將她輕輕轉過來面對著自己，淡淡道：「你輸了。」銜著他溫柔中暗藏三分邪氣的淺笑，那目光就悠悠地飄落在她柔嫩的紅唇上。

嬰茀被他瞧得心慌意亂，一時不管不顧，拼命掙脫開來，逃到一角落中站定，圓睜雙目戒備地盯著他。

趙楷搖頭笑道：「不是這麼沒風度吧？願賭服輸，姑娘怎麼還想賴賬呢？」

「明明是大王……」嬰茀脫口而出反駁，卻又不好說下去。

「我怎麼了？」趙楷又擺出百思不得其解的模樣：「我只說你肯定會寫楷字，至於怎麼寫出的就不管了，反正這字出自姑娘之手，白紙黑字，賴是賴不掉的。」

嬰茀知道要爭辯絕對不是他對手，雙睫一低，便泛上淺淺一層淚光。

趙楷微笑著重又施施然坐回椅中，仰靠在椅背上，身體舒展，貌甚閒適：「嬰茀，難道你怕被我親過後便嫁不出去了？」

嬰茀螓首深垂，低聲道：「大王放過我罷，我如此不解風情，不是個合適的玩伴。」

趙楷斜著頭凝視她許久，終於開口道：「好罷，唐突佳人不是楷之作風。不過這個吻我是一定要的，暫且記在賬上，等到合適的時候自會向你索回。」

嬰茀深恐他再來逼迫，如今見他如此說才略鬆了口氣，稍稍放下心來，輕聲道：「多謝大王。」

趙楷便又笑了，問她說：「記不記得上次我跟你說過，你將來嫁的夫君身分肯定會比瑗瑗的駙馬高貴？」

嬰茀點點頭。

趙楷再問：「想不想知道你嫁的會是誰？」

嬰茀驚訝地問：「這現在哪能得知？」

趙楷道：「我會占卜算命呢，周易八卦麻衣相術無所不會。來，讓我給你看看手相便知。」說著便向她伸出了手。

嬛苐猶豫著一時仍不敢過去，趙楷一笑，道：「還怕我欺負你？姑娘竟把楷視作市井登徒子，當眞忒也小瞧楷了。」

嬛苐仔細觀察他表情，覺得要比剛才正經些，似乎不像是要借機占她便宜，而他一直伸著手等她過去，若自己一味不從倒顯得十分無禮了。於是終於走過去，伸出右手讓他看。

趙楷輕輕托起她的手，低目細細看她手心的紋路，片刻後又逐一撫著她的手指查看每一指頭上的指紋。嬛苐見他的動作又有曖昧的趨勢，便想縮回手，卻被他拉住，抬頭神情嚴肅地道：「別動，還沒看完呢。」

嬛苐哭笑不得，只好當作他眞是在認眞看相，惟求他儘快看完。

看罷手指他又翻過嬛苐的手細看手背，過一會兒忽然引到自己唇邊作勢欲吻，嬛苐驚叫一聲猛地抽出手藏於身後再不讓他碰。

趙楷忍不住大笑開來，道：「你那麼緊張幹什麼？我是想以唇一探你手背上的細微紋路，這也是看手相的一種方法。」

「請大王不要再拿奴婢尋開心了。」嬛苐不禁地黛眉淺顰，輕嗔薄怒。

趙楷聽她又自稱奴婢，知道她確有些動氣，便不再調笑，溫和地對她說：「好了，結果我已看出，當眞貴不可言呢。」

嬛苐冷道：「果眞是大王看出的麼？許是隨意編派些好話來哄奴婢的罷？」

「呵呵，嬰茀道我是那不入流的道士麼？」趙楷笑道：「我把結果講給你聽，信不信姑娘自便：你有飛鳳凌雲之相，將來必可入侍君王，若再懂得把握機遇，最後母儀天下也不是不可能的。」

嬰茀一驚，道：「大王休要開這等玩笑，我做夢也不曾想過這種高攀之事！我出身寒微，能嫁得一個普通士人便已是天大的造化了，豈敢有如此非分之想！」

趙楷微微一笑，道：「嬰茀，你看上去似乎確實沒因此感到高興。你是不願意嫁給我父皇還是我大哥呢？」

嬰茀說出那話也屬下意識的反應，全沒想過是何原因促使她如此激烈地否決他為她測出的命運。經他這麼一問先是一愣，隨後才答說：「是我身分低微，不配侍奉君王。」

趙楷搖頭道：「這不是理由。現在的皇后，以及我的母親，當初跟你一樣，都不過是普通的宮女。」然後極自然地拉起她的手，輕輕握著，嬰茀感覺到他手心的溫度，身體因此微微一顫，卻不像先前那麼驚慌，也沒再掙脫。

只聽趙楷溫柔地對她說：「我怎麼會把你讓給他們呢？就算是占卜遊戲也不可以。有一天你會嫁給皇帝，但，必不會是我父皇或我大哥。」

「那……會是誰呢？」嬰茀困惑地問。

「嗯，那會是誰呢？」趙楷身體向後一傾，再度朗然而笑：「嬰茀，你說會是誰呢？」

嬰茀看著他自信而傲然的笑顏，漸漸琢磨到他隱含的深意，不知為何竟有些不安。幸而此時聽見柔福的笑聲遠遠響起，她便轉頭朝窗外望去，對趙楷道：「大王，帝姬過來了。」

趙楷頷首，順手扯下桌上寫著「楷」字的紙，撕了幾下又揉成一團，擲進了一旁的紙簍中。

五 儲君

那時宮內特別流行有「韻」字為裝飾的衣服首飾。據說這種時興裝扮是由宮外傳入，宮女的服裝一般都是統一的，但許多人便在裡面穿上袖口衣領繡有韻字的內衣，或脖上手腕間戴著韻字項鍊手鐲，舉手行動間每每隱約露出，一時蔚然成風。

當瑗苐發現連喜兒都特意請人從宮外為她買了一對刻有韻字的耳墜時，終於忍不住問她：「為何這些衣服首飾都以韻字為飾，而不是用別的字呢？」

喜兒頗神秘地朝她眨眨眼，拉她到一側壓低聲音對她說：「我告訴你你可別告訴別人呀！這是服侍皇上的青菡悄悄告訴我的，我答應她要保密……梁太尉曾向官家說，韻字與鄆王的鄆同音，如今民間興起韻字之風，實屬天意，表明讓鄆王入主東宮乃民心所向。」

她說的梁太尉是指大宦官梁師成。此人外表愚訥謙卑，看上去倒像是個老實人，實則十分奸詐，精於察言觀色，處事圓滑，與另一宦官童貫一樣深得趙佶信任重用。童貫屢屢獲掌兵權出外打仗，梁師成則利用趙佶的寵信，將自己名字混入進士籍中，讓自己變成了進士出身，公然做起官來，並一路升至太尉。

瑗苐聽了喜兒的話不免有些吃驚：「讓鄆王入主東宮？那豈不是要先廢掉太子？」

喜兒看看四周，確定無人後才悄聲說：「是呀，青菡說梁太尉、童大人，以及王黼大人、蔡大公子都想擁立鄆王為太子呢，整天在官家面前說鄆王的好話，官家也非常樂意聽……官家越來越不喜歡太子，很多人都覺得官家廢太子立鄆王是遲早的事……」

於是通過喜兒的敍述，嬰茀得知了關於趙楷與趙桓的許多故事。

所謂「天之驕子」，就是指趙楷這樣的人。他擁有幾乎一切可與帝子身分相映生輝的優點：俊雅的外表、聰慧的頭腦、豐富的學識以及脫俗的風度。從很小時起他就展露出了非凡的才智，有一次趙佶與兒子吟詩作對，所出上句爲：「桂子三秋七里香，」當時年僅幾歲的趙楷應聲而對：「菱雲九夏兩歧秀。」趙佶還道他是憑運氣碰巧撞上，再出句道：「方當月白清風夜，」趙楷不慌不忙，從容應道：「正是霜高木落時。」如此佳句令趙佶聞之大喜，看出此子才思絕非尋常人可比，從此對其另眼相待，寵愛異常。

而且趙楷的才華遠不僅限於會作幾首詩，除詩詞歌賦外，琴棋書畫、聲技音樂無一不精，與趙佶當眞意氣相投、趣尚一同。趙佶與他不僅有父子之情，更隱有知己之誼，到最後，不僅是太子趙桓，即便把所有其他諸子加在一起，他們在趙佶心中的分量只怕仍不及這個集天地靈長於一身的鄆王楷。

因此：政和六年二月，十五歲的趙楷官拜太傅。宋有定制「皇子不兼師傅官」，太子趙桓也不曾出任過此職，此制由趙楷而破。

政和六年十一月十九日，趙佶降詔命剛滿十六歲的趙楷提舉皇城司，整肅隨駕禁衛所，兼提內東門、崇政殿等門。職責是率親從官等官員禁衛拱衛皇城，並不受殿前司節制。趙佶還特意放寬了皇城司的職權，增加近千名親從官供趙楷指揮。此後十年，趙楷均提舉此司。這又是個令滿朝文武驚歎不已的決定，此前宋明文規定「宗室不領職事」，凡皇子皇孫均不得任有實權的官，而趙楷在父皇的公然支持下再破此例。

政和八年三月，趙佶詔十七歲的趙楷赴集英殿殿試，結果趙楷唱名第一。眾臣上書評曰：「殖學貫三才之奧，摛詞搴六藝之華。頃偕射策之儒，入奉臨軒之問。條萬言之對，揮筆陣以當千；發內經之微，收賢科而第一。」趙佶自然大悅，但為避嫌及籠絡士人計，下令以第二人王昂為榜首。

宣和五年七月，王黼等大臣上表，請為趙佶上尊號。除太學諸生耆老等紛紛附議請求外，眾皇子也都聯名上書請求父皇接納群臣所請接受尊號，而為首的皇子不是太子趙桓，卻是二十三歲的鄆王趙楷。

……

趙佶寵愛鄆王楷漸成盡人皆知之事，宮內宮外宦官弄臣低俗文人紛紛附和著討好趙楷，寫詩作歌，花樣百出。趙佶為趙楷造飛橋復道後那年立春之日，剪貼於宮中門帳的「春貼子」上甚至出現了這樣一句詩句：「復道密通蕃衍宅，諸王誰似鄆王賢。」諂媚得頗肉麻，但趙佶看了卻相當開心。

「諸王誰似鄆王賢」，聞者難免都會想：諸王裡大概也包括太子趙桓罷?

趙佶屢屢深夜召趙楷入宮，兩父子通宵歡宴、促膝長談直到天明；趙佶幸蔡京府第賜宴只帶趙楷一名皇子，太子根本連這消息都沒聽說過；趙佶有意命趙楷統率大軍，北伐燕山……有心者不難從這些事裡提取出某些暗示性訊息：父子密謀、拉攏權臣、製造機會為宋建功立業……有關東宮即將易主的傳言被傳得沸沸揚揚，太子趙桓終日愁苦、如坐針氈。

太子趙桓是由趙佶做端王時娶的原配夫人王氏所生。趙佶即位後冊封王氏為皇后，元符三年四月，王皇后生下了趙佶的第一個兒子趙桓。趙佶起初也曾為兒子的誕生感到過由衷的欣喜，愛他的感情也與愛他的母親一般真摯，可惜這樣的感情沒有延續多久，王皇后很快發現，她在設法讓丈夫抵禦外來的誘惑方面完全力不從心。曾經在端王府中海誓山盟的夫君，在獲得無上的權力後轉瞬間變得如蝶般花心。

在得到向太后所賜的鄭、王二女後，趙佶與皇后逐漸疏遠。冷卻的愛情甚至還蒙蔽了他的心智，在某些宦官的惡意詆毀下，趙佶開始懷疑皇后的品行，命刑部侍郎周鼎即秘獄參驗，雖然最後畢竟證實了皇后的清白，趙佶卻也只略表歉意，往昔的恩愛再也拾不回來。於是雨送黃昏，飲恨長門，王皇后在被鄭、王貴妃奪去了丈夫的寵愛後，又眼睜睜地看著逐漸長大的王貴妃之子趙楷吟著「正是霜高木落時」奪走了趙佶原本給予趙桓的關愛。

大觀二年九月，二十五歲的王皇后凋零在一場秋雨之後。當時九歲的趙桓守在她身邊，發現母親再也不會醒來後，便惶恐地拉著她的手哀哀地哭。這個情景奇異地深深刻在了趙桓的腦海裡，多年以後，當夜降秋雨，或空氣沉重得如山雨欲來時，他仍會不時夢見當年舊事而哭喊著驚醒，這是平時木訥寡言的他讓宮人們察覺到的最情緒化表現。

因是趙佶惟一的嫡子，他畢竟還是被立為了太子。但他很清楚自己的處境與面對著的威脅，知道自己的地位其實如母親當年的生命一般，沒有父皇的愛便脆弱得隨時可能破碎。

便若一隻驚弓之鳥，他小心謹慎、壓抑低調地活著。

嬰茀曾在華陽宮中見過趙桓一次。以前服侍皇后時也見過他，但均距離較遠，看得並不很真切。而那天她偶然間路過鳳池時，發現太子一人呆呆地坐在池畔的一塊大石上。

那日天很冷，他裹著一件厚厚的青灰色長袍，頭上戴著一頂足以禦寒、式樣卻並不美觀的帽子，手撐在兩膝上呆滯地彎腰低頭凝視著水中的某種東西，魚，或是他自己的倒影。

嬰茀走到他身後，有一絲猶豫，不知是否應該向他請安，想想覺得還是算了。但忍不住多瞧了他幾眼。

不過二十多歲的他身形竟已呈彎腰駝背狀，加上厚重的衣服顯得尤為臃腫。他的長相本來不難看，但表情木訥呆板，目中也無什麼神采，如果就以這般模樣出宮去，誰能相信他就是要繼承大統的太子呢？

嬰茀還在暗自歎息，一轉眼卻發現有個熟悉的身影正朝這邊走來。那人頭戴七梁額花冠，襯貂蟬籠巾，足著烏皮履，一襲貂裘滾邊白色長袍更襯得他如臨風玉樹，行走間亦不疾不緩，意態疏閒。看出來人是鄆王趙楷，嬰茀立即快步走開，轉到了一塊山石後。

趙楷走到趙桓身後，淡淡喚了聲「大哥」。

趙桓一驚之下連忙站起，見是趙楷更顯慌亂，而趙楷也沒立即行禮，只負手而立似笑非笑地看著他。趙桓一時竟不知該如何反應，手足無措地站著，倒像是身爲太子的是趙楷而不是他。

六　棠棣

趙楷這才一拱手，道：「大哥好興致，獨自一人入宮賞魚。」

趙桓忙解釋說：「我是來向父皇請安的，但方才父皇殿外的侍女告訴我父皇現在有要務要處理，請我在外稍等片刻，所以我才來這裡坐坐。」

趙楷一笑，道：「是。剛才我在父皇殿中與他對弈，故而父皇下令暫不見客。大哥是知道的，最近皇城司雜事頗多，一樁樁都要我定奪，整日忙下來，竟沒了多少陪伴父皇的時間。今日好不容易偷得浮生半日閒，便被父皇留下對弈……大哥終日這般清閒，眞是令小弟好生羨慕，有時眞恨不得把這提舉皇城司之職讓與大哥去做，也好讓小弟鬆口氣，歇一歇。」

一番話聽得趙桓臉色青白，卻還勉強擠出了點笑容：「三哥說哪裡話。自你提舉皇城司以來，宮禁肅然，從無差池，上上下下莫不稱讚三哥能力出眾，拱衛皇城功勞甚大，兄弟之中除了三哥，又有誰能當此重任呢？」

趙楷應道：「大哥過獎，小弟惶恐之極。」話雖如此說，他表情卻異常平靜，全無半點「惶恐」之意。接著又道：「現在父皇應該有空了，大哥快去請安罷。」

趙桓點點頭，與他道別後朝趙佶寢殿走去。

趙楷注視著他垂頭喪氣的背影，忽地又是一笑，喚道：「大哥請留步。」

趙桓轉身問：「三哥還有事麼？」

趙楷微笑著看趙桓的帽子，說：「大哥這帽子似乎是去年做的罷？」

趙桓點頭道：「去年做了一直沒戴，今日天冷才取出來。」

趙楷聞言蹙眉道：「去年的東西怎麼還能用呢？正好昨日父皇賜了我十二頂新式襆頭，做工極精巧，我一會兒我命人送幾頂到東宮去罷。大哥喜歡什麼樣的？朝天、順風，還是鳳翅？」

趙桓道：「三哥看著辦罷。多謝了。」

趙楷笑道：「我們是兄弟，何必那麼客氣。」

趙楷目送著趙桓離開。待他走遠後轉身邁步踏在趙桓剛才坐的大石上，解下隨身攜帶的玉笛，面對煙波迎風而立，昂然吹奏起一曲〈水龍吟〉，樂音豪毅峭直，滿蘊躊躇滿志之意。

嬰茀正欲悄然離開，一抬目卻發現又有一個似曾相識的身影漸行漸近。待看清那是在金明池蹴過水秋千的趙構後，不知爲何竟隨即止步，依然躲在山石後繼續觀察池畔之事。

趙構走至趙楷身後，待他一曲奏罷，才拱手道：「三哥。」

趙楷笑吟吟地轉過身，問：「九哥是來向父皇請安麼？」

趙構頷首，說：「三哥剛從父皇殿中出來罷？不知父皇現在可有閒麼？」

「呵呵，現在大哥在。」趙楷答道：「不過沒關係，父皇一向不會跟他聊多久的。待你走到時大概父皇已經讓他回去了。」

言罷趙楷自石上走下，微笑著拍拍弟弟的肩，說：「聽說九哥最近行書大有進步，越發灑脫婉麗、自然流暢，頗具晉人神韻。不如哪日我們兄弟二人抽空切磋切磋？」

趙構淡然道：「小弟不過是無聊時信筆塗鴉而已，豈敢與三哥相比。若是三哥對騎射也有興趣，小弟倒可奉陪。」

趙楷想是心情大好，欣然同意：「好，明日你到我府中來罷，我多準備些彩頭，若是九哥箭箭中的便只管拿去。」

趙構卻道：「從小到大，一向是小弟去三哥王府練騎射。最近小弟把府中後苑整理擴建了一番，雖仍顯狹小，不足三哥後苑十分之一，但玩玩射箭尚可將就。不如請三哥光臨寒舍，我們隨意練練，至於彩頭，小弟自會準備相配的東西與三哥一搏。」

瑗苐見他面對如此氣盛的趙楷竟能從容以應，語氣態度不卑不亢，不禁對他心生幾分好感，卻又暗暗有些爲他擔心，怕趙楷聽出他話中抵觸之意，遂留意觀察趙楷此刻的表情。

趙楷不知是未覺察還是不介意，像是絲毫不著惱，仍然優雅地笑著，說：「如此也好，那我明日自會登門拜訪。」

於是兩人拱手道別，各自離去。

嬰茀望著趙構遠去，回想他適才冷靜的神情、得體的談吐，又清晰地憶起了他當日凌風而蹴水秋千，以及如號令千軍的將軍般指揮龍舟爭渡的情景，一點淡淡的喜悅漸漸浮上心來。

七　禪位

當時有意廢太子立鄆王的主要是幾大權臣：王黼、童貫、梁師成、楊戩，以及蔡京的長子、領樞密院事、恭謝行宮使蔡攸。其中尤以太宰王黼態度最為明顯。

王黼此人論學識只能說粗有才氣，但人機智狡黠、善於諂媚，深諳為官之道。崇寧年間中進士後任校書郎，再遷左司諫。在蔡京罷相時，他看出趙佶對接任執政的宰相張商英頗為不滿，有懷念蔡京之意，於是見風使舵，多次上奏攻擊張商英並列舉及稱讚蔡京以往的「政蹟」。蔡京復相後也知恩圖報，將王黼驟升至御史中丞。其後王黼又陸續做過翰林學士、承旨，這期間又結識了權勢顯赫的宦官梁師成，立即暗中巴結，私下侍之若父，稱其為「恩府先生」。有了梁師成的幫助王黼更是平步青雲仕途大順，宣和元年得拜特進、少宰。蔡京再度罷相後王黼代其執政，為順民心、沽名釣譽，故意與蔡京對著幹，凡所施方針政策一律反其道而行之，果然贏來了個「賢相」的名聲。待坐穩宰相之位後便開始利用權勢廣求子女玉帛水陸珍異之物，生活大肆鋪張、靡爛奢華。在皇帝面前則萬事報喜不報憂，一味粉飾太平。

在趙桓與趙楷兄弟間，他旗幟鮮明地站到趙楷一側而密謀廢太子，是因爲趙楷與趙佶頗爲相似，一般的風流才子，從興趣到交友用人都相當一致，若趙楷繼位自己當無遭棄用之憂，何況趙楷本不是儲君，自己大力助其登上皇位，將來趙楷焉有不重用之理？而太子趙桓與趙楷相比便如愚木一般，世人皆知其「聲技音樂一無所好」，對聲色全無興趣，蔡京曾與趙桓在政和五年產生過爭執，蔡京後來欲主動向趙桓示好，便準備了許多大食國琉璃器送去，羅列在太子宮中。豈料趙桓見狀大怒：「這是想用玩好之器來讓我玩物喪志麼？」立即命令周圍侍從將琉璃器盡數擊碎。王黼聞之此事後更不敢接近趙桓，伺機親近趙楷，漸得權勢後遂開始壓制太子追捧鄆王。

政和七年十月，趙桓的兒子趙諶降生，因其是嫡長皇孫，所以趙佶十分高興，於次年正月按皇子的封秩標準封趙諶爲崇國公、崇德軍節度使。嫡皇孫封秩比皇子是宋朝制度規定的，但王黼卻在宣和元年正月拜相之初便向趙佶諫言道：「以皇子之禮封東宮子，則是便以東宮爲人主矣。」趙佶聽後果然不悅。於是王黼把東宮官耿南仲召來，強令他代行起草太子推辭授趙諶官的奏章，隨後於次年六月降封趙諶爲高州防御使。

削奪趙諶的封官目的在於動搖趙桓東宮太子的地位，這是顯而易見之事，趙桓一時也敢怒不敢言，只得默默忍受。幸而倒也不是無人支持這位木訥太子，從政和二年就開始在東宮任太子宮僚的耿南仲便是太子的最大輔臣。耿南仲當時地位不高，保護太子作用有限，於是便投靠依附於頗受趙佶寵信的尚書右丞李邦彥。李邦彥素來與王黼不和，當王黼詆毀太子之時往往會站出來幫太子化解隨之而來的危險。

本來趙楷取代趙桓入主東宮的跡象日趨明顯，事態似乎正向他及他的黨羽希望的那樣發展，可惜宣和六年的一場小小事件斷送了王黼的政治生命，也嚴重影響了趙楷的前途。那年王黼家的堂柱上忽然長出了一朵玉芝，王黼自然忙不迭地拿著當作是祥瑞之兆入宮稟奏，並請趙佶去觀賞。趙佶欣然同意，乘輿前往王黼府邸。豈料這一去便發現了王黼府與梁師成家僅有一壁之隔，兩人可以經常穿過便門往來。趙佶隨即猜到他們平日必定相互勾結、結黨營私，心下大爲不快，此後對王黼態度頓時冷淡許多。

李邦彥立即見縫插針，明裡暗裡差人上疏直諫，抖出王黼種種劣跡，終於令其完全失寵於皇帝。宣和六年九月李邦彥升任少宰，王黼於同年十一月罷相。

王黼一倒，趙楷便失去了朝中最大的支持者，本來圍在他身邊的一干佞臣也態度曖昧起來，尤其是梁師成，見擁護太子的李邦彥得勢，便開始私下與太子頻頻接觸，在趙佶面前也有意無意地時不時說幾句太子的好話，並故意讓人傳給趙桓聽。耿南仲也借機廣爲結交朝中其餘大臣，大力宣揚強調太子的嫡皇子身分，暗示其繼位的正統性不可動搖。

宣和七年，金軍大舉南侵。趙佶準備南逃避難，於十二月二十一日任命趙桓爲開封牧，令其留守開封，以太子身分監國。擁護太子的大臣們立即感到這是個逼趙佶退位，輔太子登基，借新君改變國家現狀的好機會。在太常少卿李綱授意下，給事中、權直學士院兼侍講吳敏出面直言極諫，請趙佶禪位於太子。李綱更刺臂血上疏，請趙佶讓趙桓名正言順地繼位號召天下，以挽回天意、收拾人心。

在幾位大臣的軟硬兼施下，趙佶惶然失措。二十二日召蔡攸入宮商議，和淚對蔡攸道：「不想我堂堂一國之君，竟會被金人逼迫至此，連把家業傳給哪個兒子都作不了主！」一面說著一面握著蔡攸的手，忽然一口氣沒上來，暈厥了過去，墜倒在御床下。蔡攸忙呼左右內侍扶舉，一再進湯藥後趙佶才漸漸蘇醒，隨即長歎一聲，舉臂索要紙筆，寫下一句話：「皇太子可即皇帝位，予以教主道君退處龍德宮。可呼吳敏來作詔。」吳敏承命寫成詔書呈上，趙佶看後在最後批道：「依此，甚慰懷。」

十二月二十三日，趙佶在上詔罪己之後宣佈禪位於太子趙桓。趙佶把趙桓召至福寧殿中，讓其穿龍袍、升御座。趙桓乍驚乍喜，多年心願終於成眞自然是莫大幸事，但也深知現在國家內憂外患矛盾重重，現在繼位責任重大，細想之下又覺惶恐不安，再說父親禪位於自己哪能表現出喜色，於是涕泣推辭，不肯立即答應。

而這時，鄆王府中的趙楷亦聽到了這個消息。

童貫派去報信的一群內侍被趙楷的近侍擋在了書齋外面，說：「大王吩咐過，作畫時不許任何人打擾。」

爲首的宦官焦急地撥開近侍的手，大聲道：「都什麼時候了三大王還有這等閒情吶！」於是大踏步衝了進去。

趙楷立於房中作畫，此刻正在細細描繪其中一隻九重宮闕上一飛衝天的仙鶴。內侍衝進來時他略停了停，卻也只有那麼一瞬，也沒看內侍們一眼，又低首精雕細琢地一筆筆爲仙鶴添上翎毛。

內侍們朝他跪下，道：「大王！官家現在在福寧殿要禪位於太子了！」

趙楷手微微一顫，筆尖就點破了那一片細密精緻的鶴羽。

他擲筆歎道：「看來這幅〈瑞鶴凌雲圖〉不易完成了。」於是轉身邁步朝外走去。

爲首宦官趨至他身後問：「大王要去哪裡？」

趙楷道：「福寧殿。」

宦官見他此刻穿的是一身白色圓領大袖襴衫，作進士日常裝束，頭上也只以銀紗羅巾束髮，看上去不過是位翩翩儒生，因此建議道：「大王似乎換身戎裝比較妥當。」

趙楷淡然道：「不必。」隨即頭也不回地直赴福寧殿。宦官也不敢多說，領著手下人等隨趙楷前往。

待走至福寧殿前，奉命把守殿門的步軍都虞候何灌見他們未經宣召私自前來，便仗劍以擋，不許他們入內。

趙楷看看他，問：「太尉莫非不認得楷麼？」

何灌「唰」地拔出寶劍，答道：「灌雖認得大王，但恐怕此物不會認得！」

趙楷冷冷視他，緩緩伸手以兩指夾住劍刃，輕輕撥開，道：「太尉的劍所對的應是金人羯奴，而非大宋親王皇子。」

何灌手中的劍漸漸垂下，他低頭歎道：「大事已定，大王所受何命而來？」

趙楷不答，只說：「煩請太尉通報一聲，說鄆王楷求見皇上。」

這時趙佶已在殿內聽到了一些動靜，派了名宮女出來說：「官家請三大王回去，改日再來覲見。」

趙楷不理，朗聲朝內道：「父皇，臣只想知道這是你自己的意願，還是受人逼迫不得已之下作出的決定。」

殿內默然。須臾趙佶的聲音徐徐傳出，顯得蒼老而幽涼：「你回去罷，楷。事已至此，多說無益。或許對你而言倒也未必不好。」

趙楷聞言靜立片刻，然後決然離開。在蒼白的日光下，他白衣翩然的身影很快湮滅於朱門影壁間。

經此一變，福寧殿內的趙桓不再謙辭，目光直直地落在了御座上。梁師成立即會意，忙過來雙手攙扶，道：「臣扶官家升御座。」

童貫暗暗長歎，心知大勢已去，也親自把龍袍接過來，走到趙桓身邊躬身道：「臣伺候官家更衣。」

趙佶在一旁看著，以袖掩面，悄然拭去了眼角的一滴淚。

八　蘭萱

趙桓繼位後立即論功行賞，以耿南仲僉書樞密院事，以吳敏知樞密院事，升李綱為尚書右丞，李邦彥則升為太宰兼門下侍郎。而曾有擁立鄆王之意的大臣均自知大禍臨頭，惶惶不可終日，大多俯首低頭不敢再發一言，只有梁師成極力為自己辯解，稱趙桓得以順利繼位自己也有功：「太上之志，我實成之；吳敏之策，我實授之；定策之功，我實有之。」

不滿奸臣橫行已久的大臣士人亦看出這是個鋤奸良機，太學生陳東等人很快上書，乞誅蔡京、王黼、童貫、梁師成、李彥、朱勔等六賊，趙桓雖未立即答應，卻也借機將報復的矛頭對準了鄆王一派的人。先後貶放王黼、蔡攸、李彥、童貫等人，隨即將他們賜死或秘密處死。趙桓起初因念及梁師成對己的「舊恩」，便在令趙佶寵宦都隨趙佶居於龍德宮的情況下，獨留梁師成在身邊服侍，但後來得知眞相後也下詔將其貶為彰化軍節度副使，梁師成奉命上任，行至中途被府吏縊殺於八角鎮。

對父皇趙佶趙桓則先上尊號，稱其為教主道君太上皇帝，再請其移居龍德宮。當趙佶從旨離開禁中出居龍德宮時，百官內臣皆慟哭不已，趙佶見狀一時悲從心起便淚落不止，眾人執手相看淚眼，情景淒涼無限。

自然，趙楷，趙桓是不會忘記的。

即位第二天，趙桓即把趙楷召來，和顏悅色地對他說：「朕記得三哥以前向朕抱怨過，說皇城司事務繁多，三哥不堪其憂，頗爲勞累。不知不覺三哥受其所累已將有十年，朕於心不忍，實在是看不下去了，所以想爲三哥免去皇城司之職，以後三哥就安心在府中吟詩作畫，你看可好？」

趙楷漠然答道：「一切由陛下決定，臣遵旨便是。」

趙桓立即對守候在一側的學士承旨說：「爲朕草詔：以鄆王楷管皇城司歲久，聽免職事。」

隨後又對趙楷笑道：「三哥放心，朕最顧兄弟情誼，過幾日朕改封你爲鳳翔彰德軍節度使、鳳翔牧兼相州牧，俸祿封秩都有所增加，此後地位及生活用度都不會比父皇在位時差。」

鳳翔彰德軍節度使與鳳翔牧兼相州牧都是兩個虛職，實際並無任何實權，這意味著從此趙楷再不能涉及政事兵權。趙楷聞言嘴角略一挑，算是笑了笑，道：「多謝陛下，微臣感激涕零。」

趙桓微笑著走下御座，走至趙楷面前，親切地拍拍他的肩，神情十分誠懇：「我們是兄弟，何必那麼客氣！」

這場變故之後，趙楷一連數日不曾進宮，終日自鎖於王府中閉門不出，柔福與嬰茀再不見他前來教她們寫字作詩。

某日柔福悵然朝門外望了許久後，對嬰茀說：「你說是不是大哥不讓楷哥哥入宮呢？」

嬰茀忙道：「帝姬切勿如此說。三大王想是心情不太好，暫時不想出門，跟官家應該沒有關係的。」

柔福歎歎氣道：「是呀，楷哥哥現在一定很不開心……我寫封信勸勸他罷。」於是跑進書房，很快寫了封信，待字跡乾後折入信封封好，交給嬰茀說：「你送到鄆王府去罷，一定要親自交給楷哥哥，再跟他說我很想念他，請他還像以前那樣經常來看我。」

「我？」嬰茀一驚，道：「帝姬還是遣別人去罷……」

「還是你去好。」柔福一笑，側首在嬰茀耳邊說：「我知道楷哥哥最喜歡你了，你說的話他肯定願意聽。」

嬰茀臉霎時紅了，又是否認又是推辭，柔福卻堅決不許，硬要她去，最後嬰茀拖延說：「現在天色已晚，還是等明天天明之後去比較合適。」

柔福搖頭道：「不晚不晚，反正有飛橋復道，來去都很快的，一會兒就能回來。」

嬰茀無奈之下只好答應，帶了柔福的書信由飛橋復道前往鄆王府。

到了王府後，嬰茀向接待的侍女說明來意，但那侍女入內請來的卻並非鄆王而只是府中內知客（注）。內知客見她是柔福帝姬遣來的侍女便也對她十分客氣，解釋說：「大王適才多飲了幾杯酒，現在伏案而眠，不許人接近。姑娘將帝姬的信留下便是了，待大王醒來我自會交給他。」

注：內知客：王府管家。

嬰茀也欲儘早回去，可想起柔福囑咐的話又不免爲難。她一向心思縝密，知道趙楷此時處境堪憂，若柔福在信中寫了些對皇上不敬的話，再讓外人見了豈非會惹下天大禍事。柔福要她親自交給趙楷必有道理，即便面前此人是內知客也不可隨意相信。

內知客見她沉吟不答便知她有顧慮，道：「姑娘若是不放心，那我去請王妃來罷。」

於是內知客起身離去。嬰茀聽他說要請王妃，頓時好奇起來，此前曾猜想過多次鄆王妃的模樣，思量著如趙楷那般的人物不知會尋個怎樣的女子來做正妻，卻一直無緣得見王妃眞容。

過一會兒聽得環珮聲響，幾位侍女擁著王妃進來。

鄆王妃身著淺青長裙，外披一件綾紗對襟旋襖，頭上鬆挽一個寶髻，微微傾向右側，有流雲橫空之勢，其上除了一支翠玉鳳簪外再無其他飾物，清麗淡雅。她約二十許人，身材高䠷苗條，皮膚白皙，無一絲瑕疵，行動間若芝蘭扶風，淡淡散落幾縷幽香。

嬰茀起身行禮，剎那間明白了何謂「驚豔」。其實鄆王妃並不豔麗，但那淡雅高潔的氣質是嬰茀從未見過的，忽然竟有了自慚形穢之感。

鄆王妃坐在椅中打量了嬰茀一下，問：「你便是跟著柔福帝姬習翰墨的那個女孩罷？」

嬰茀點頭稱是。

鄆王妃一笑：「所以他去得這麼頻繁。」

嬰茀知道王妃說的「他」是指誰，立時大窘，深垂下頭，不敢答話。

鄆王妃沒再就此談下去，只說：「聽說你有帝姬的信要交給鄆王？」

嬰茀輕聲道：「是。」沒來由地臉又燒紅了，倒像是那信是她寫給趙楷的一樣。

鄆王妃暫沒作聲，只靜靜地盯著她看，雙眸清澈明淨，又似有洞悉世事的穿透力，在她的注視下嬛嬛尬尬得只覺無處藏身。

九　危欄

嬛嬛還在猶豫著如果鄆王妃要她把信交給她自己是否應該遵命，卻聽見王妃開口道：「跟我來。」隨即款款站起，看也不再看她一眼便朝外走去。

嬛嬛忙跟著王妃出去。穿過廳堂回廊入到後苑，一幢雕欄玉砌的典雅畫樓映入眼簾，鄆王妃領著嬛嬛拾級而上，走到樓上一小廳門前停下，轉頭對嬛嬛說：「你自己進去把信給他罷。不過如果他尚未醒來就別吵醒他，要等他自己清醒。」

「三大王在裡面？」嬛嬛小心翼翼地問。

鄆王妃點點頭，淡淡道：「進去罷。」

嬛嬛有些躊躇，偷眼看王妃，只見她神情漠然，絲毫不露喜憂之色，心下不免有些忐忑，但又不敢拖延太久，終於輕輕推門走入廳中。

趙楷頭戴玉冠、身披鶴氅，正伏案而眠。面前一壺殘酒，一盞孤杯，數支白燭，幾簇冷焰。

嬛嬛緩緩挨近他。鶴氅是用鶴羽撚線織成面料裁成的廣袖寬身外衣，顏色純白，柔軟飄逸，趙楷隨意地披於身上，後裾曳地，十分美觀。微醉的他閉目而憩，面龐上泛出平日少見的淺紅色澤，和著此刻處於靜態的完美五官，在燭光掩映下，呈出一種奇異的安靜、溫和而脆弱的美。

看得嬰茀竟有片刻的恍惚。待終於意識到此行的目的後才鼓起勇氣輕喚了聲：「大王。」

他並未知覺，依然沉醉不醒。

嬰茀再喚了幾聲，想起王妃囑咐的話，又不敢太過高聲。靜立須臾後，見他始終未醒轉便轉身出門。

鄆王妃沒有離開，正守在門外，見她出來遂問道：「他沒醒？」

嬰茀稱是，王妃又道：「那你進去繼續等，等到他醒來爲止。」

「天色已晚，」嬰茀垂首輕聲問：「奴婢可否將信交給王妃，請王妃以後轉交給三大王？」

王妃冷冷看她一眼，道：「不。你留下來，親自把信交給他。」

嬰茀忽然不安起來，懇求說：「現在眞是很晚了，奴婢再不回去實在不妥。」

鄆王妃微微轉身正對著她，說：「你沒聽見麼？現在官家派的禁軍工匠正在拆毀飛橋復道，你怎麼回去？留下來，待鄆王醒後與他聊聊，然後我命人用轎送你回宮。」

拆毀飛橋復道？嬰茀大驚，漸漸想起適才的確曾聽見一些施工喧囂之聲，也沒多在意，難道是在她來王府後不久皇上便命人前來拆毀這個通向大內的通道？忙憑欄朝復道方向望去，果然瞧見那邊有煙塵升起，釘錘敲擊、土崩瓦解、磚石坍塌之聲越來越響、不絕於耳。

「官家今晨命人來知會過了，說飛橋復道飛越街市，令其下行人百姓不安，故須拆去，今晚動工，明晨結束。你不知道麼？」鄆王妃問。

「奴婢不知。」嬰茀答道，念及趙楷此時的處境，不覺間對他的同情感傷倒一時強過了自己不能回宮的憂慮。

「你進去繼續等他，晚些我再送你回去。」鄆王妃說，語氣裡有不容拒絕的氣勢。再仰首望著暗夜裡飄浮著的陰雲，幽然道：「快要下雨了……」

嬛嬛只得依言再入廳內，坐在一側靜靜地等。王妃在外命人把門掩上，在門合上的那一瞬，嬛嬛下意識地惶然起身，然而也不知該如何自處，呆立半晌，畢竟還是重又坐了下來。

潮濕的風陣陣襲來，從窗櫺門縫間透入，在燭火搖曳不定間，一場磅礡的雨沉沉墜下。

像是終於被雨聲吵醒，趙楷緩緩地抬起頭，暫時沒睜開眼，只以一手撐著案緣，一手撫著額，眉頭微鎖，大概感覺到了酒後的不適。

嬛嬛立即站起，垂首靜待他完全清醒。

他感覺到有人站在身邊，輕歎了一聲，喚道：「蘭萱……」

嬛嬛知他認錯人了，遂斂衽一福：「大王萬福。」

他略感意外地啓目一看，發現是她便溫柔地笑了：「嬛嬛，是你。」

嬛嬛「嗯」了一聲，一時間不知說什麼好，遲疑一會兒才道：「大王一向可安好？」

趙楷微笑道：「本來不太好，可一見你就好了。」然後身體略往後傾，悠然欣賞著嬛嬛含羞的形狀，見她又被自己逗得無話可說才笑著朝她一伸手，柔聲道：「過來，坐在我身邊。我們許久不見了，好好聊聊。」

嬛嬛想了想，終於還是依言走去坐在了他身邊。

他輕輕撫著她的臉頰和頭髮，閒散地與她聊著，問她的近況，生活細節和書法進展，卻毫不問她來此的目的。最後倒是嬰茀覺得奇怪了，便問：「大王怎不問我爲何而來？」

趙楷目光含笑，溫和如陽春暖風，說：「嬰茀前來自然是爲看我，如果還有別的事，那也是次要的。」

嬰茀心有一動，滿懷戒備的眼神也不禁柔軟下來。好不容易才取出柔福的信，遞給趙楷道：「帝姬讓我送此信給大王。」

趙楷頷首接過，卻只擱在一旁並不看。

嬰茀有些詫異，道：「帝姬說這信很重要呢，囑咐我一定要親手交給大王。大王不急著看麼？」

趙楷道：「似乎你對此信的內容比我還感興趣呢。我們再打個賭如何？我猜她必定會在信中提到你。」

一提打賭，嬰茀立即想起上回之事，忙否決道：「不必！帝姬提不提我又有什麼關係。」

趙楷一笑，道：「姑娘眞是吃一塹，長一智。」然後取過信，拆開後自己也不先看便把信箋展開直直地送至嬰茀眼前。

嬰茀定睛一看，見上面寫的竟是：「楷哥哥，我把嬰茀騙來見你，你高不高興？怎麼謝我？」

嬰茀啼笑皆非，幾欲絕倒。想自己還當是帝姬與鄆王通信發些對皇上的牢騷，所以自己如此小心謹愼，惟恐信落入他人手中爲他們招來大禍，不想原來竟是這兩兄妹拿自己開玩笑，相較之下自己當眞是簡單得近乎愚笨了。

於是起身行禮告退：「我已完成帝姬交予的任務，現在該回去了。」

「你沒聽見現在在下大雨麼？怎麼走？」趙楷站起走至窗前，一推窗便有一層霧雨迫不及待地撲面而來，他也不避，任那雨沾衣欲濕。聆聽半晌，忽然道：「似乎還有別的聲音……他們開始拆飛橋復道了麼？」

他語調淡定，卻聽得嬰茀又是一陣黯然，立於他身後沉默不語。

趙楷回過身來，慢慢回到案前坐下，自斟了一杯酒仰首飲下。

「大王……」嬰茀想勸慰他幾句，但被他打斷：「嬰茀，沒關係，來陪我飲幾杯。」

嬰茀不知如何是好，茫然四顧，卻發現門外一側有個窈窕的影子晃了晃，默默移走，消失在門外燈籠映照出的光影中。

那必定是鄆王妃。她一直守在門外，現在竟忽然離開了。

嬰茀愕然，不料此刻趙楷已悄然走到她身後，伸臂摟住了她。

他在她耳邊說：「嬰茀，是離開，還是留下來，我們彼此取暖？」

她還在怔忡間，他的唇已掠過她的耳垂和臉龐。當他終於觸到她的唇時，她如猛然驚醒般地掙脫出來，清楚地對他道：「大王，請讓我回去！」

他一愣，隨即抬首垂目深深地凝視她，微笑道：「你眞是個聰明的女子，不因我當初的權勢而依附我，也不因我如今的落魄而可憐我。我勘破世事人情的能力尚不如你這小小姑娘，當眞慚愧得緊。」

嬰茀低頭道：「大王，王妃跟我說過，待大王醒來接到帝姬的信後就送我回去，我想現在應該可以了。剛才王妃似乎一直在門外等……」

趙楷聞言笑容轉瞬消失，目中有迷惘恍惚之色逸出：「她一直在門外等？……」便擺了擺手，道：「你回去罷。」

嬰茀如獲大赦般開門而出，行走間聽見趙楷忽然大笑起來，然後愴然吟道：「才夢醒，已三更，醉撫危欄聽雨聲。落木蕭蕭飄簌簌，燭紅影裡省浮生……」

嬰茀不忍再聽，掩著雙耳奔跑起來。無限感慨，為那個曾經多麼瀟灑自信、意氣風發的皇子。如今他依然在笑，衣袂飄飄舉止從容如故，然而深重的淒惻之意，早已滲入言笑風物間。

十　喬木

自飛橋復道拆毀後，趙楷亦失去了出入大內不限朝暮的特權，非但如此，趙桓也限制他入龍德宮向父皇請安的次數和時間，他與柔福、嬰茀見面的機會越發少了。

靖康元年春正月，天氣變幻不定，柔福不慎感染了風寒，趙佶頗為關心，命嬰茀每日入龍德宮上皇寢殿向他稟報帝姬的病勢情況。一日午後趙佶正問著嬰茀柔福的病情，卻見趙構的母親韋婉容未經通報便衝了進來。

她一下撲倒在趙佶膝下，泣不成聲地說：「太上，官家命九哥出使金軍寨為質，可九哥年紀尚輕，怎能當此重任？臣妾只有他一個兒子，不求他能有何等作為，惟望可以一生平安而已。求太上請官家收回成命，不要讓九哥前往敵營冒此生命之險。」

嬰茀聽說過皇上要派親王出使金軍寨的事，但此刻才知選中的居然是康王趙構，吃驚之餘再見韋婉容悲戚之色，彷若受其感染似的，竟也隱隱覺得酸楚。

趙佶只勸慰而不答應她的請求，於是韋婉容近乎瘋狂地朝他磕頭，涕淚俱下，她的自尊隨著她頭上的花鈿散落一地，再沒一點貴婦應有的矜持。

嬛嬛見趙佶最後轉頭閉目再不說話，之前看韋婉容的最後一眼竟帶有一絲厭倦的意味，忽然莫名地覺得寒冷，不自覺地朝後退了一步。

然後，她看見趙構趕來了。

他疾步走進，立在門邊冷冷地環視殿內一眼，便明白了發生的所有事。

還是倔強地抿著嘴，俊朗的五官上縈結的冷傲神情如艮嶽山巔經年不散的薄霧，他沉默著走到母親身邊，一把把母親攙扶起來，在凝視母親的那一瞬目光終於有片刻的緩和。他對她說：「母親，是我自己請行的，與父皇無關，我們不要打擾父皇了，回去罷。」

韋婉容淚落不止不願離去，趙構默默扶著她一言不發，也沒絲毫轉身向父皇請安的意思。倒是趙佶過意不去了，賠笑著說趙構此行有功，婉容教子有方，特進封爲龍德宮賢妃。

韋婉容不願受封，依然繼續請求趙佶讓趙桓收回成命，但趙構卻立即跪下替母親謝恩，爲母親接納了父皇賜予的榮耀。

在他起身的那一刻，嬛嬛再次捕捉到他目中一閃而過的某種光焰，感覺似曾相識，漸漸才想起，宛如當初金明池指揮龍舟爭渡後，他接受父皇賞賜時的光景。

隨後趙構扶母親回宮，在他們走出殿後，嬛嬛忽然發現剛才韋婉容散落的花鈿還留在地上，於是過去拾起，追了出來，跑到他們母子面前，低頭雙手將花鈿奉上，輕聲道：「你的首飾，賢妃娘子。」

聽見「賢妃娘子」這稱呼，韋婉容倒沒多大反應，一旁的趙構嘴角卻微微一牽，可是終於還是沒演變成笑容。他鎮定地點點頭，說：「謝謝姑娘。」便替母親自她手中接過花鈿，又扶著母親繼續前行。

鄆王與他，雖是兄弟卻全然相異，嬰茀想。一個如春日陽光，於和暖中漫不經心地普照大地；一個如秋天清風，總是冷冷掠過，但必會知道自己最終追尋的方向。

自趙構前往金軍寨後，不知爲何，嬰茀總是時不時地想起他來，每日都會暗暗爲他祈禱，求上天保佑他平安歸來，所以當他返回京城時，嬰茀如釋重負之下滿心儘是由衷的喜悅。

隨趙構一起返回的官員將他在金軍寨的勇敢表現一一道出，消息傳遍禁宮，於是他很快變爲了繼鄆王楷之後第二個所有宮女都有興趣談論誇讚的皇子。柔福身邊的宮女們也不例外，常常聚在一起描述康王的風采，繪聲繪色地傳說著他出使金軍寨的事蹟，嬰茀很少插話，但她很樂意聽，而且帶著微笑。她覺得自己是先於她們認識他的，不是指面目容貌，而是無法從外表感知、深藏於心的東西。

再見他時，是在靖康元年暮春某日艮嶽的櫻花樹下。

太上皇后一向對柔福管教甚嚴，不准她私自出寢殿，尤其在趙桓即位後更是如此，三令五申不許她跑去艮嶽玩。可這位帝姬生性活潑而有些叛逆，對禁止她幹的事有天然的興趣，想方設法地總要往外跑。有天私自帶著喜兒出門，還沒摸到艮嶽的邊就被太上皇后發現了，太上皇后一怒之下命人把喜兒杖責十五，打得喜兒十天半月都下不了床。此後柔福似乎變乖了好幾天，不過也只是好幾天而已，好幾天後，她又悄悄對嬰茀說：「我知道上次爲什麼會被發現了：是因爲我還穿著帝姬的衣服。這次我把喜兒的衣服找來了，我換上低著頭走路就沒人能看出來。一會兒我換好衣服你就跟我去艮嶽踢毽子罷。」

嬰茀搖頭道：「帝姬答應過太上皇后不再跑出去的，再說要踢毽子哪裡都可以，何必一定要跑去艮嶽。」

柔福拉著嬰茀的手道：「艮嶽裡的櫻花開得正盛，我好想看呀……我們就去一會兒，很快就回來，沒人會發現的……」

嬰茀拗不過她，最後只得勉強答應，待她換上喜兒的衣服後便與她從小門溜了出去，直奔艮嶽。

她們在鳳池邊的櫻花樹下踢毽子，直到柔福踢飛的毽子引來了那意想不到的人。

他穿著窄袖錦袍緋羅靴，騎在一匹高頭白馬上，一揚手便接住了飛來的毽子，然後轉頭看見她們，竟然微微地笑了。

於凝神間，她清楚地感覺到心跳的異常。

他下馬，把毽子遞給柔福，此刻嬰茀才回過神來，向他行禮道：「九大王。」

柔福也笑著喚他「九大王」，嬰茀覺得奇怪，她為何不稱他「九哥」？

然後柔福建議他與她們同踢毽子，嬰茀想，他那麼冷傲穩重的人，豈會玩這種女孩遊戲，這個要求在他看來豈不唐突？

而趙構居然一口答應。他的心情似乎很好。也是，如今的他前途光明，正躊躇滿志，理應有如此的好心情。

他頗有興致地踢著毽子，任毽子在周圍翻飛，臉上一直帶著笑容。

明快的、毫無陰霾的笑容。

多年以後再回想，嬰茀才意識到，這種純粹因喜悅而生的笑容在他一生之中並不多見，所以這日的情景成了她最彌足珍貴的記憶之一。

那日的他們三人，多麼愉快。

此後柔福又天天纏著要她跟著再去艮嶽，但太上皇后這幾日時不時就命人來找嬰茀過去報告帝姬近況，所以嬰茀再不敢冒險隨柔福出去。

接著某一天，柔福居然一人偷偷跑出去了。當宮中人發現時又驚又急，一面小心翼翼地封鎖消息不讓太上皇和太上皇后知道，一面分散四處去找。

嬰茀直奔艮嶽櫻花林去尋柔福，她知道柔福必定會再去那裡。可是，從當日踢毽處到秋千架下均不見人，又找了許久仍無所獲，嬰茀精疲力竭，眼淚也撲簌而墜。

回宮後許久才見柔福蹦蹦跳跳地回來，面對宮人蜂擁而來之下的反覆追問，她只嘟嘴宣佈：「我累了，想休息一會兒，誰都不許再來煩我！」

嬰茀沒再問什麼，只默默地伺候柔福更衣，端水來爲她洗拭。當爲她脫鞋時，嬰茀發現她繡鞋後縫著的銀鈴竟然不見了，而且是一雙鞋上的同時消失，便抬頭問：「帝姬，你鞋上的銀鈴怎會脫落了？」

柔福俏皮地眨眨眼，想了想笑著說：「是被一隻狗哥哥叼走了。」

狗哥哥？那是指誰呢？這個問題令嬰茀想了很久。如果她問下去也許會知道答案，但她沒有這樣做的習慣，所以她畢竟還是選擇了沉默。

靖康元年十月，當柔福得知趙構又要出使金營議和的消息後，便向父皇提出了提前行笄禮的請求，並且指定要趙構參加。對於趙構的再度出使，嬰茀並不覺得意外，她知道若皇上要求他定會答應去的，否則便不是她認識的那個康王了。隱隱爲他感到驕傲，雖然一想起他的遠離和他將要面對的危險便覺得惆悵。至於柔福的請求，她想，畢竟是兄妹，雖見面次數極少，卻相當投緣，所以帝姬希望借笄禮之喜祝康王此行平安。

笄禮那天，趙構果然隨趙楷前來。數月不見，他更顯英武，蹴水秋千之時的青澀已消散無蹤，即便站在以俊逸聞名的趙楷面前也毫不遜色，倒是當時的趙楷與他的氣宇丰神相較，顯得頗爲蕭條。

但是他彷彿很不開心，一貫肅然的神情中混有憂鬱的意味。

他的目光斷續地追逐著柔福的身影，間或躲閃。

瓔茀一直暗自關注著他。行走服侍間，她亦曾自他眼前經過。

他看不見她。

十一　內訌

靖康元年正月初，金軍攻陷浚州渡過黃河，在確定由康王構出使金軍寨爲質後，趙佶立即宣佈要前往亳州太清宮進香，並帶部分親王、帝姬同行。趙桓倒沒阻止，但馬上召趙楷入宮與他「議事」，一面將他困在彌英閣不放他回王府，一面對趙佶說：「三哥才卸任，皇城司尚有許多公務未曾交接，朕這幾日也需他經常入宮商討處理相關事宜，恐怕三哥無法抽身陪父皇前往亳州了。不過好在父皇只是東幸進香，想必很快便可返京，朕命其他弟弟相隨伴駕也是一樣的。」

不但不許趙楷隨行，連帶著包括柔福在內的趙楷同母弟弟妹妹也一個都不放走。趙佶雖很憤懣，但見形勢危急，也顧不了那麼多，只得匆匆收拾，帶上一些妃嬪和其餘兒女出通津門逃往東南。

趙佶這一去卻並不在亳州停留，進香之後立即下令駕幸鎮江，有長駐這山清水秀、沃野千里、人民富庶的江南之意，而且此時任知鎭江府的官員正是蔡京的兒子蔡絛，江、淮、荊、浙等路制置發運使則是蔡京的大兒子蔡攸的嫡堂妻弟宋煥。

隨即趙佶借行營使司和發運使司連向東南各地發了三道聖旨：

一、淮南、兩浙州軍等處傳報發入京遞角，並令截住，不得放行，聽候指揮。不許東南各地官府向都城開封傳遞任何公文。

二、杭、越兩將將兵，江東路將兵，及逐州不繫將兵，及土兵、弓手等，未得團結起發，聽候指揮使喚，先具兵帳申奏……如已差發過人數，並截留具奏。不許東南各地駐軍開赴開封勤王，並截留路過鎭江的三千兩浙勤王兵爲太上皇衛隊。

三、以綱運於所在卸納。不許東南各地向汴京運送包括糧食在內的任何物資。

三道聖旨一下，趙桓立即發現大事不妙，父皇此舉明顯是要使東南脫離朝廷的控制，自立政權，而且使京城陷入了兵糧雙缺的絕境。又聽說父皇在東南還任意對官員論功行賞，加官賞金，儼然以皇帝身分行事。

趙桓忙召集親信大臣商量應對之策，隨後先下旨命宋煥卸任還朝返回汴京，再暗中遣人與東南各地方官員聯絡，明令暗示他們應聽從的是當今在位皇帝的詔令。東南官員們見形勢不明，不知該聽從哪位皇帝指揮比較好，便多半兩頭都奉承著打哈哈，而在此關鍵時刻，知宿州林篪旗幟鮮明地站在了新君一邊，公然抗拒太上皇趙佶的命令。

林篪曾在宣和三年與四年接連兩次被趙佶貶官，自然對趙佶頗有怨言。趙佶駕幸東南後命東南各地繳稅納糧，他卻僅答應輸二十之一，而且還將此事上奏朝廷尚書省。趙桓聞知後立即命尚書省下令，讓林箎「以錢上京，毋擅用」，言下之意即錢糧不得供給太上皇。

有了此令林箎更是不再聽從趙佶的號令。而東南各官員見他不從命趙佶也拿他沒轍，對趙佶也漸漸不再恭謹，趙佶下的命令他們多有不從，錢糧的供給也越來越少。趙佶此行一路上用度行事仍如在汴京做皇帝時一般奢侈，不斷擾民勒索，鬧得怨聲載道，頗失民心。他手下隨行的官吏又大多是些小人，勾心鬥角慣了，逃至東南後仍惡習不改，立足未穩便開始相互傾軋，尤以童貫與高俅爲最。

趙桓見時機成熟，便花兩天時間與已返京的宋煥面談，軟硬兼施地命他勸太上皇返回汴京，待宋煥答應後遂於三月四日再度將其任命爲江、淮、荊、浙等路制置發運使，令他從速再往東南覲見太上皇。

宋煥到鎮江後果然力勸趙佶起駕回京，並說：「皇上命臣轉告太上：鄆王在京一切安好，只是因思念太上而略顯消瘦，但應無大礙，待太上返京後必會很快恢復，請太上不必掛念。」趙佶一聽提及趙楷立時悲從心起，自然知道現今趙桓分明是把他當作了人質。又見此刻自己已是眾叛親離，面對內憂外患早已不知如何自處，何況東南官員不再聽令，連錢糧都供給不足，日子是越發難過了，幾番思量之下終於答應回去。

趙桓聞訊後即刻命人直趨鎮江接趙佶回京，並遣李綱前往南京等候。四月三日，待趙佶的車輿至汴京城外後，趙桓更親自率百官出城相迎。

趙桓一見趙佶立即跪下畢恭畢敬地磕頭請安，然後目噙熱淚地上前握住父皇的手噓寒問暖，不住自責說：「臣任父皇在他鄉受這許久奔波之苦，如今才接父皇返京，實屬不孝，請父皇責罰。」

趙佶「呵呵」乾笑兩聲道：「大哥如此牽掛老父，時時遣人前往東南問訊照顧，並命各地官員小心侍奉，而今我這麼快便能平安歸來，全仗大哥費心安排，大哥何罪之有？」

這時吹來一陣微風，趙桓忙把自己身上的披風解下，親手爲趙佶披上，溫言道：「最近汴京風大，父皇要注意添衣。父皇南幸之時，臣日夜寢食不安，惟恐父皇在外衣食用度有絲毫不適之處影響龍體康安。現在父皇平安歸來，臣可以再如往常那樣親自侍奉父皇起居，實在欣喜之極。」說到這裡聲音竟有些嗚咽，忍不住引袖拭了拭眼角。

趙佶默默看著他，眼圈似乎也紅了，拉著兒子道：「大哥這般孝順，予心甚慰。有子如此，夫復何求！」

趙桓唏噓良久後，轉頭看看侍立在旁的宋煥，微笑著對他道：「宋卿此行可眞是立下了大功。奉命下鎭江，通父子之情，話言委曲，坦然明白，由是兩宮釋然，胸中無有芥蒂。朕日後必重賞於你。」

趙佶亦應聲贊道：「宋卿既是孝子，又爲忠臣，理應嘉獎。」

宋煥忙跪下謝皇上與太上皇的褒獎。隨後趙桓攙扶著趙佶同乘一輿回宮。京中民眾夾道迎接，見兩宮皇帝如此親近融洽，莫不感動，均連聲歡呼、讚不絕口。

此後趙桓再無顧慮，先後賜死了蔡攸、童貫等趙佶近臣。宋煥身爲蔡京、蔡攸父子的姻親與黨羽亦未能置身事外，趙桓以「以言者論其聯親奸邪，冒居華近，妄造語言，以肆欺妄」爲由，先其落職，後責授他爲單州團練副使，永州安置。

趙桓再請趙佶居於龍德宮，稱龍德宮環境有益於修身養性、最適合頤養天年，若無必要，父皇不必再外出受外界喧囂之苦。這等於是將趙佶軟禁在了龍德宮。另外將以前服侍趙佶的宦官都趕往龍德宮居住，不許他們再入禁中，違令者斬。除此外，趙桓又令提舉官每日將太上皇起居情況詳細上報，安排新的內侍在龍德宮供職，名為妥善照顧父皇，實則旨在監視趙佶動向。

趙佶見宮中內侍新人增多，知道他們實是趙桓派來的耳目，便想以財物賞賜收買，不時取一些金銀玩物賞給他們，但趙桓知道後馬上下令，命開封尹仔細檢查出入龍德宮的物品名目，如有得上皇所賜者，必須納之於宮。

趙佶知道趙桓對自己滿懷警惕，而今自己不僅失去了皇帝之權，幾乎連人身自由也喪失殆盡。心中悲苦，卻也無可奈何。

靖康元年十月十日是趙佶壽誕「天寧節」，趙桓前往龍德宮為四十五歲的父皇祝壽。席間父子頗為友好，言談甚歡。趙佶在將趙桓所敬之酒飲盡後，親自為兒子斟了一杯，勸趙桓飲下。

趙桓舉杯正欲飲，卻見耿南仲悄然挨過來，輕輕伸足踩了踩趙桓的龍靴。

趙桓立即會意：耿南仲這是在暗示他酒中可能有毒，切莫依言而飲。這事在朝廷中並不鮮見，十六年前，與蔡京不和的知樞密院事張康國便在一次宴會中飲下政敵所勸之酒後中毒身亡。於是趙桓不動聲色地將酒杯放下，對趙佶道：「父皇，臣今夜還要去彌英閣與幾位大臣議事，不宜再飲酒。父皇之意臣心領了，待改日無政事困擾之時臣再來龍德宮與父皇暢飲。」

趙佶愕然道：「只多飲一杯也不可？」

趙桓道：「臣不勝酒力，恐多飲誤事，還請父皇恕罪。」

趙佶搖頭再勸，趙桓終不答應，正在推辭間，只聽一人上前淡淡道：「陛下以政事為重，確不宜多飲。臣斗膽，請陛下允許臣代陛下飲下太上這杯酒。」

趙桓趙佶定睛一看，發現說話之人是鄆王楷。他適才一直默默坐在一邊自斟自飲，見趙桓推辭不飲父皇之酒便起身走到他們面前。此時的他看上去身形消瘦，面色酡紅，目光卻還是十分明亮。不待趙桓回答他便已舉起那杯酒仰首飲盡，然後將已空的酒杯朝著趙桓一傾以示意，似笑非笑地看著他，一絲嘲諷之意衍生於唇角。

「父皇，」趙楷看著趙桓，卻啓口對趙佶道：「皇兄受國事所累，不能陪父皇盡興暢飲。父皇若還有酒，還是賜予我這無所事事的閒人罷。」

趙佶聞聲站起，掩面出殿入內，行走間遺落一串壓抑著的悲泣之聲。

趙桓亦不再停留，衝趙楷一拂衣袖便轉身回宮。趙楷待他離開後冷冷一笑，回座復斟一杯，徐徐飲下。

次日，趙桓在龍德宮前頒佈一黃榜：「捕間諜兩宮語言者，賞錢三千貫，白身補承信郎。」鼓勵周圍人等監聽太上皇與接觸之人的談話並上報，要嚴懲「間諜兩宮語言者」。趙佶知此舉分明是針對趙楷，無奈之下只好命趙楷若非必要便不必頻繁入龍德宮，以免無謂招惹是非。

十二　零落

趙桓即位以來，雖有強國之心，但治國能力實在有限，性情又優柔寡斷，朝令夕改是常事，用人也顧慮重重，在即位後的一年多時間內，竟走馬燈似的先後拜罷了二十六名宰執大臣。而當朝的大部分大臣們也承襲了宋代官員玩弄權術、耽於黨爭的傳統，怯公戰、勇私鬥，面對外侮卻束手無策，在金軍的步步進逼之下，大宋皇朝漸入困境、岌岌可危。

靖康元年十一月，金軍兵臨城下，要求太上皇入城外青城寨中議和。那時趙佶已大受驚嚇臥病在床，趙桓自知如讓父皇入敵營議和自己必將蒙上不孝罪名，受盡天下人唾罵，何況也擔心被自己解除了所有權力的父皇在金人威脅下惟命是從，胡亂答應所有割地賠款的要求，故此趙桓公然表示太上年事已高，又驚憂而疾，不宜出行，還是自己親往青城。此言一出又感動大批大宋子民，交口稱讚皇上仁孝。

趙桓帶降表入金軍寨，但沒明確答應速交三鎮之地的要求。因宗望未接到金主詔命，倒也沒怎麼爲難他，拘留兩日後便放了他回去。不過宗翰屯兵於汴京城下卻日漸驕橫，強行向宋索取少女一千五百人，限年內送入金軍寨。趙桓不敢拒絕，遂命宮門監如數在宮女中選擇，列入名冊送往金軍寨。

一時宮內風聲鶴唳、人心惶惶，宮女們都怕自己中選，人人膽戰心驚，終日哀愁悲泣。宮門監畢義開始逐宮挑選，第一天公佈了第一批名單後，入選宮女莫不面如死灰、傷心欲絕，當晚就有一名宮女跳入鳳池自殺。有了這一例，那些性情剛烈，不肯落入金軍寨受人凌辱的女子便紛紛效仿，次日鳳池及大內瑤津池淹死的宮女遂猛增至三十多人。畢義見狀也覺惻然，但君命難違，吩咐手下內侍準備棺木收殮宮女屍首後仍硬下心腸繼續挑選。

柔福閣中的女子們也驚恐非常，生怕宮門監會在名單上寫下自己的名字，每天傍晚戰戰兢兢地去打聽公佈的名單，發現沒有自己後便小舒一口氣，但旋即又會陷入明天未知命運的陰影中。

有一天半夜嬰茀自夢中醒來，發現同屋的喜兒還沒睡，一個人愣愣地抱膝坐在床上，不知在想什麼。嬰茀便問她：「喜兒，你怎麼了？」

又喚了兩聲喜兒才回過神來，一下子便哭了，說：「嬰茀，我受不了了，再這樣下去我肯定會死的。」

嬰茀忙問她原因，喜兒一邊流淚一邊說：「今天我去太上寢殿向他稟報帝姬的情況，然後想起好些天沒見青菡了，就順道去找她。沒想到一推開她的房門便看見她懸在梁上，披散著頭髮，面色紫紅，吐著長長的舌頭，眼珠瞪得像是要掉出來……」

嬰茀不寒而慄，立即起身過去坐在喜兒身邊，緊緊地將她抱住。

「她被選中了……」喜兒滿臉是淚，身體不由自主地發顫：「她是服侍太上皇的宮女都不能倖免……接下來肯定就是我們……當然是我們，我們是服侍柔福帝姬的宮女，帝姬是鄆王的親妹妹，誰都知道官家最厭惡的就是鄆王……」

沒想到現今事情會變成這樣，嬰茀摟著喜兒黯然想，當初身爲鄆王妹妹宮女的她們不知被多少宮中女子羨慕嫉妒，而如今同樣的身分卻成了暗伏的禍因。的確，皇上連他父皇身邊的宮女都敢動，何況是跟鄆王關係密切的她們。

「如果讓我去金軍寨我也會像青菡那樣自殺的。」喜兒泣不成聲地說：「可是我不想死啊，我才十五歲……」

「或許，我們運氣不會那麼差罷……」嬰茀喃喃道。其實她自己對此也根本沒有什麼信心，說這話既是安慰喜兒也是安慰自己，對可能存在的被選入金軍寨一事，她有著絲毫不遜於喜兒的深重恐懼。

喜兒忽然抹乾了眼淚，抬頭神色嚴肅地對她說：「我們不能這樣等下去碰運氣。嬰茀，我們設法逃出宮去罷。」

嬰茀大吃一驚：「你說什麼？逃出宮去？不可能！」

「眞的眞的！」喜兒急切地拉著她的手說：「我知道每天午後龍德宮東側門都會開，讓出宮採購的內侍出去，那些內侍人數不少，守門的禁兵未必個個都認得，要是我們弄身內侍的衣服穿，混在採購的內侍裡低頭走，應該不會被發現的。」

瓔茀默然片刻，然後說：「不妥。我們既被選入宮服侍帝姬，怎能未經許可就離她而去？」

喜兒道：「我們服侍帝姬這許久了，與帝姬情同姐妹，帝姬必定也不會願意看著我們死的，她會明白的，會原諒我們的。瓔茀，你跟我一起走罷。」她忽然又哭起來了：「你不知道青菡那樣子有多可怕，我從來沒有這麼近地看過死人……我不要變成她那樣……」

這時窗外有風掠過，樹影婆娑，投在窗紗上竟如女人披髮的身影。瓔茀不禁打了個寒戰，與喜兒相擁得越發緊了。兩人暫時都沒再說話，過了好一陣瓔茀才輕輕道：「你讓我想一想……」

第二天，喜兒不知從哪裡找來了兩套內侍的衣服，於午後拉著瓔茀悄悄換了，然後趁人不注意溜出去，朝龍德宮東側門疾步走去。

果然有很多內侍陸續朝外走去，守門的禁衛只抬眼看看，並不仔細盤問。喜兒遞個眼色給瓔茀，示意她跟上，隨即自己便尾隨著那些內侍向門外移步而行。

瓔茀也隨之走了兩步，雙足卻越來越沉重，猶如灌鉛一般，到最後終於停下來，垂目略一思量，便轉身沿來路折回。

喜兒見她沒跟來大感焦慮，回頭想喚她，但顧及禁衛畢竟還是忍住了，再掉頭過來繼續前行。

瓔茀走到轉角處，止步回首，目送喜兒的身影一點點融入東側門外明亮的光線中。

喜兒的逃逸爲柔福閣中的宮女招來了更大的災禍。在宮門監畢義上報後，趙桓以非常時期發生此事足以擾亂人心，必須降罪爲由，命將原定自柔福閣中抽選宮女的名額由兩名增至五名，並立即選編入冊，強行帶走。

柔福不依，大哭大鬧，命宮女們聚在她的宮室不許人帶走。畢義聞訊親自帶人來抓，闖入閣中也不再按名選擇，抓住誰就是誰。一時閣中那些十幾歲的小姑娘們紛紛奔走哭號，哀聲震天。嬰茀緊依在柔福身邊，小臉慘白，雙手緊緊攥著柔福的右手，柔福則一邊哭一邊怒罵周圍抓人的宦官們。

忽然有個內侍奔到嬰茀面前，雙手一拉想把她抓走，嬰茀失聲驚叫拼命反抗，柔福立即朝內侍衝過去拳打腳踢，怒道：「放開她！」那內侍卻仍不撒手，像是鐵了心要抓嬰茀，柔福怒極，乾脆一伏首狠狠向他手背咬了下去。

內侍吃痛，抽手出來下意識地揚手朝柔福揮去，立即便把她打倒在地。嬰茀忙彎腰攙扶，連聲問帝姬有沒有事。

柔福不答話，只一味高聲怒斥道：「天殺的狗奴才，竟敢打堂堂帝姬！回頭我告訴父皇，一定要把你凌遲處死！」

那內侍聞言一時間不知是該道歉還是不管不顧繼續抓人，便愣在了那裡。畢義見此情景歎了歎氣，道：「已經找到五個了，帝姬身邊這個就留下罷。」率眾內侍朝柔福下跪行禮告罪後即帶著剛抓的五個宮女離去。

嬰茀怔怔地看著相處多年的被抓宮女哀絕的神情，聽著她們撕心裂肺般的絕望哭聲，提前聞到了屬於她們的死亡氣息。那時天色尚早，她卻覺得身處於沉沉暗夜中，觸手所及，皆是無盡的黑色和寒冷。

她無助地跪在地上，與憤怒而傷心的柔福相擁而泣。

十三 分飛

靖康元年歲末，趙桓將選好的一千五百名少女送入了金軍寨，但金人仍然不依不饒地索要無度，日日遣使追討金銀。到靖康二年元月，宋廷國庫已空，實在再無力納金應命，宗翰宗望見宋推延納金又不立即割地便勃然大怒，要趙桓再度入金軍寨面議繳款限期，否則馬上領軍屠城。

趙桓不得已只好答應再往青城金軍寨。他心知這次形勢不比以往，已很難全身而退，於是在臨行前精心作了一番安排。在趙佶「南幸」歸來後，趙桓很快立了自己的長子趙諶爲太子，此刻趙桓密召數位心腹大臣入宮，囑他們若等不到自己歸來便輔佐太子繼位，勿使大權旁落，隨後在次日早朝上，趙桓宣佈：鄆王楷伴駕同赴青城。

趙桓沒解釋命鄆王隨他入敵營的原因，但此言一出所有人都心知肚明：既然有皇帝親自前往和談，金人是不會再要求親王隨行的，趙桓是怕自己身陷敵營後趙楷趁機爭權奪位，故此一定要將趙楷鎖在自己身邊。

趙佶聞之此事後怒極，無奈如今自己權力早已喪失，根本無力無法改變趙桓的決定，只能眼睜睜地看著心愛的兒子趙楷身入虎穴。急怒攻心，病勢便越發沉重了。

趙楷倒是默然領命，毫不反抗，然後靜靜地自鎖於王府中再不與外人接觸，出行前於吟詩作畫中消磨時間，心情彷彿異常平靜。

柔福又因此哭得肝腸寸斷，瓔茀不住在一旁安慰說：「鄆王吉人天相，一定沒事的。帝姬你看上次康王出使金營不就平安回來了麼？……」話雖如此，但她一邊說著卻有不祥之感湧上心頭，想起趙楷日漸蕭索的身影和他即將面臨的不可預知的命運，投在柔福身上的目光也不禁淒惻起來。

出發之日，嬰茀隨柔福與宮眷、百官一同出皇城至朱雀門外送行。趙楷與王妃蘭萱同乘象輅前來，到了告別處，趙楷雙手扶王妃而下，嬰茀發現他凝視王妃的神情是她全然陌生的，寧靜而柔和，含有難得的鄭重，和一絲若隱若現的憂鬱。而王妃依然表情淡漠，淡妝素裹，冰清玉潔般風骨。

看見柔福與嬰茀，趙楷便微笑著向她們走來，對柔福道：「咦，妹妹竟能起這麼早？莫不是趁機出來遊春罷？」

柔福眼圈一紅，啐道：「我是來提醒你，你上次答應我要為我畫一幅櫻花圖，別一去金營就賴著不肯早早歸來，故意把這事給忘了。」

趙楷笑道：「妹妹放心，此前已與金人說好，五日內我們必會返京，待今年櫻花一開哥哥馬上為你畫。」然後又悠悠地轉朝著嬰茀說：「說起賴賬之事，我倒想起似乎有人尚欠我一物沒還。」

嬰茀知道他是指上次所賭的那一吻，便含羞低頭不肯答話。柔福卻不明白，睜大雙眸問：「誰欠了楷哥哥東西？不會是嬰茀吧？嬰茀，你欠楷哥哥什麼？」

嬰茀尚未來得及辯解已聽趙楷在一旁道：「呵呵，我為什麼要告訴你，這是個秘密。嬰茀，咱們不告訴她。」

柔福繼續追問，趙楷只是笑吟吟地搖頭不說，不久後便有宦官過來，對他說：「官家吩咐：天色已不早，請大王上馬啓程。」

趙楷點點頭，柔福一把拉住他，流淚道：「楷哥哥，你一定要早點回來呀！」

趙楷微笑著撫著她的頭，說：「好，就算是為了我欠你們和你們欠我的東西，我也一定要回來。」

嬰茀向他一福送別，他含笑頷首，然後轉身走至蘭萱身邊，深深凝視她道：「我走了。」

蘭萱微微瞬目以應，於是趙楷邁步向隨從牽著候在一邊的馬走去。正欲策身上馬，抬目間卻看見蘭萱明眸之中墜出兩滴清亮的淚珠，滑過她如玉臉頰，悄然滲於絲衣纖維裡。

他便又折回，立在蘭萱面前，淺笑著問：「你曾說過，永遠不會為我這樣的男人流一滴眼淚，而今你這兩滴眼淚我可不可以理解為是為我而流？」

「我曾說過，嫁給你這樣的男人是我最大的不幸。」蘭萱直視他眼眸，道：「但若可以重來，一切必還會如現在這般，我依然會嫁給你。」

趙楷展臂擁住了蘭萱，在周圍眾人訝異的目光中旁若無人地吻上了她的唇，良久才放開，那時的蘭萱一向蒼白的臉上淡淡地透出了些緋紅之意，一抹少有的微笑點綴於上，竟是奇異地動人。

那是此日蒼茫煙塵中最美的景象，嬰茀默然看著，忽然有些怔忡。

果然趙桓與趙楷這一去便被宗翰扣留囚禁起來，將他們作為索要金銀的抵押品，並將「犒軍費金」升為金一千萬錠，銀二千萬錠，帛一千萬匹。因國庫已空，朝廷只得要臣民繳納財物，百姓得知皇帝被扣押後也各自竭盡家中所有獻上，甚至連一些福田院貧民也上納金二兩、銀七兩。但即便這樣也難充欠款十之一二，金人又頻頻來催索，於是執政大臣又增二十四員侍郎官專職搜刮外戚、宗室、內侍、僧道、伎術、倡優之家，鬧得城中雞犬不寧，卻也只得金三十萬兩、銀六百萬兩。

自上次大選宮女給金人後，宮中各處均冷清蕭條了許多，各宮妃嬪、帝姬每日深鎖在宮院之中於愁苦中度日。柔福也安靜了不少，只數著日子天天歎息：「楷哥哥怎麼還不回來？」

一日深夜，忽見鄆王府內知客來訪，要求柔福摒退除嬰茀外的雜人後，取出兩套內侍衣服遞給她們道：「鄆王臨行前囑咐我說，如若七日後還不見他歸來，就設法入宮找到帝姬與嬰茀姑娘，把你們帶出城外安置在城郊穩妥處。請帝姬與嬰茀姑娘換上衣服跟我走罷，今夜守龍德宮側門的禁衛與我相熟，又曾受過鄆王的恩惠，不會不放行的。」

柔福很迷惑地問：「我們必須出宮嗎？」

「是！」內知客斬釘截鐵地說：「現在金人將皇上和鄆王扣下，隨時都有可能攻進城來，形勢十分危急，鄆王早料到這點，所以命我設法帶你們出宮避難。」

「蘭萱嫂嫂也跟我們去麼？」柔福又問。

內知客神色一黯，道：「鄆王走後，皇后就把王妃接進宮住了，我實在沒法進大內帶王妃出來。」

「啊！金兒也隨皇后住在坤寧殿裡！」柔福忽然想起。金兒是她的妹妹賢福帝姬。她的三個姐姐惠淑、康淑和順德帝姬都已出嫁居於外，而賢福年紀尚小，朱皇后見她生得可愛，十分乖巧，自己頗喜歡，便把她養在自己宮中。「要走我也要帶金兒一起走。」柔福嚴肅地說，想了想，又道：「還有串珠，也不能留她在這裡。」

串珠是柔福的異母妹，趙佶廢妃崔氏所生的寧福帝姬，性情孤僻，平日不愛說話，惟與柔福較爲親近。一聽柔福還要帶兩人走，內知客面露難色，踟躕著說：「一下出去這許多人恐怕不太方便……而且現在確實沒辦法入宮去找賢福帝姬……」

「那我先不走，明天去求皇后讓金兒到我這裡來玩，若有可能，我把蘭萱嫂嫂也帶過來，再找到串珠，然後你晚上再來接我們。」柔福說。

嬰茀聞聲道：「我也不走，等明天跟三位帝姬一起走。」

柔福卻轉頭對她說：「嬰茀，你倒是可以先走，先出城等我們也是一樣。」

內知客亦點頭道：「既是這樣，嬰茀姑娘就先隨我出去罷，分散走也好，人多了容易引人注意。」

嬰茀尚很猶豫，柔福在一邊笑著催促道：「快走吧，我們明晚就又可以見面了。要是都等到明天，別人見我們一窩蜂這麼許多人深夜朝宮外跑，豈有不生疑的？」

在兩人相勸下，嬰茀終於同意隨內知客先行。換了衣服後悄悄從宮院後門出去，一邊走一邊回首，柔福則在門內笑著朝她揮手，站得久了似乎被風吹得有些冷，便攏雙手至嘴邊呵了呵氣，見嬰茀還在看她便俏皮地眨了眨眼睛。

那是國破之前的柔福留給她的最後印象。

內知客帶嬰茀到城郊一處僻靜的村落裡住下，然後趕回城等著晚上再去接柔福等人。不想世事迭變，只一夜情況已翻天覆地。

宋廷解銀官梅執禮將好不容易籌到的金三十萬兩、銀六百萬兩，外加衣緞一百萬匹解往金軍寨後，宗翰見財物不足數便大發雷霆，下令立即將梅執禮斬首，繼續催繳欠款。趙桓無限愁苦地懇求說實在是國中無力籌夠所欠之數，宗翰嘿然一笑，將一份「協議」擺在了他的面前：「……原定犒軍費金一百萬錠、銀五百萬，須於十日內輪解無闕。如不敷數，以帝姬、王妃一人准金一千錠，宗姬一人准金五百錠，族姬一人准金二百錠，宗婦一人准銀五百錠，族婦一人准銀二百錠，貴戚女一人准銀一百錠，任聽帥府選擇。」

趙桓見他公然提出要以皇族、貴戚妻女充數的要求，立時氣結，連連搖頭不允。宗翰遂怒道：「若不答應我立即下令屠城，出兵前先把你頭砍了祭旗！」趙桓驚懼萬分，也再無他法，只好流著淚接過金人遞來的筆顫抖著在協議上畫了押。

宗翰命人將此有趙桓畫押的文書送至開封府。開封府告知皇后、太上皇之後也立即遵旨，封鎖了大內、艮嶽、延福宮、龍德宮及諸王王府，準備選妃嬪、帝姬、王妃等折金准銀送入金軍寨。

此日正是嬰茀出宮後第一日。

嬰茀再沒等到柔福前來與她相聚，連鄆王府內知客也不見蹤影。接著便聽說一批批的皇族貴戚女子被絡繹押進金軍寨，她不知柔福是否也在其中，曾守在這些女子經過的路上觀望，但見車馬門窗緊閉，她們均被鎖於車中，見不到具體模樣，只聞淒哀哭聲一路迤邐、不絕於耳。

不久後，金人按名冊將幾乎所有的宮眷一網打盡押回金國。嬰茀再也顧不得打聽柔福的下落了，心知她定然已同樣被押北上，便匆匆跟著村裡的人南逃避難，爲免招是非麻煩就一直以男裝打扮，並蓬頭垢面以掩容姿。顛沛流離地隨流民亂跑了許久後，才得知康王趙構已在南京稱帝，不由地一陣狂喜，立即趕往南京。

可要見皇帝並不是件容易的事，在南京城內流浪了很久才等到大赦之日他出宮巡視的機會。當終於看到趙構時嬰茀百感交加，彷若隔世，她在突如其來的強烈喜悅與安全感中暈厥，待悠悠醒轉時，她聽見他開口對她說的第一句話：「瑗瑗現在在哪裡？有沒有逃出來？」

於是，她的淚，流下來。

第三章　才人嬰茀・未央月隱

一　千金

將柔福接回宮的次日，趙構即在朝堂上宣佈進封柔福帝姬爲福國長公主。

在政和三年趙佶將公主之稱改爲帝姬後，民間就此議論紛紛，稱這樣一來豈非「天下無主」了，又有人說「姬」音同於「饑」，是皇帝國家用度不足之讖。自然這些說法當時臣子們是不會告訴趙佶的，但趙構這些年四處奔波，對民生民情民意瞭解得比他父皇清楚許多，聽到臣民關於「帝姬」的議論後相當在意。且又有大臣進言說，周朝王女稱王姬，是因爲周王室姓姬，而宋皇族非姬姓，不可以爲稱，何況姬乃姬侍之姬，豈有至尊之女而下稱姬侍。故此在建炎元年登基不久後趙構即命復「帝姬」爲「公主」，將仁宗皇帝女賢德懿行大長帝姬改封秦魯國大長公主，哲宗皇帝女淑愼長帝姬封吳國長公主。

這兩位帝姬是如今僅存的兩位自「靖康之變」中逃離出來的帝女。趙構自己的姐妹們，除了當年最小的趙佶第三十四女恭福帝姬，無一人倖免於難，全都被俘北上，而恭福也於建炎三年薨。而今柔福是惟一以當今聖上妹妹身分進封的長公主，百官自然明白其重要性，待趙構詔書一下，群臣立即山呼萬歲，聯翩出列發言祝賀。

散朝之後趙構立即趕往絳萼閣探望柔福，並賜她新衣十二襲、首飾十二套、日常用品及玩物若干。柔福略看了看，淡淡謝過，臉上卻無甚喜色。趙構歎歎氣，對她道：「瑗瑗，這些你不喜歡麼？還想要什麼？九哥一定會爲你找來。」

柔福抬頭看著他：「九哥，我想回家。」

趙構一怔，和言道：「這裡就是你的家了。九哥的家就是你的家。」

「不。」柔福搖搖頭，目光穿過宮門投往藍天白雲間：「我的家在汴京，九哥的家也在汴京，九哥不記得了麼？」

趙構有一瞬間的沉默，但很快又微笑著轉移話題：「九哥不知道妹妹喜歡些什麼，這些東西是問過嬰茀後爲你置辦的，可能總有疏漏之處，九哥再給你些錢零用罷，你還想要什麼就差人去買。先給你五千緡錢可好？……不妥，太少了，一萬罷……夠不夠？」

柔福漠然道：「九哥看著辦。謝九哥。」

趙構的笑容隱去，目光也黯淡下來，良久才道：「你不開心麼？爲什麼一絲笑意也無？……僅賜妹妹區區一萬緡實在委屈了妹妹。無奈經靖康之變後國力不比從前，百廢待興，如今一萬緡直可當宣和年間的十萬緡。妹妹放心，日後萬事用度九哥會按你在汴京時的標準給予，你每月月俸也會與秦魯國大長公主的一樣。」

柔福淺淺一笑，含有隱約的譏誚：「九哥怎麼老跟我提錢的事呢？如此說來，倒像是千金買我一笑了。」

趙構臉色一變，怫然不悅。侍候在兩旁的宮女亦相顧失色，均心想這位長公主當真大膽，如今宮中哪有人敢如此對官家出言不遜，何況官家分明是好意，卻被她這般奚落，不知該如何發作。

而趙構並沒像她們猜想的那樣大發雷霆，只黑著臉默然枯坐一陣後起身離去。宮人們忙行禮相送，柔福卻不依禮起身，仍舊端坐著，臉上淡漠得不留絲毫情緒的痕跡。

這事很快傳遍宮禁。午後潘賢妃與張婕妤在嬰茀閣中聊天，提起柔福之事潘賢妃滿面怒容，道：「福國長公主如此不知好歹，竟公然嘲諷官家！也不知官家怎麼想的，又不是一母所生的親妹妹，對她這麼好做甚？」

嬰茀解釋道：「長主剛從金國歸來，這些年吃了不少苦，官家憐惜她也是人之常情。至於長主那話，想必是無心的玩笑，不是刻意嘲諷。」

張婕妤亦賠笑道：「潘姐姐，長主雖不是官家的同母妹妹，但現今整個南朝只有她一人是道君皇帝的女兒，對官家來說，又與同母妹妹何異？所以官家自然會特別看重她。」

潘賢妃仍然怒氣不減：「要看重也應有度，官家對她未免太過重視了罷？靖康之變時金人搶走了宮中所有儀仗，這次官家爲了接長主回宮竟然命工匠晝夜不停地爲她趕製雲鳳肩輿。回來後一下子賜那麼多衣服首飾不說，還揚手就贈一萬緡錢給她。張妹妹可還記得，你上月過生日，我爲你向官家要五百緡錢他也不答應，還直斥我們用度奢侈！」

張婕妤聞言自嘲道：「我出身微賤，說到底不過是服侍官家的丫頭而已，哪能跟長主那樣的金枝玉葉相提並論。」

潘賢妃冷笑道：「我們雖都是服侍官家的丫頭，但既有了名分就是長主的嫂嫂，爲何不能與她相比？我們相伴官家多年，難道在官家眼中，還不如一個根本沒與官家見過幾次面的異母妹妹麼？」

話音未落，潘賢妃便發現張吳二人都朝門外望去，於是亦側首去看，才發現柔福不知何時來到，此刻悄然站在門邊，似笑非笑地看著她。

嬰茀與張婕妤忙起身與她見禮，然後嬰茀蹙眉問門外宮人道：「長主來了怎不通報一聲？」

柔福先答說：「我聽說幾位嫂嫂正在聊天，不想打斷嫂嫂雅興，所以讓他們不要通報，我自己進來就是了。」

潘賢妃自恃身分較高，只起身站著，卻不過來見禮。柔福便啟步在廳中走了幾步，四處打量，再指著潘賢妃微笑著問嬰茀道：「嬰茀，這位是誰？我猜應該是你的嬸子阿姨罷？」

潘賢妃聽她這一說只差沒氣暈過去，說她是嬰茀的嬸子阿姨，豈非暗指她看上去大嬰茀十幾二十多歲？

嬰茀立即介紹說：「長主，這位姐姐是潘賢妃。」

柔福故作驚訝：「是麼？那我眞是唐突了，請賢妃嫂嫂恕罪。我這愛以人的相貌判斷身分的毛病是該改改了，從小到大沒少鬧過笑話，嬰茀，這你是知道的。剛才聽人說賢妃嫂嫂在跟二位嫂嫂聊天，進來一看竟沒看出，還道是賢妃嫂嫂已經回去了呢……」

潘賢妃再也聽不下去，冷冷說一句：「長主慢坐，我該回宮了。」便轉身出門。

柔福在她身後笑道：「嫂嫂慢走。有空多看看百戲。」

潘賢妃一愣，回首問道：「看百戲做什麼？」

柔福答道：「看百戲可娛己，有利於改善心情。動不動就生氣，繃著個臉，好易老。」

潘賢妃怒極，再不理她，疾步離開。張婕妤連呼幾聲「潘姐姐」，見她不應便轉頭朝柔福客氣地笑著說：「長主，我去勸勸她，一會兒再回來。」

柔福點點頭，於是張婕妤追了出去。

嬰茀請柔福坐下，然後溫言道：「適才潘姐姐的話長主不必放在心上。自去年太子薨後她心情一直不好，性情大變，說話也越來越直，得罪了人也不自知，其實她人本來是很和善的。」

柔福淡然一笑，問：「太子？是潘賢妃的兒子？他是怎麼死的？」

嫛苐道：「太子是潘姐姐於建炎元年六月生的，官家爲他賜名爲旉。太子體質比較弱，自幼就多病。官家這些年戎馬倥傯，也沒足夠的時間和條件尋訪名醫爲太子根治，太子便一直斷斷續續地病著。建炎三年秋天太子在建康行宮又感染了風寒，爲他奉湯藥的宮人行走間不慎誤踢倒了一個金香爐，香爐落地有聲，太子聽見後立即嚇得全身抽搐，病情立時惡化，不幾日便薨了。官家和潘姐姐都悲痛不已，最後把那個踢倒香爐的宮人斬了。」

柔福默默聽著，須臾冷道：「是該死。」

嫛苐歎道：「那宮人踢倒香爐令太子受驚而死的確罪不可恕，可畢竟是無心之過，因此送掉了性命卻也有幾分冤。身爲侍女，當真命如草芥……」

「我不是說她。」柔福打斷她道：「我是說太子該死。」

乍聽此言，嫛苐驚愕之下盯著柔福無言以對。

柔福一臉冷漠，續道：「一個連一點響動都嚇得死的太子要來何用？若是不死，長大了也是個性情懦弱的主。這樣的人如果繼承大統，只怕連如今這半壁江山也保不住，倒是早點死的好。」

嫛苐急道：「長主切勿如此說！若被官家知曉難免會誤會……」

「有什麼好誤會的？」柔福冷笑道：「我的意思很清楚。難道我說錯了麼？」

二　素衣

嬰茀不便接話，就顧左右而言他：「長主今日穿的旋裙果然很合適。那黃色是以鬱金香根染的，純淨明麗，刺繡處綴上眞珠，穿在長主身上當眞相映生輝、貴不可言。前幾日官家命我爲長主準備衣物，我當即首選了這套，不知長主可還滿意？」

柔福道：「讓你費心了。其實何須精心挑選，我早不是昔日養尊處優的帝姬，即便穿戴布裙荊釵又有何妨？」說著留意打量了一下嬰茀，見她裡著白色羅裙，外罩一件淺碧褙子，衣襟四周刺繡錦紋也是略深一些的綠色，頭上挽了個芭蕉髻，其間綴著幾點零星的翡翠珠花，看上去甚是素淨，於是便笑了：「嬰茀，你這打扮倒令我想起一個人來。」

嬰茀頗有些尷尬，低頭道：「長主是指鄆王妃？官家一直提倡後宮妃嬪節儉度日，所以我著裝較爲素淡，倒不是有意要東施效顰。」

「你又多心了。」柔福說：「我只是看見你穿綠衣，便不禁想起了我那愛穿青碧顏色衣裙的嫂嫂，至於你如此打扮的原因我根本沒多想。」

嬰茀一時無語，稍過片刻輕聲問道：「長主可有鄆王妃的消息？一別數年，不知她現在怎樣了。」

「她死了。」柔福淡淡道，臉上無談及親人傷逝時應有的哀戚之色，只作陳述事實狀：「當初我們一同被押往劉家寺金軍寨，那些天不斷有女子受到金兵將士騷擾，大家終日膽戰心驚滿懷戒備地活著，大多女子都故意蓬頭垢面，以泥塗黑肌膚，以免被金人看出自己秀色。但蘭萱嫂嫂卻不這樣，她素有潔癖，一向是個冰肌玉骨般的女子，容不得一點污垢，只要有水她必會把自己洗漱得乾乾淨淨一塵不染，時刻保持著王妃應有的高雅氣度。可這也給她帶來了必然的災禍。有一天，押送我們的金軍將領命人帶蘭萱嫂嫂去侍宴。金兵一朝她走過來她便明白了他們的意思，在他們手伸來抓她之前她便厲聲喝止，說：『我會隨你們去，但不許碰我！』金兵竟被她氣勢鎮住，縮回了手。於是蘭萱嫂嫂回頭深視我們一眼，然後抬首出門，走到院中時忽然疾步朝一角的古井奔去，金兵尚未反應過來她已經縱身跳入井中。」

嬰茀目泛淚光，泫然歎息：「那些金兵就沒設法救她上來麼？」

柔福繼續道：「井很深，天氣又冷，沒人願意跳下去救她。倒是有人找了些竹竿繩索伸入井中想把她拉上來，但她又怎肯借此求生？只聽她在水中不斷掙扎，卻決不去抓任何竹竿繩索，最後我們眼睜睜地看著井中之水漣漪散盡，再也聽不到一絲聲音。」

「唉，她一開始要保持王妃尊嚴而堅持不污面的時候就已抱定了必死之心。」嬰茀道：「所有發生的事情都在她意料之中，自盡，只是遲早的問題。一個連面上一點污垢都不能忍受的人又怎會在金國忍辱偷生……」說到這裡忽然想起柔福，暗暗懊惱自己言辭欠妥，倒像是當面諷刺她一樣，忙解釋道：「當然，我不是說所有人都應該像王妃那樣決絕，忍辱負重地堅強活下來以待回國之日更爲妥當……」

越解釋越覺得自己口拙，柔福臉色未變，嬰茀卻先面紅過耳。

柔福漠然看她，倒似不慍不惱，但隨後吐出的話卻字字刺骨：「靖康恥一日不雪，在南朝與在金國活著又有何異？不過都是忍辱偷生，眞要有區別也僅在五十步與百步間。」

嬰茀先有一愣，隨即溫和地笑著道：「好端端的，我們說這些幹什麼？是我不對，不應該提如此不開心的事。」

柔福忽然又微笑起來：「嬰茀，你似乎很關心蘭萱嫂嫂，卻不問一點我楷哥哥的消息，想當年他花那麼多時間教你，竟是十分冤枉呢。」

嬰茀聽她重提趙楷更是不自在，低頭凝視茶杯中茶色，道：「當然，鄆王的消息我也很想知道，此外同樣很關心道君皇帝、太上皇后等宮中主子的情況，之所以先問鄆王妃是因為長主先提起罷了。」

不敢應對柔福迫人的雙眸，嬰茀知道自己的話是違心的，在某種程度上她的確關心鄆王妃要比鄆王來得多。她與蘭萱不過相逢兩次，但只這寥寥兩面蘭萱卻已把自己清麗出塵的影子烙在了嬰茀心裡，讓她總在靜默間、夢闌時想起來。那是怎樣的一個女子，不僅美麗清雅，還有含威不露的氣勢，冷冷看你一眼就彷彿看穿了你的所有心思，瓦解了你本來預備的防衛力量。蘭萱擁有最純淨的高貴氣質，和天生的、足可母儀天下的皇后風範。

母儀天下。這詞令嬰茀想起以前趙楷為她看手相時說她有飛鳳凌雲之像，將來必可入侍君王，若再懂得把握機遇，最後母儀天下也不是不可能的。事過數年，如今嬰茀回頭再看，已完全明白當時趙楷如此說是暗指他將來要繼承皇位納嬰茀為妃，甚至以後立她為皇后。可嬰茀每每憶起蘭萱就總有些淡淡的自慚形穢感，何況那日觀他們夫妻城外分別一幕，更覺那時趙楷說的不過是些輕浮的混話或與蘭萱鬥氣後的氣話。其實，她幾乎可以斷定，他與蘭萱必定是相愛的，而她卻不敢肯定趙楷對她的感情就一定是愛。或許，她有點悲哀地想，一開始是她的勤奮與上進心引起了他的注意，隨後她對他的抗拒激起了他的征服欲，所以他樂於常來看她逗她，將她當作獵豔和雕琢的目標。假若日後即位的是他，他必會納她為妃，也會寵愛她，像太上皇當初寵愛王貴妃和大小劉貴妃一樣，但這樣的寵愛絕對不會如他與蘭萱的感情來得深刻，即便他們的感情那時常以彼此冷對和疏離的形態出現。

因此她常常慶幸年少時她那自卑的心態挽救了她，本著自我保護的宗旨不敢接近光彩奪目風流倜儻的趙楷，沒讓他走進自己的生命，如今看來，這樣的做法何等明智正確，雖然，現在她嫁的男人給予她的感情也未必如她希望的那樣，但，那又是另一回事了。

「鄆王……還好罷？」沉默許久，嬛茀終於還是問了出來。他從來就不是她最牽掛的人，可對她來說有著遠超一般朋友的意義，卻也相當重要。不知當年那白衣翩翩的俊雅公子，如今在金國是否還能瀟灑言笑依舊。

「他既被你視作與一般人一樣，我又何苦多說什麼。」柔福一邊說一邊起身：「我有些倦，要回去了。」

嬛茀忙站起相送，見她有不悅之色，便也不再多問。

柔福走出門，略站定停了停，轉頭過來對嬛茀說：「他還行，至少還沒死。」

柔福入宮不久後金軍再度大舉南侵，目標直指趙構的江南朝廷，很快連破揚州、承州二鎮，楚州亦岌岌可危，若楚州再不保，臨安形勢便也很危險了。趙構一面下詔急召通、泰鎮撫使岳飛率部將以救楚州，一面命預備車馬帶後宮宮眷幸越州避難。

嬪妃宮女們立即收拾行裝忙作一團，但柔福竟然端坐於閣中絲毫不動，並不許閣中宮女內侍爲她收拾衣物行李。趙構得知後遂命嬛茀前去相勸，不想嬛茀這一去似乎也不見效，到車輦備好行將啓程時還不見柔福自閣中出來，於是趙構再也按捺不住，大步流星地邁步前往絳萼閣找柔福。

只見柔福坐在廳中目不斜視地直視前方，任憑嬛茀在一邊好話說盡也置若罔聞。趙構便走上前問：「瑗瑗，爲何不想走？若有什麼割捨不下的玩物命人一同帶走就是了。」

柔福抬頭，應之以一清如水的雙眸：「九哥，我本來以爲從金國回來後就不會再過顛沛流離的生活。」

趙構聽得頗爲心酸，溫言勸道：「不過是幸越州數月而已，很快會再回來的。我記得妹妹最愛出門遊玩，越州的景致也很好呢，妹妹不想看看麼？」

柔福扯出一絲冰冷笑意：「幸？這字好熟悉。九哥即位也沒多久卻已把父皇那些東幸南幸的手段全學會了。」

趙構臉霎時盡黑，抿唇狠狠地盯著柔福，周圍的空氣便在他沉默的憤怒中凝結。嬰茀悄悄挨到柔福身邊，伸手到她身後拉了拉她衣裾，示意她開口賠禮告罪。柔福卻並不理睬，反而站起身直視趙構道：「九哥，我們不要再退後逃跑好不好？就留在臨安迎敵，然後打回汴京去，打到金國去，把父皇和大哥救回來……」

「你懂什麼！」趙構怒道：「你道國家大事跟你們小女孩過家家一樣，你說怎樣便能怎樣？暫時退後避禍是必須的權宜之計，敵我力量懸殊，一味死撐下去只能是以卵擊石。靖康二年父皇曾有再度南幸之意，但大哥接納了臣子的意見繼續留守汴京，結果又怎樣？」

「那不一樣！」柔福立即反駁：「當時確實是力量懸殊，而現在主要是態度問題，大宋未戰便先怯了。九哥，靖康二年五月宗澤進援汴京後一度穩定了局勢，他後來一連上了二十四道〈乞回鑾疏〉，求九哥回汴京重建都城，九哥爲何不答應？如果當時九哥回去，增強汴京的防衛，那今年二月汴京便不會再度淪陷了。九哥，你出使金營時的勇氣呢？你傲視敵酋的氣概呢？如今金兵就那麼令你害怕麼？」

趙構怒極揚手，似馬上便要落至柔福臉上。柔福不畏不懼，傲然仰首以待，玉齒微微咬唇，半怨半惱地看著趙構。

趙構手重重落下，不過卻一掌擊在了身旁的桌上，桌上的杯盞茶壺立即彈跳而起，傾倒滾落而下，脆響連聲，在地上摔得支離破碎。

隨後他冷冷掃視兩旁的宮女，命令道：「你們扶福國長公主上車。」

宮女明白他是要她們架柔福出門，答應了一聲便過來「相扶」。柔福卻朝她們怒目而視，道：「我就不走，你們誰敢過來？」

宮女們便都愣住了，不知是否該繼續「請」她。

趙構見狀亦不再多說，直接伸臂攔腰一抱便把她抱了起來，然後不顧她的掙扎逕直出門朝備好已多時的車輦走去。嬰茀先是一驚，隨後鎮定地轉身令柔福的宮女內侍們立即爲長公主收拾行裝放入車中。

柔福仍在不斷掙扎，雙手使勁推搡捶打著趙構，趙構遂加大雙臂力道，將她僅僅箍於懷中。這個動作卻奇跡般地令柔福瞬間安靜下來。她靜靜地依在趙構懷裡，在他感覺到她的順從而詫異地低頭看她時，她的微笑如秋水漣漪，緩緩漾開，雙目中甚至浮升起一層朦朧而妖冶的水霧。

趙構心旌一蕩，那日華陽宮中他抱她入蕭閒館的尴尬回憶席捲而來，隨之而來的還有融入許多負罪感的苦澀的喜悅。但他不會讓他的異樣反應形之於色，他維持著漠然的神情，繼續扮演他劫持者的角色，一步步有條不紊地行走著，目的地是車輦所停之處。知道現在自己懷中的她比當初那荳蔻年華的小姑娘更爲危險，竟長成了妖魅一般的女子，他再不垂目看她。

「九哥，」柔福忽然伸出雙手環住了他的脖子：「我不走，是想看你會不會留下來用盡所有力量與金軍對抗——爲了保護我。」

「眞是個傻念頭。」趙構柔聲對她說，目光依然投向前方而不落在她臉上：「九哥會保護你一生一世，所以要把你帶到最安全的地方，不讓你面臨任何可能存在的危險。」

三　太后

到了越州行宮後柔福依然如故，態度冷漠，言辭尖刻，潘賢妃對她毫不理睬，張婕妤人雖和氣、性情開朗，但對她也保持距離敬而遠之，趙構與嬰茀倒是都常去看她，卻每每被她有意無意的話刺得不悅而歸。有一次嬰茀的侍女在與潘賢妃的侍女聊天時不慎說漏嘴，把上回柔福在嬰茀閣中說太子該死的話告訴了她，此話傳到潘賢妃耳中自是引起了她的極度憤怒，立即哭喊著跑到趙構面前，說宮中竟有人如此嫉恨太子，在他死後都還在惡意詛咒，加油添醋地把柔福的話複述了一遍。

趙構聽後亦大怒，問是何人如此放肆惡毒，潘賢妃使使眼色，於是她身後的侍女春梨跪下低聲說：「是福國長公主在臨安吳才人閣中說的。」

趙構聞言卻立即沉默了，然後凝視著春梨緩緩問道：「此事你怎知道？」

春梨答說：「是吳才人閣中的浣柳告訴奴婢的。」

趙構默思片刻，冷冷下令：「傳朕口諭：宮人浣柳、春梨編造謠言、搬弄是非，企圖誹謗福國長公主，各杖責二十。如有再犯，必嚴懲不饒。」

一聽這處罰決定春梨自是大哭不已連呼冤枉，而潘賢妃亦氣得面色發青，不顧身分地大聲質問趙構為何如此袒護柔福，竟連她咒罵自己兒子也能容忍。

趙構不理她，命左右內侍道：「請賢妃回閣中休息。」待內侍們把潘賢妃架回去後，又命人把吳才人召來。

嬰茀一入趙構寢殿立即跪下請罪：「臣妾管教無方，致使宮人肆意誣衊誹謗福國長公主，請官家責罰。」

趙構歎息道：「你起來罷。其實朕知道，瑗瑗肯定說了那樣的話。」

嬰茀掩飾道：「長主未曾說過，我們只是提到太子，可能是浣柳聽岔了……」

趙構擺手打斷她：「你不必為她遮掩，若提到太子的死，她不說這樣的話反倒很奇怪……唉，想當初她是個多麼活潑可愛的小姑娘，短短三載，她的心腸竟可以變得這般硬，說出話來這般惡毒。我們如此真心待她，她也並不領情，似乎再也沒人能打動她了。」

嬰茀想了想，道：「或許有個人可以勸導長主，讓她變得溫和一些。」

趙構睜目問：「誰？」

嬰茀答：「隆祐太后。」

隆祐太后孟氏是趙佶的哥哥哲宗趙煦的元配皇后。趙煦即位幾年後，他的祖母宣仁高太后及嫡母欽聖向太后為他廣選了百餘名世家女進宮，經仔細觀察後發現馬軍都虞候孟元的孫女操行端淑、性情幽嫺，而且天生麗質，兩位太后均十分喜愛，便著重培養她，長留身邊教以女儀，於元祐七年將其冊封為后，當時趙煦十七歲，孟氏十六歲。

婚後初期這對小夫妻倒也相處融洽，趙煦很寵愛皇后，每日畫眉點唇形影不離，看得向太后很高興，但高太皇太后卻每每歎息說：「皇后美麗賢淑，可惜似有福薄之相，以後國家若有何變故，很可能會由此人受禍。」

垂簾聽政的高太皇太后崩後趙煦親政。趙煦自未足十歲即位時起就一直生活在太皇太后的陰影下，太皇太后對他管教甚嚴，無論是朝政還是生活都一手控制安排，於是太皇太后崩後趙煦被壓抑的逆反心理瞬間爆發，大刀闊斧地進行政治改革，大肆罷黜高太皇太后任用的舊派官員，起用新派官員章惇爲相，重用蔡京蔡卞兄弟，並令王安石女婿蔡卞負責重修《神宗實錄》，表明力翻前案，要繼承父皇神宗趙頊遺志變法的決心。

但趙煦年少衝動容易被人利用，一味偏信的章惇、蔡京等小人得勢之後又對舊黨官員進行了猛烈的打擊，元祐年間得高太皇太后重用的官員幾乎全遭罷黜貶放，政局日趨混亂，章惇、蔡卞甚至還勸他將已故的祖母高太皇太后貶爲庶人，趙煦也險些照辦，後來在向太后的哭勸下才放棄了這個不孝的念頭。

孟皇后是兩位太后培養出來的，自然看不慣趙煦過於反叛的行事作風，經常出言相勸，趙煦剛開始還能聽上幾句，但次數一多便漸漸對皇后的諫言感到厭煩了，細想來與皇后的婚姻也是當初太皇太后給他安排的，於是更感不快，加上又開始廣御妃嬪，對皇后遂日益疏遠。

當時趙煦後宮中有位姓劉的婕妤，姿色豔麗，巧言善語，最會揣摩趙煦心意，事事順著他，不說一句他不愛聽的話，因此很得趙煦寵愛。她又內拉攏宦官郝隨，外勾結宰相章惇，漸有羽翼後便不把皇后放在眼裡，終日密謀如何廢后奪位。在孟皇后面前也態度囂張，不像其他妃嬪那樣按順序侍立於皇后身側，而常常倨傲地背對皇后而站。皇后的宮人們都看不過去，忍不住出言呵叱，但皇后卻相當寬容，並不與她計較。

一年冬至節，孟皇后率眾妃嬪去景靈宮朝謁向太后，那時太后尚未登殿，后妃們便坐於一旁靜候。后妃的座椅是按等級製造的，對使用者身分有嚴格限制。但劉婕妤卻故意要內侍為她搬皇后所用的那種椅子給她坐。內侍請示皇后，皇后也不與她爭什麼，點頭同意，於是劉婕妤便如願以償地坐上了皇后的椅子。她心下得意，便左顧右盼，十分張狂，看得周圍妃嬪宮人都頗為憤懣，便有人故意設計捉弄她。只聽有人傳唱道：「皇太后出！」孟皇后立即起立迎接，劉婕妤與眾妃嬪亦隨同起身，等了片刻卻不見太后現身，於是眾人復又坐下，不想突有「噗通」一聲響起，大家側頭一看，發現是劉婕妤摔倒在地——原來有人在她起立時把她身後的椅子悄悄撤去，她並不知曉，猛地坐下去便坐了個空。周圍人見狀均哈哈大笑起來，孟皇后也忍俊不禁地掩唇一笑，被劉婕妤看見遂懷恨於心，認定了是皇后在捉弄她令她當眾出醜。

回頭劉婕妤一見趙煦便呼天搶地地哭訴，說皇后如何如何欺負她。趙煦雖然寵愛她，卻也心知是她越禮在先，另外也沒證據可表明此事是皇后主使，就只好言勸慰一番，並未找皇后麻煩。

劉婕妤仍憤恨不已，她的親信郝隨便勸她道：「婕妤不必再為此事哀戚了，只要能早日為官家生下皇子，這皇后之位遲早是婕妤的。」

後來孟皇后的女兒福慶公主病了，醫治了許久總不見好。孟皇后的姐姐頗通醫道，便入宮為公主診治，可惜仍不見效，一時病急亂投醫，在外求了道家的符水帶入宮給公主喝。孟皇后一見即大驚道：「姐姐難道不知行巫求符是犯宮中大禁的麼？」忙命宮人將符水藏起來。待趙煦到宮中看女兒時皇后就主動把這事告訴了他。趙煦倒並不介意，說：「你姐姐這樣做是給公主治病心切，也屬人之常情，朕不會怪你們。」

但不久後孟皇后養母聽宣夫人燕氏、尼姑法端與供奉官王堅爲皇后禱祠祈福的事被郝隨得知，便向趙煦奏說孟皇后在宮中行巫，甚至有意製造內變。於是趙煦詔入內押班梁從政、管當御藥院蘇珪等人制獄查辦，捕逮了皇后宮中宦者、宮女三十多人，嚴刑拷問，宮人肢體毀折，甚至還有斷舌者。紹聖三年九月，趙煦終於下詔廢后，命孟皇后出居被廢妃嬪出家所居的瑤華宮，號華陽教主、玉清妙靜仙師，法名沖眞。接著趙煦進封劉婕妤爲賢妃，待元符二年劉賢妃生下一位皇子後便將她封爲皇后。

但這位皇子趙茂太短命，沒活多久便一命嗚呼了。趙煦也在元符三年他二十五歲時駕崩，向太后便選了趙煦的弟弟趙佶即位爲帝。

趙佶與那時的王皇后都對孟皇后這位嫂嫂敬重有加，趙佶即位當年五月就下詔自瑤華宮迎回了孟皇后，尊她爲元祐皇后，劉皇后則被尊爲元符皇后。

孟皇后再度入宮後仍如在瑤華宮時一樣，與世無爭、清心寡欲地生活著，與王皇后相處融洽、相知相惜。但劉皇后與郝隨卻因此相當不安，郝隨便極力鼓動輔政大臣蔡京設法再把孟皇后廢掉。蔡京亦指使黨羽上疏，眾大臣紛紛附議，趙佶無奈之下只好同意廢孟皇后的皇后稱號，令她再次出居瑤華宮。

臨行之日王皇后和淚相送，孟皇后倒笑著勸她：「終於要離開這是非之地了，於我可是好事，妹妹何必如此傷心？」

而那元符皇后劉氏在趙佶即位後仍不安分，不時勾結外臣想干預朝政。趙佶本來就看不起她，便借機與輔臣商議要將她廢掉，最後連她周圍的侍從也對她不理不睬冷眼相待。劉氏見眾叛親離再無生趣，便以簾鉤自縊而亡。

靖康之變時孟皇后因是被廢之人，便未被列於宮眷名單上，倒逃過一難。後來被趙構接到身邊，尊她爲元祐太后，因尙書省說「元」字犯太后祖父諱，故改稱隆祐太后。

趙構生母韋賢妃尙在金國，而隆祐太后性情溫良、寬厚慈愛，受丈夫冷遇的情況亦與韋賢妃相似，趙構覺其可親可敬亦可憐，且她曾下手書告天下請康王嗣統爲帝，於趙構有大恩，趙構便奉之若母，悉心照料其生活起居，日夜前往太后宮請安，待其孝順無比。太后無子，惟一的女兒也早夭，而今見這個等於是撿來的兒子完全將她看作生母一般來侍奉，自然也待趙構如親生子，事事關懷備至。

如今趙構經嬰茀提醒也覺得現在應把柔福交予隆祐太后開導。太后一生坎坷，兩立兩廢，又歷經靖康之變和前幾年的顚沛流離，卻始終能保持著溫良的性情、和善的態度和寵辱不驚的心境。也許只有她才能以自身爲例子，開導柔福，使柔福從深重的怨氣和戾氣中解脫出來。

四　月隱

當柔福被送入隆祐太后所居的行宮西殿時，太后正手持花鋤，在院內園圃中爲菊花培土。柔福暫沒過去向她請安，只半倚在門邊觀察著她。

太后已經五十八歲了，但眉宇舒展，神情一脈平和，唇邊的笑意要比歲月在她臉上留下的痕跡來得分明。大概是生怕傷及花根，她培土的動作輕柔而細緻，一點一點，從容不迫，結合她溫和的表情，其嫺雅之態難以言傳。

過了好一會兒她才停了下來，扶鋤而立，看著園圃裡長勢良好的菊花微笑，感覺到一旁有人便轉頭過來，發現是柔福，她含笑招手：「來，瑗瑗。」

柔福走到她身邊斂衽爲禮：「太后萬福金安。」

太后伸手相扶，和言對她說：「你像官家那樣，喚我作母后罷。」

柔福淡然道：「我跟九哥不一樣，沒有隨便認人爲母的習慣。」

聽了此言，太后卻也並不生氣，依然微笑著說：「瑗瑗覺得不合適就罷了，只是稱呼而已，沒什麼關係。」

柔福唇角一挑，算是應之以笑：「養花培土應該是園丁做的事，太后身分尊貴，何須自己動手？」

太后道：「若非自己動手，哪能品味到其中樂趣。這樣的事我已經做了幾十年了，瑤華宮中幾乎每一株花木都是經我培植過的，現在到了江南也改不掉這個習慣。」

「我明白了。」柔福冷眼以視足邊菊花：「九哥讓我來西殿住，是要我跟太后學種花。」

「學種花不好麼？」太后亦俯首看菊花，目光卻溫柔如凝視自己的孩子：「在黃昏之後，月上柳梢之時，憩於庭中賞月，一壺清茶，數翦清風，間或有暗香盈袖，是何等閒適之事。」

柔福嗤地一笑道：「太后沒注意到麼？最近冷雨連連，晚上哪有月亮可賞？」

太后緩緩搖頭，說：「日月星辰是永遠懸於天際的，而今因爲烏雲覆蓋，上明下暗，所以世人無法窺見。待有惠風吹散捲盡雲霧，那紛然羅列的世事萬象便會全然顯現出來。靜心以待，要相信星辰不敗，日月常明。」

「這就是太后要給我上的課罷？」柔福仍是一臉不屑，道：「九哥認爲我變了，想請太后把我變回以前華陽宮中那個無憂無慮沒心沒思的小女孩。」

「我並不想改變你。」太后拉起柔福的手，語調甚是柔和：「也沒有改變的必要，你的本性至今都沒變。你的性情至清至淨，如晴空寒水一般。只是現在執著於嗔癡恩怨，過於強烈的感情如浮雲繞身，使性不能明淨如初。或許官家希望我做的便是爲你拂去那遮掩日月的雲霧。」

柔福決然將手自太后手中抽出，道：「現在並無什麼雲霧纏繞著我，倒是以前華陽宮繁花粉飾的太平遮掩了我的視線，令我一直幼稚無知。而今我看清了，我不喜歡眼前的世界，所以我要說出來。太后一生經歷的苦難也不少，爲什麼只一味忍受、隨遇而安，而不力求改變呢？」

太后輕歎道：「身爲女子，作爲有限，要想憑己之力改變整個世界是不可能的，既如此，何不獨善其身？」

柔福挑眉道：「不試試怎知道不可能？」

「哦？」太后凝視她，若有所思地問：「瑗瑗想如何試呢？」

柔福搖頭道：「我還在想，但一定會有辦法的。」

太后微笑：「我老了，沒有瑗瑗的勇氣。甚至年輕時也難與你相比，只知道在日復一日、年復一年的落寞中閒看花開花落，學會翻嗔作喜、笑對煙霞的能力。漸漸地心也淡了，富貴榮辱也不再計較許多，將閒情消遣在事花弄香、聽雨賞月上，但求山一帶，水一脈，流水白雲常自在。」

柔福冷笑道：「這幾年太后爲避國難四處奔波，於顛沛流離中也能保持事花弄香、聽雨賞月般的自在麼？」

太后微笑不變，答道：「野花開滿路，遍地是清香。」

此後柔福便在隆祐太后的西殿住下，剛開始她態度冷淡無禮，常對太后出言頂撞，但太后不以為忤，仍對她十分溫和慈愛，每日噓寒問暖，如照顧親生女兒一般對她關懷備至，漸漸地柔福也緩和下來，對太后有了幾分親近之意，心情略好時還會跟太后一起去種花。趙構聽說後亦很高興，常會特意去西殿看她們一同培土剪枝的情景，但不想驚動她們，只遠遠地站著看，並在柔福察覺之前掉頭離去。

十二月己卯是太后五十九歲生辰，趙構特詔戶部進錢萬緡以大慶。是日趙構置酒宮中，與眾宮眷一起為太后賀壽，其間聊到前朝事時太后說：「我已年近花甲，幸得躲過國難與官家相聚於此，官家如此孝順，我他日身後亦無所憂，但有一事應該告訴官家。我年少時蒙宣仁聖烈太后之恩獲選入宮，得事太后身側，深感太后之賢縱觀古今亦未見其比。可歎後來奸臣因泄私憤而對太后肆加誣謗，有玷盛德。建炎初年官家雖然曾下詔辨明太后之冤，但史錄所載之語未經刪定，怎能傳信於後世？若官家能了我此心願，便是對我這母后最大的孝意了。」

趙構聞言立即應道：「母后言之有理。臣早有更改史錄還宣仁聖烈太后清譽之意，只因最近國事頗多，便暫且擱置下來了。今日得母后提醒，臣實在慚愧，明天便傳令命人更修神宗、哲宗兩朝皇帝《實錄》，請母后放心。」

太后微笑道：「如此我代宣仁聖烈太后謝官家了。對了，聽說前些日子有個名叫秦檜的汴京太學學正自金國逃歸，已經覲見了官家，那他應該帶回了些兩位皇帝與皇后的消息罷？」

秦檜是在兩月前自金國歸來的，當時帶有妻子王氏同行，徑趨漣水時入該地宋軍軍營，稱他們夫妻二人在金國殺了監守他們的人，然後奪舟改裝逃歸，希望駐軍將士能幫他們雇舟，送他們到越州覲見皇帝。駐軍相信了他們的話，便代為雇舟，讓他們順利抵達越州。當時的參知政事范宗尹與同知樞密院事李回與秦檜是舊友，便在趙構面前大說秦檜好話，稱其忠誠，足可重用。於是趙構遂召見了秦檜，從他那裡聽到了許多二帝、皇后的詳細消息，並與之深談一番後，對眾臣說：「秦檜樸忠過人，朕又得一佳士，一夜喜而不寐。」不久後即封他為禮部尙書。

趙構並未立即將二帝等人在金國的近況告訴太后，此刻聽她問起才垂淚道：「臣恐母后聽說後難過，所以一直斗膽瞞著。現在父皇與大哥所居的五國城離燕京東北約千里，荒寒特甚，父皇與大哥很不適應，起居益感困難。而朱皇后與太上皇后因不堪忍受折磨，已先後駕崩。父皇因此悲痛不已，終日哭泣，現在有一目已趨失明。」

太后驚道：「這等大事為何不早告訴我？」隨即亦淚落漣漣：「二位皇帝與皇后這般矜貴，哪能忍受如此苦難！可憐兩位皇后，貴為國母竟魂斷異國。官家應儘快想出良策迎回二聖，以解二聖蒙塵之苦，同時也應將兩位皇后靈柩迎回厚葬。」

趙構頷首道：「臣知道。秦檜此番正是奉父皇之命逃歸，向臣面傳父皇口諭，要臣設法與金國達成和議，早日迎回二聖。」

「和議?!」此時從旁陡然響起一清亮的女聲，語氣充滿懷疑、不屑及不加掩飾的憤怒。

眾人聞聲望去，見此言是柔福所發。剛才趙構敍述二帝等人景況時嬰茀等妃嬪女眷都低首頻頻拭淚，惟有柔福神色漠然不為所動。而這時她側身坐在一旁，斜首冷冷地盯著趙構，以挑戰式的不可妥協神情表達著對這二字的抵制。

五　對弈

「九哥，難道那秦檜說什麼你便信什麼？」柔福凝眸道：「他說是奉父皇口諭可有憑證？我看秦檜逃歸的過程很是可疑，聽說他當初是與何㮚、孫傅等人一起被關押囚禁的，卻爲何只有他一人能逃脫，而且還帶著妻子同歸？九哥至少應先問個清楚罷，怎就想都不想便對他言聽計從，忙著考慮議和的問題呢？」

趙構眉峰一蹙正欲答話，潘賢妃卻已搶先開口對她道：「長主，秦檜夫婦既是奉了道君皇帝之命歸國，逃脫之計必經大家精心策劃過，所以能順利逃出。何、孫等人未能隨行也定是服從大計，若是那麼多人一起逃豈有不被發現之理？」

柔福冷冷看她一眼，道：「此行自燕至楚足足有二千八百里，須逾河越淮，關卡重重，若無金國的通關金牌或文書，哪能這麼順利回來？」

「金兵守關就那麼仔細，難不成看見一個衣衫襤褸的乞丐也非要通關金牌文書？」潘賢妃滿含嘲諷地笑笑：「這我是不清楚，畢竟不像長主是過來人，知道其中細節。對了，請問長主當初可有人給你金國的通關金牌？何不取出讓大家見識見識？」

「賢妃！」趙構聞言大怒，一道凜冽的目光直朝潘賢妃刺了過去。潘賢妃只覺一寒，心下不免害怕，卻又有些憤懣，便恨恨地垂下了頭。

柔福臉色蒼白，默然坐著一言不發。趙構看在眼裡很是憐惜，剛才她那刺耳的話給他帶來的不快之感悄然泯滅，想以言安慰一時間卻又找不到合適的辭句，只輕輕喚了一聲：「瑗瑗……」

柔福沒應聲，眾妃嬪也不敢開口說任何話，殿內尷尬地靜默著，只有一旁的樂伎還在擺弄著絲竹，然而所奏的喜慶樂聲也漸漸變得小心翼翼、有氣無力了。這時太后緩緩站起，和言對趙構說：「我有些累了，讓瑗瑗陪我回去罷。」

趙構頷首答應，雙手相扶太后。柔福亦隨之起身，一邊扶著太后一邊轉頭朝趙構巧笑道：「九哥不送太后去西殿麼？」

趙構答道：「朕是要親自送母后回去。」

眾妃嬪立即離席行禮相送。柔福與趙構分別於兩側攙扶著太后出去，待走到大殿門邊時，柔福悠悠回首以視潘賢妃，忽地朝她一笑，那笑容綻放在她蒼白的容顏上竟是異樣地嫵媚。

潘賢妃又是一陣惱怒，側頭轉向一邊不再看她。

趙構將太后送至西殿後又坐著與太后聊了聊，然後起身告辭，不想柔福卻走來拉著他的衣袖道：「九哥，現在還早，你陪我下下棋好不好？」

趙構有些猶豫，太后便從旁勸道：「官家明日要早朝，還是早些回去休息的好。」

「只下一小會兒，不會拖得太久的。」柔福搖著他的袖子懇求道：「九哥，我最近一直在研習棋藝，也不知現今棋力是否有進步，你是高手，與我對弈一局指點指點我可好？」

趙構見她拉著他衣袖神態無比嬌憨，映著燭光雙眸閃亮，目中儘是希冀之色，剎那間忽然想起當年在華陽宮櫻花樹下遇見她時，她嬌俏地揚著毽子，對他說：「大王與我們一起踢吧。」為了她眼中流露的那抹希望，他立即便答應了她，此刻也是一樣，面對如此情景，他實在無力拒絕。

於是他微笑道：「好。」

她便開心地再展笑顏，吩咐宮女快準備棋具。待兩人在書房棋盤兩側坐定後，她又微笑著建議說：「只這樣下九哥說不定會漫不經心地敷衍我，不拿出眞正實力來與我對局，所以我們最好以棋博弈，輸的一方要答應替勝者做一件事。」

「何事？」趙構問，面色忽然凝重起來。

柔福笑道：「九哥放心，我讓你做的肯定都會是些容易做的事。例如爲我在越州行宮也種幾株櫻花呀，或是爲我在院裡樹幾個秋千架什麼的。倒是九哥眞要是贏了我可別提什麼刁鑽古怪的要求來爲難我。」

趙構一笑，道：「九哥若勝了只會拜託你以後別再四處跟人鬥嘴。」

「那好，我若輸了一定會聽九哥的話。」柔福看看棋盤，忽然又說：「哎，九哥棋力高我許多，應該讓我幾子才公平。」

「我們從未對弈過，你怎知我們之間有多大差距？」趙構托起旁邊的茶淺抿一口，然後道：「也罷，我就讓你三子，並讓你執黑先行如何？」

柔福略一瞬目，側首看他道：「讓九子吧！」

趙構徐徐擺首，說：「休要得寸進尺。」

柔福嘟了嘟嘴，不再說話，擺好受讓三子後兩人便一子一子地開始對弈。

趙構自恃水準非常，也不相信柔福這一小小女孩能有多大實力，因此起初下得確是較爲散漫，並不十分認眞。不想漸漸發現柔福佈局竟然頗爲精妙，很快以較小數目的棋子佔據了較大領地，而又得自己先讓三子，再加上先行的優勢，越下越順，棋風越發顯得咄咄逼人。皓腕抬舉間已頻頻將趙構的白子提子出局。

趙構不再輕視她，立即正襟危坐提起精神凝眉思索應對之計。無奈前面失勢太多，現在再要挽回已是十分困難。苦思良久後勉強再落一子，但此著卻似早在柔福意料之中，很快應以一黑子，所落處又使大片白子處於無氣狀態，又被她神情悠閒地一一提出。

「九哥，」她輕笑著說：「臨近收官了，似乎輸的是你呢。」

趙構便也抬頭微笑道：「嗯，我的形勢是很不妙。看來只能盼妹妹手下留情，讓我做件容易做的事。」

「當然很容易做。」柔福道：「我想請九哥把秦檜的禮部尙書之職撤了。」

果然不出所料，她是有目的的。趙構大爲不悅，但神色未變，只淡淡說：「瑗瑗，你知不知道九哥最不願意聽你提政治上的事？好好的女兒家，管這麼多國家大事做什麼？這都是男人幹的事，與你們女子無關。」

柔福微微咬唇，笑容又沒了溫度：「與我們女子無關？如果有一天，你也必須像大哥那樣把我們折成金銀送給金人，那時你還能說國家大事與我們無關麼？」

「住嘴！」趙構怒斥道：「你越來越放肆，看來我是過於縱容你了！」

他這一聲很是響亮，驚動了外面廳中的太后，立即移步過來查看。跟她一同進來的還有嬰茀。

「好端端的，怎麼就吵起來了？」太后蹙眉問。

趙構不答，看了看嬰茀，漠然問道：「你怎麼也來了？」

嬰茀忙過來行禮，答道：「臣妾是來向太后問安的，太后便讓臣妾陪著說說話。」

柔福一笑，對太后道：「太后，沒什麼，是我剛才想悔棋，所以被九哥罵了。你們若沒事不妨來觀戰，九哥答應我若輸了便會爲我做一件事，你們正好作個見證，但是觀棋不語眞君子，不要爲他支招哦。」

「是麼？」太后看看柔福，又看了看她對面的趙構。

嬰茀掃了一眼棋盤，輕聲對太后道：「長主說的應該沒錯，你看這棋還沒下完呢。太后請坐，我們慢慢看。」

太后點點頭在一旁坐了下來。有宮女亦爲嬰茀搬來凳子，她卻搖頭不坐，堅持侍立在太后身後。

柔福便又朝趙構悠悠笑道：「九哥，該你落子了。」

趙構再看著棋局凝思片刻，然後拈起一子淡然道：「這盤棋眞是很玄妙，不到最後也不知誰是勝者。」言罷舉手落子，竟落在柔福全然沒想到的地方，如絕處逢生一般，一子打破了柔福苦心經營的局面，殺掉了她一大塊黑子。

這樣一來白子局勢豁然開朗，略知弈理的人都能看出若下下去必會是白子占優。柔福一愣，伸手取回剛才自己所下那子，嗔道：「不行，剛才我下得太快，我不這樣下了！」

趙構一擋她舉棋的手，正色道：「九哥剛才不是說了麼?落棋無悔，又想挨九哥罵呀?」

嬰茀也在旁笑說：「長主，勝敗乃兵家常事，偶爾輸一局也非什麼大事，何必把結果看得這麼重。」

柔福瞪她一眼，道：「你可眞是嫁雞隨雞，盡顧著幫夫君說話，把以前的主子都忘了。」

嬰茀笑容立即凝固，低首不再說話。倒是太后拉起了嬰茀的手，輕輕拍拍，然後對柔福說：「嬰茀說得沒錯，悔棋確實不對，不是堂堂長公主的作風。瑗瑗忘了麼，你已經是大人了，不要還拿小孩脾氣賴你九哥。」

柔福聽了此話便默默把棋子放回去，然後以手托腮愁眉苦臉地沉思。

趙構見她蹙眉凝思之態甚是可人，忍不住又想逗逗她，便故意命人取來一壺汴京佳釀八桂酒，從容不迫地親自給自己斟了一杯，然後細細品著，左手則拈了一枚棋子在桌上一點點輕輕敲擊，以示催促她儘快落子。

柔福好不容易想出一著，剛一落下趙構立即落子以對，又把她逼得寸步難行。柔福繼續苦思，不覺間將手中握著的絲巾一角送至唇邊，下意識地緩緩點咬。如此兩人又各下了幾手，到後來柔福局勢越發兇險，顯然敗局已定，任她咬破絲巾已回天乏術，正在煩悶間一抬頭卻見趙構正悠閒地敲棋品酒，柔福又氣又惱，一時興起便雙手一抹棋盤，將整個棋局攪亂，說：「呸！不行！我都說九哥棋藝太高，應讓我九子才公平了，這局不算，我們重來！」

趙構大笑道：「哪有如此耍賴的！好，這樣罷，九哥放你一馬，一會兒出句讓你作對，你若是能在九哥飲完這杯酒之前對上，這棋就算我們戰和。」

柔福想了想，最後點頭答應。

趙構一邊提壺將杯中酒斟滿，一邊隨口吟出：「漫敲棋子閒斟酒。」然後舉杯，凝視著柔福開始啓唇飲酒。

柔福心下一沉吟，轉瞬間忽然星眸一亮，對道：「輕嚼紅茸笑唾郎！」

此句一出滿座皆驚。她這下聯固然對得不錯，可句中描繪的情景卻很是曖昧。此句源自南唐後主李熤描寫大周后與他調情的句子「繡床斜憑嬌無那，爛嚼紅茸，笑向檀郎唾」，十分香豔，更有夫妻之情蘊含其間。若柔福與趙構不是兄妹，這上下句結合起來倒很有情趣，也暗合她適才對趙構的情態，不過他們畢竟身分特殊，聞者莫不覺得怪異。

趙構將酒杯放下，先是久久不語，只默然看著柔福，目光越來越柔和，最後終於對她微笑，說：「妹妹反應很快啊。好，那我們算是戰成平局了。」

柔福嫣然一笑，道：「九哥，我們再下一局罷。」

「可以是可以，」趙構道：「不過這回純屬切磋，我們不賭什麼。」

柔福點頭：「也行，九哥行事眞是很穩重呢。」

嬰茀在旁看著，這期間一直未出聲。太后站起來，牽著她的手和言說：「今晚月色很好，我們去院中賞月品茶罷。」

嬰茀頷首答應，輕輕攙扶著太后走出了書房。

六　割臂

岳飛雖奉旨盡力指揮屬下將士與金軍作戰，但終因金軍入侵勢頭太過強勁，雙方兵力較爲懸殊，最後楚州未能守住。金人得楚州後南渡滅南宋之意更甚，又繼續揮師而下，不久後連破泰州與通州兩城。

趙構命宣撫處置使張浚自秦州退軍興州，調兵與岳飛協同作戰，回臨安之期也暫且不提，與宮眷在越州長住起來。

次年春正月元旦，趙構率百官遙拜二帝於行宮北門外。宋廷渡江以來本無此例，去年秦檜歸來告知二帝消息後趙構遙拜過一次，而這年元旦後定爲常例，以後每逢正月元旦都要舉行這一儀式。隨後趙構下詔改元爲紹興。紹興元年二月，趙構任禮部尙書兼侍讀秦檜爲參知政事。

隆祐太后春秋已高，這幾年歷經憂患南北奔波，身體越來越不好，紹興元年元月中先是受了些風寒，不想病勢逐漸加重，到了四月間，太后全身忽冷忽熱，頭暈目眩胸悶乏力，不時便會暈厥過去。趙構大爲著急，忙召御醫前來診治，那些御醫知道趙構對太后最爲孝順，又顧及太后年高體弱，便不敢開藥力較猛的藥，生怕出一點差池，只開了些溫補的藥給太后服用。但太后服藥後不但不見好反而越發難過，對趙構說：「如今我胸腹中似有火在燒一般，比有寒熱之症時更覺不適。」趙構聞言又急又怒，下旨把御醫重責幾十杖轟出去，然後命人在越州尋訪名醫爲太后治病，自己則一連數夕與嬰茀、柔福等人侍奉在太后病榻前，衣不解帶地連夜守護，惟恐太后病情再惡化。

無奈事不如人願，只過了兩日太后寒熱再度發作，病勢比以前嚴重數倍，日夜發熱而不退，神志漸不清醒，口中頻頻作囈語。趙構好不容易才找到江南名醫夏振國入宮醫治，夏振國爲太后診過脈象後告訴趙構：「太后患的是類瘧症，平日所受風寒鬱結於臟腑間。本來無甚大礙，以藥引導，助風寒慢慢發洩出來即可，但此前用的全是溫補之藥，把風寒又遏阻在了胸腹間，就如強以木板壓住正在燃燒的旺火，現在熱已入心，已病至膏肓了。草民不才，已無力回天。」

趙構忙挽住他，連連勸他再想辦法勉定一方，務必要將太后治好。夏振國搖頭道：「治病救人本來就是醫家職責，若有一線生機敢不盡力挽救？草民醫道不精，的確是束手無策，只能奉上以畢生心血藥草精華煉出的至寶丹一粒，請官家待太后醒來後將此丹沖化，讓太后服下。若守到明晨太后病勢不生巨變，或許就還有救治的希望。」

說完夏振國拱手告退再不肯多作任何承諾，趙構只好命人開宮門放他出去，然後愁眉不展地坐在太后病榻前，凝視夏振國那粒至寶丹久久不發一言。幾位嬪妃與柔福一時也都沉默著，靜候太后蘇醒。

這時殿外跑來一名內侍，奏道：「參知政事秦大人深夜入宮，說有軍情急報要稟告官家。」

趙構猶豫了一下，然後緩緩站起，說：「若母后蘇醒速命人來奏報。」便隨內侍出殿去接見秦檜。

他走後眾人繼續枯坐等待，其間太后眼瞼跳動了幾下，雙唇微動似在說話，大家連忙圍攏過去輕喚，不料太后卻沒反應，看來僅是在囈語而已，於是又四散開來各自落座。又過了一會兒，張婕妤盯著桌上的至寶丹忽然一聲歎息：「太后一向寬厚待人，和藹可親，是個難得一見的大好人，不想如今竟被庸醫所誤，遭此大劫。惟望上天有好生之德，讓太后服了至寶丹後平安避過此難，長命百歲。」

柔福在一旁幽幽接口道：「婕妤娘子似乎說錯了，太后是千歲，豈止長命百歲。」

張婕妤一愣，隨即馬上賠笑道：「長主說得對，太后自然是長命千歲，是我失言，該掌嘴！」言罷作勢自打一耳光。

柔福不再理她，繼續轉頭凝視沉睡著的太后。潘賢妃見狀冷笑一下，開口對眾人說：「我聽說孝子割臂股之肉做引煎藥給患病的父母服用可感動神明，挽回彌留之際的父母生命。而今太后病在垂危，若有兒女肯作此犧牲，割臂股煎湯沖化至寶丹，太后之病想必可以痊癒。」

嬰茀在側輕聲道：「但是，太后並無親生兒女……」

潘賢妃道：「未必一定要親生兒女的血肉才行。神明要看的只是這份親情，只要有母子母女之情，就算不是親生骨肉也無所謂。」

張婕妤訝異地說：「難道潘姐姐是要官家……」

「當然不是！」潘賢妃打斷她：「官家是真龍天子，萬金之軀，身繫天下萬民之福，自然不能有損龍體。何況，按名分來說，太后的兒女也不是僅有他一人……」

如此一來所有人都明白她意在柔福，暗示柔福應割臂股之肉以救太后，於是其餘諸人的目光齊刷刷全投向了柔福。

柔福側目冷冷地視她良久，然後起身慢慢走出，進了旁邊自己的寢殿。潘賢妃見她身影消失後又是一聲冷笑：「看，一說要割肉她馬上就跑了，枉太后待她如親生女……」

不想話音未落卻又見柔福走了回來，此刻右手中多了一柄匕首。

潘賢妃吃驚之下立即噤聲。柔福手握匕首一步步直朝她走來，匕首顯然是精心打造的，柄上精雕細刻，鑲有七色寶石，而刀刃更是寒光流溢，想必定是削鐵如泥。

潘賢妃見她步步進逼，面無表情，匕首被她舉著離自己越來越近，一時也想不明白她意圖，不免驚慌起來，忙起身後退，臉色煞白地問：「長主這是在幹什麼？」

柔福把她逼至牆壁前，再無路可退，然後輕輕伸手，將匕首平貼在她臉上。潘賢妃像被燙了一般驚叫出聲，嬰茀也忙帶著兩名侍女快步走來勸道：「長主，別嚇潘姐姐……」

柔福淡淡一笑，忽然拉起左手衣袖，用匕首向左臂上劃去。

寒光一閃，鮮血立時濟濟流出。周圍人等齊聲驚呼，嬰茀馬上與侍女一起拉住她雙臂，連連叫道：「長主使不得！」

柔福不理，掙扎著還要繼續割臂，卻聽門邊傳來一聲怒呼：「住手！」所有人安靜下來，朝聲音響處望去。趙構立在那裡眉心緊鎖，大睜的雙目佈滿血絲，面色鐵青。他疾步走到柔福身邊，乾淨俐落地奪過她手中的匕首遠遠地擲在地上，又將拉住她的嬰茀與侍女推開，一手把柔福摟進懷中，一手則拉下她袖子掩住流血不止的傷口，再怒吼似地命令道：「都愣著幹什麼？還不快去取布帛來為長主包紮！」

周圍宮女內侍立即應聲，爭先恐後地紛紛跑去找布帛。柔福在趙構懷裡悄然抬頭，朝他微笑道：「九哥，你讓我割一塊肉下來罷。賢妃嫂嫂說如果以兒女至親的肉來煎湯沖化至寶丹，就可以治好太后的病。」

趙構見她流的血將衣袖浸得半濕，臉蒼白得有透明之感，連嘴唇上的血色也褪去了，漸漸變得青白，憐惜之下更是怒不可遏，直視著潘賢妃逼問：「這話是你說的？」

潘賢妃見他臉上若覆寒霜，更不敢迎視他懾人的目光，猛地跪下，深垂著頭顫聲說：「臣妾只是說有孝子割臂股之肉以救父母這一說法，並沒有讓長主效仿……」

趙構冷笑，對她說：「母后與長主雖有母女的名分，但並無血緣關係，若說有至親之情即可，那你是母后的兒媳，母后平日待你也如親生之女一般，朕現在就命你割肉為太后煎藥，至於是割臂還是割股，你可以自己決定。」

潘賢妃被嚇得面如土色，跪在地上連連叩頭道：「官家，是臣妾胡言亂語說錯話了，請官家饒了臣妾吧，或者是掌嘴還是扣月俸臣妾都甘願受罰，只求官家收回成命……」

趙構默默看她片刻，又徐徐說道：「經你剛才那麼一說倒是提醒了朕，割肉救親或許真是一個良方，能以己之力挽回太后生命是何等榮耀，賢妃爲何不肯答應呢？」

潘賢妃已是淚流滿面，瑟瑟地發抖，只反覆磕頭而說不出話。

趙構鄙夷地最後瞟了她一眼，隨即放眼環視其餘妃嬪，對她們說：「你們也都是母后的兒媳，若誰能割肉煎湯沖化至寶丹，治好母后的病，朕日後若必須另立皇后便會立她。」

一時殿內鴉雀無聲，無人敢發出些微響動，不僅是妃嬪，就連普通宮女們也暗暗擔心被趙構選來割肉。皇后之位固然很有誘惑力，但活生生地自自己身上割塊肉下來，其間痛苦又豈是輕易能忍受的？

等了許久仍無人應答，趙構便先詢問式地看著張婕妤，張婕妤不自禁地略略移步退後，低頭不語。

趙構遂又將冷冽的目光移到了他的才人吳嬰茀身上。

七　遺言

嬰茀本來垂目而立，感覺到趙構在看她後也不驚慌，緩緩抬頭迎視趙構，暫時也沒說話，但神情十分淡定從容。

趙構便問她：「你願意麼？」

聽他問這話時，她察覺到他目中一閃而過的一絲奇異光芒，她無暇細究那意味著希望還是試探，卻明白她無法拒絕的命運就此註定。於是嬰茀屈膝一福，答道：「是。臣妾願意割股爲太后煎湯作引。」

得到了她的答案，趙構緊抿的雙唇漸漸鬆動，一縷滿意的微笑淺淺冰裂於他冷峻的面容上。在感受到割肉的恐懼之前，嬰茀先無法遏止地覺得酸楚。她儘量睜大眼睛，以避免潮濕的目中水凝成珠，保持著不露喜怒的表情，在趙構的注視下、潘賢妃與張婕妤難以置信的目光中，以及短暫的靜默後，殿內漸漸響起的竊竊私語聲中輕輕移步，走到另一角落，拾起剛才被趙構扔在地上的匕首，然後轉身勉力微笑著對趙構說：「請官家允許臣妾回居處做此事。」

趙構頷首道：「好，但以速為貴。」此刻宮女正在給柔福包紮傷口，他與柔福並肩坐下了，沒像以前那樣緊緊摟著她，但左手仍擱在柔福身後的椅背上，莫可言喻的親密不經意地自這一姿勢中流露。

嬰茀沒再多看，答應了一聲便出門回閣。

回到自己閣中後，嬰茀摒退侍女，注清水於一爐罐中煮沸，再親手焚香點燭，跪下雙手合什向上天禱告道：「吳嬰茀今日自願割股以療隆祐太后，伏乞上天鑒察下情，使太后早日痊癒，不勝感禱之至。」畢恭畢敬地再三叩首後才起身解衣，仔細洗拭左腿上的肌膚。

觸目所及之處肌膚瑩潔如玉，嬰茀以冷水浸過的淨布輕輕拭去，突來的溫差刺得她的腿與心同時一顫，眼淚就泉湧而出。她在悲傷的哭泣中完成了清洗的程式，但在握起匕首時，眼淚竟然瞬間止住。

從匕首刺進腿中的那一剎那起，那椎心的疼痛就爆裂開來，逐漸肆虐到了骨髓裡，鮮血汩汩地流出，那不斷蔓延著的刺眼的豔紅讓嬰茀覺得眩暈，她的手開始顫抖，不過她仍然堅持著手中的動作，竭力想說服自己正在切割的是一塊普通的藥品，而不是自己身體的一部分。

刀刃在肌肉裡游移，一點點地深入，一點點地切割。那確是一柄削鐵如泥的匕首，卻沒讓嬰茀覺得縮短了割股的漫長過程。好不容易才割斷切下的股肉與身體相連的最後一點脈絡，嬰茀狠狠地把它投入沸騰著的爐罐開水中，然後用準備好的布帛裹束好創口，再對外面等候著的侍女說：「好，你們可以進來了。」才如釋重負地墜倒在沾滿鮮血的床上。

當嬰茀的侍女將用她股肉煎好的滾湯送入太后宮中時太后剛剛蘇醒，趙構忙命人傾入杯中，溶化了至寶丹，再親自捧著進奉太后。太后略聞了聞，詫異道：「這是什麼湯藥，怎有葷氣？」

張婕妤便把剛才情形簡單解釋了一遍，大讚趙構與嬰茀孝順，竟眞能如古代聖人一般割股救親。

太后聽後卻歎歎氣，搖頭不喝。趙構急勸道：「這至寶丹是夏神醫傾畢生精力所製，必有奇效，何況吳才人孝心可鑒，自願割股爲母后做藥引，母后不要辜負了她一番心意。」

太后和言對他說：「你們的心意我心領了，但我身體如何我自己十分清楚，事到如今吃不吃藥都是一樣。割肉救親之說旨在勸導世人爲人子者應當孝義爲先，至於以肉作引是否眞有效就難說了。身體骨血何其珍貴，要懂得愛惜，莫因人言虛名而無謂輕損。今日此湯我是不會喝的。」

趙構自是不肯放棄，跪下反覆再勸。張婕妤潘賢妃及眾宮人見皇帝下跪便也都齊齊跪下，一起勸太后服藥。太后仍堅持不服，命人撤去，端藥的宮女不知該如何是好，尷尬地站著，進退兩難。

此時柔福從太后床畔站起，輕輕扶起趙構，對他說：「九哥，你們先迴避一下可好？我會勸太后服下此藥的。」

趙構有些疑惑地看她，柔福看著他堅定地點了點頭。趙構亦再無他法，也就同意，命宮女將藥遞給柔福，然後帶著其餘人退出太后寢殿，在廳中等待。

看到殿內只剩她們二人，太后便笑了笑，問柔福：「你準備怎麼勸我呢？」

柔福微微一笑，也不答話，只握起盛藥之杯，然後手一斜，那藥湯便盡傾於地。

太后點頭歎道：「還是瑗瑗最懂我的心思。」

柔福道：「如果我是太后，我也不會喝這藥。」

太后微笑著盡力支坐在床頭，向柔福招手道：「來，坐在我身邊，有幾句話一直想跟你說，趁著現在有了些精神就先說了罷。」

柔福依言在她身邊坐下。太后握著她的手，說：「瑗瑗，以後你要學會更溫和地與人相處，不要處處與人爭鬥，說話也要委婉一些，須知有時無心的一句話也會產生樹敵的嚴重後果。」

「我不怕。」柔福倔強地說：「我爭的必是有理之事，罵的也是該罵之人，就算有人因此與我為敵，但我是長公主，他們又能奈我何？」

太后憂傷地看著她，忽然有兩滴淚水墜下，握著她的手也更緊了：「我如今最不放心的就是你。我若走了，以後誰來保護你呢？」

「九哥。」柔福凝視太后，雙眸澄淨晶亮：「九哥會永遠保護我的。」

太后又是一聲歎息，說：「瑗瑗啊，有幾點你必須牢牢記住：一、官家是皇帝；二、官家是你哥哥；三、官家首先是皇帝，然後才是你的哥哥，除此外不會再是你的什麼人。」

柔福聽了沉默不語，既不表示記住了也不出言反駁。太后又深深看她一眼，又道：「以為自己可以用感情去改變一個男人，是女人最容易犯的錯誤。我曾花了自己一生中最美好的一段生命去理解這句話，希望你不要重蹈我的覆轍。」

柔福若有所思，半晌後道：「未必每個男人都不可改變罷？」

太后搖頭，正欲再說，忽聽趙構在外問：「母后，藥服了麼？臣可以進來麼？」

太后便嚥下了欲說的話，向外道：「官家請進。」

趙構甫進門便看見了傾在地上的藥液，臉色頓時一變，問：「瑗瑗，這是這麼回事？」

太后搶先道：「不關她事，她端著藥勸我飲，我推卻時用力過猛，便把藥打潑了。」

趙構立即轉身朗聲傳下口諭：「速把夏振國召入宮再爲太后開方。」

「不必了，」太后擺手道：「我累了，想睡一會兒，你們都出去罷。」

趙構再三細省太后面色，覺得似乎要比先前略好些，才答應道：「臣就在外廳候著，母后有事喚臣便是。」

太后點頭，趙構遂讓柔福一同退去。柔福走了幾步，又回過頭來看太后，忽然又轉身行至太后床邊跪下，鄭重地叩首，隨即清楚地喚道：「母后。」

太后微笑，溫柔地看著她，說：「好孩子，你也去歇息罷……別忘了我的話。」

八　選嗣

紹興元年四月庚辰，隆祐皇太后孟氏崩於行宮之西殿。

趙構哀慟甚久，下詔曰：「隆祐皇太后應行典禮，並比擬欽聖憲肅皇后故事，討論以聞。朕以繼體之重，當從重服。」命大臣要按當年向太后喪禮規模爲隆祐太后治喪，自己從重服爲太后服喪，並輟朝一月不御正殿。

五月癸卯，經朝中侍從、台諫集議，上隆祐皇太后謚曰昭慈獻烈后。

太后平日對宮妃、宮女內侍都寬厚仁愛，宮中之人也對她十分尊敬愛戴，本就因她的逝世而很感難過，又見皇帝竟然哀慟到輟朝一月的地步，更是不敢怠慢，紛紛爭相哀哭守靈，竭力顯示自己的悲痛之情。潘賢妃與張婕妤更因上回未肯割肉以救太后之事深感不安，惟恐趙構再度追究，便自覺地披麻戴孝日夜跪於太后靈前，每次趙構一出現便小心翼翼地觀察他的表情，然後相應地垂淚掩面，或大放悲聲或低聲啜泣，就怕他懷疑自己不夠悲傷，顯得不夠孝順。

瑗茀割股後第二天就全身發燙，高熱不退，整個人燒得迷迷糊糊，趙構命人精心診治後才漸漸好轉。待清醒後一聽見太后駕崩的消息，瑗茀頓時大驚失色，不顧宮女的勸阻掙扎起身，讓人攙扶著自己，強忍暈眩噁心之感和腿上劇烈的痛楚，拖著倍感沉重的身軀蹣跚趕去太后寢殿哭拜。

趙構見她這般模樣便歎了歎氣，溫言對她說：「你身體未痊癒，還是回去臥床休息罷，有此心意已夠了。」

瑗茀卻搖頭道：「莫說太后是官家母后，即便只是普通人家的夫人，歸天之時身為媳婦的我等豈有不來守靈送終之理？」

她堅持留下來跪著守靈，趙構也就由她守下去，但到夜間還是命人強把她扶回居處休息。

柔福在太后駕崩當日亦不禁落下幾行清淚，但很快止住，也並不再哭，守靈服喪也按定制行事，不刻意強調自己的哀傷悲痛，宮人見此略有微辭，她亦我行我素毫不理睬。

元懿太子趙旉薨後，因趙構再無皇子可立，皇儲之位便一直空著。紹興元年六月，尚書右僕射范宗尹奏請趙構於宗室子中擇有資質者養於宮中，稱儲君乃一國之本，一日不立則朝野不安，陛下應早定太子，以安天下人心。

趙構先是沉默不語，在范宗尹再三詢問下才開口歎道：「藝祖皇帝以聖武定天下，而其子孫倒不得繼而享之，如今子孫零落，其情堪憫。仁宗皇帝無子，便立其侄爲儲，是爲英宗。朕若不爲天下蒼生計，取法仁宗，何以慰祖宗在天之靈！」

這大宋天下是太祖趙匡胤創下的，但其後繼位的不是他的兒子德昭或德芳，而是其弟晉王趙光義。據說趙匡胤臨終時夜召晉王入宮，摒退所有宮人與其密談，談話內容左右皆不得聞，只遙見燭影下晉王不時離席，似在作遜避之狀。最後兩人不知說到什麼趙匡胤竟大怒，隨手抓起一旁的文房用具玉斧大力戳地，高聲對晉王說：「好！你好好去做吧！」隨後氣絕身亡。趙光義一臉哀戚地出來宣佈皇帝駕崩的消息，並稱太祖臨終前是要他繼位爲帝。大家雖覺此事相當詭異，但也不敢多說什麼，便依言當即改稱趙光義爲官家。另有一說稱太祖臨終時宋皇后曾命宦官王繼隆召自己兒子德芳入宮，王繼隆卻跑去找當時任開封府尹的趙光義，請他進宮，稱否則帝位將屬他人。趙光義入宮後宋皇后一見他即知已被王繼隆出賣，於是淒然道：「吾母子之命，皆托於官家。」

這「燭影斧聲」之事眞相如何已成千古之謎，以後的皇帝都是太宗趙光義的子孫，自然都儘量掩飾淡化此事，不讓史官將其寫入正史，但後世文人士大夫仍對此心存疑惑，大多都懷疑這其實是一場奪位篡權的宮廷政變，雖嘴上不說，可私下對趙匡胤的子孫卻頗爲同情。趙匡胤的後代到此時已是默默無聞，隱而不彰了，如今大臣們聽趙構竟然主動提起太祖後代之事，立即來了精神，紛紛上書請求立太祖之後爲皇儲。

同知樞密院事李回上疏說：「自古爲人君者，惟有堯、舜能讓天下與賢者，而藝祖（趙匡胤）竟能做到不以大位傳其子，聖明獨斷，實發於至誠。陛下遠慮，上合藝祖遺風，實可昭格天命。」另一大臣張守則明褒趙匡胤暗促趙構下定決心：「藝祖諸子並未失德，藝祖舍子而傳位太宗，高風亮節，勝過堯、舜數倍。」上虞縣丞寅亮更直接地奏請說：「藝祖的後代如今寂寞無聞，竟與庶民一般無二，於情於理均不相合。請陛下於『伯』字行內選藝祖子孫中有賢德者，以備他日之選，倘若日後後宮再誕下皇嗣，再命他退處藩服。如此，上可慰藝祖在天之靈，下可慰天下人之心。」

趙構閱後感慨萬千，遂與秦檜商議，秦檜說：「此事倒也可行，但須擇宗室閨門有禮法者之子方可。」趙構頷首道：「那是自然。」簽書樞密院事富直柔再問趙構：「若選皇子養於宮中，可將皇子付託給誰養育呢？」趙構答道：「朕已想好了人選。」於是傳下令來，派管理宮廷宗族事務的趙令疇於「伯」字行中訪求生於建炎元年的宗室子。

這消息很快傳入後宮，某日張婕妤與嬰茀、柔福偶遇於行宮花園中聊起了此事。張婕妤對嬰茀道：「官家說他已想好人選，大概就是指你我二人了。潘姐姐痛失愛子，想必不會願意收養別人的孩子。」

嬰茀微笑道：「若眞如此那我也有些事可做了。自太后崩後宮中沉鬱了許多，多一兩個孩子氣氛也會活泛一些。」

柔福在一旁聽著，忽然插言道：「要收養皇子照理說應選與官家關係最親的才是。父皇的子孫大多在金國，偶有幾個流落在民間的也不知所終，但我聽說神宗皇帝的兩個弟弟吳榮王顥與益端獻王頵有幾個孫子在外躲過靖康之難，現在也在江南，官家完全可以選他們的兒子入宮撫養，爲什麼一定要選藝祖皇帝的後代呢？」

張婕妤與嬰茀尚未答話，卻聽有人冷插一句：「吳榮王與益端獻王的後代與藝祖皇帝的後代又有什麼區別？反正都不是官家的親生兒子，養來何用？」

柔福回頭一看，見說話的是漸行漸近的潘賢妃，便淡淡一笑，說：「也是，吳榮王與益端獻王的後代與藝祖皇帝的後代是沒什麼區別，官家若要選皇子不應以血緣親疏論，而當選有膽識德行者。若是選來個小孩，親倒是夠親了，但膽小如鼠，一點點響聲也能嚇得……」

「長主，剛才我命我的丫頭給你準備冰鎮酸梅湯，現在應該已經好了，請長主隨我回去飲罷。」嬰茀當機立斷地打斷柔福的話，沒讓她說出後面刺耳的字眼，一面拉著她走一面向潘賢妃與張婕妤笑說：「兩位姐姐慢聊，我與長主先走了。」

潘賢妃自然知道柔福想說什麼，臉已氣得青白，只差沒嘔出血來。柔福看了看她，又笑了笑，然後跟著嬰茀離去。

到了嬰茀閣中，嬰茀請她坐下，然後四處張羅著命宮女爲柔福打扇、洗手，進奉酸梅湯。柔福靜靜地看著她忙來忙去，目光最後落在了她的小腹上。嬰茀轉眼間發現這點，便奇道：「長主在看什麼？」

「嬰茀，」柔福緩緩問道：「你入侍我九哥好幾年了，爲何一直不曾有喜？」

嬰茀一愣，尷尬地低頭，半晌才輕聲道：「這事全憑天意，是嬰茀無福……」

柔福搖頭，道：「不對。不僅是你，太子死後，潘賢妃和張婕妤也都一直沒能懷孕，九哥還很年輕，這很不正常。」

「長主……」嬰茀看了看周圍的宮女，近乎哀求地喚她，暗示她不要再講下去。

柔福便擺擺手，對左右宮女道：「你們都下去，不必在這裡伺候了。」

宮女們應聲而出。柔福再凝視著嬰茀，又問：「嬰茀，爲何九哥沒能再生皇子，而必須要選宗室子爲儲？」

第四章　吳妃嬰茀・鼙鼓驚夢

嬰茀微微側身，轉臉避過柔福，以手中絲巾悄然拭去眼角溢出的淚，然後黯然道：「長主，我不知道你在金國遇到了什麼，想必這些年過得很苦。可是，你也應該體諒官家的難處，當年道君皇帝在艮嶽內的那種生活官家不曾過過半日，這幾年來卻飽受了內憂外患、戰亂叛變之苦，導致身心皆受重創。你要記住，現今的他是歷經憂患的南朝君主，而不再是你印象中那出使金營歸來的康王。」

一　馭馬

建炎元年，趙構登基後任資政殿大學士李綱為尚書右僕射兼中書侍郎，而以黃潛善為中書侍郎，汪伯彥同知樞密院事。黃潛善、汪伯彥二人自覺在趙構任天下兵馬大元帥時就輔佐在側，照理說趙構應任他們為相才對，沒想到趙構執意拜人望很高的李綱為相而將他們置於相對次要的位置，故此兩人對李綱頗有嫉恨之心，明裡暗裡處處與李綱作對。

趙構起初對李綱較為信任，凡國事都與他商議後才作決定，國勢漸有中興之望，但黃潛善、汪伯彥兩人卻竭力勸趙構與金國議和，趙構本無議和之意，不料那時金帥婁室陡然率領重兵，進攻河中，權知府事郝仲連奮勇抗敵最終卻仍失守，婁室攻入河中府城後又連陷解、絳、慈、隰諸州。一時南京城內風聲鶴唳，臣民恐慌如當初金軍入侵汴京之時。汪、黃二人遂密請趙構轉幸東南，趙構也漸有怯意，便於當年秋七月下詔宣佈將幸東南，來春還闕。

李綱極力勸諫稱不可，上疏說：「自古中興之主，均起於西北，如此一來即可據中原而有東南；如果只守東南，則不足以復中原而有西北。因為天下精兵健馬，皆在西北，如果放棄，金人必會趁機而入，盜賊也將蜂起，以後就算陛下有還闕的打算，也不能再得，更別說治兵制敵以迎還二聖了！爲今之計，或許應當暫幸襄、鄧以繫天下之心，待趕走金人天下安定了，即還汴都。」於是趙構收還手詔，接受李綱的建議決定不去東南而幸南陽。隨後在八月改封李綱爲尙書左僕射兼門下侍郎，以黃潛善守尙書右僕射兼中書侍郎。

這時朝中主和一派又將矛頭對準了極力主戰的李綱。范宗尹也是一主議和之臣，向趙構進言說李綱名浮於實而有震主之威，不可以爲相。而此前李綱曾上疏請求朝廷派命官招撫失地的百姓和一些自發組織的抗金隊伍以擴大抗金戰鬥力，並舉薦張所爲河北招撫使，王奕爲河東經制使，傅亮副之，這又成了汪伯彥與黃潛善彈劾李綱的理由。河北轉運副使、權北京留守張益謙得黃潛善暗示，上奏說張所置司北京不當，招撫司置後河北盜賊反而愈熾而難以控制，不如將其罷了。隨即汪、黃又誣告傅亮不立刻渡河而無故逗留，刻意貽誤軍機。李綱自知兩人醉翁之意不在酒，旨在針對自己，便黯然對趙構說：「設置招撫司、經制使是臣向陛下建議設置的，張所、傅亮也是臣所舉薦的。而汪伯彥、黃潛善憑空誣陷張所、傅亮，分明是指斥臣行事欠妥。臣常以靖康年間大臣失和、朝無定策，以致國敗家亡爲鑒，遇事先與汪伯彥、黃潛善先議而後決。二人反與臣相逆，臣舉足無地，肯請致仕歸田。」

趙構先是極力挽留，而李綱堅決請辭毫不動容。趙構又與汪伯彥及黃潛善商議，二人聞說李綱請辭自是正中下懷，惟恐趙構不同意，又連連攻擊李綱，說他招兵買馬，心存不軌，應早去爲快。趙構倒未必皆信，但細思後也覺李綱所說的「靖康年間大臣失和、朝無定策，以致國敗家亡」十分有理，當下兩派相爭必捨其一，便順勢罷免了李綱。

汪、黃二人一直在勸趙構巡幸東南，東京留守宗澤聽說後接連上表，請趙構駕幸汴京。那時宗澤在汴京撫循軍民，修治樓櫓，招降臣寇王善，並慧眼識英才，將青年將領岳飛提拔爲統制，政績卓然，汴京軍民莫不交口稱讚。宗澤正想致書李綱，請他力勸趙構還汴，不料書尚未發出，左僕射李綱被罷爲觀文殿大學士，提舉洞霄宮的消息已傳到。宗澤怒而將手中書信撕得粉碎，連聲搖頭歎息。

河北州郡陸續被金軍攻破，黃潛善、汪伯彥當即再勸趙構幸揚州。趙構聽從二人建議指日啓蹕，下旨讓精兵護送隆祐太后及後宮嬪妃宮人先期出行，自己另率將士隨後南下。

嬰茀自被趙構帶入宮後便留在他身邊做了個端茶送水的侍女，趙構對她並不特別看重，除了閒時問她一些關於柔福的舊事外也不會多看她一眼。決定啓蹕前往揚州後他也把嬰茀列入隨太后先行的宮人名單之中，嬰茀得知後含淚跪下懇求，請趙構允許她隨侍趙構後行。

趙構搖頭道：「朕此次南幸還將巡視沿途諸州，須策馬行舟風雨兼程，旅程之苦不是女子所能經受的，所以此行不帶一名宮女隨行。你這般柔弱，既不會騎馬也不能行遠路，跟著朕有諸多不便，還是隨太后同行，一路上可乘車輦，又有精兵護送，要舒適安全許多。」

嬰茀堅持求道：「奴婢未曾纏足，可以行遠路，當初從汴京逃至南京便是一步步走去的。騎馬奴婢現在確實不會，但奴婢可以學，一定會很快學會的。」

趙構仍是不允，嬰茀再求，他臉一沉，轉身過去再不理她。嬰茀知道多說無益，只得泫然告退。

這晚趙構正在寢殿內批閱奏摺，忽聞外面有馬嘶鳴之聲傳出，既而馬蹄聲急，一陣一陣隱隱傳來。他頗感詫異，便起身出門聞聲尋去。

走到後苑內，只見一名女子身著白色窄袖短衣，足穿紫色皮靴，騎在一匹青驄馬上，竭力想駕馭住那馬，可那青驄馬全然不聽她指揮，失控般地亂跑亂闖，那女子被顛簸得厲害，身體已是搖搖欲墜，伏首緊貼著馬，手胡亂往前抓去，也不知是拉著韁繩還是馬鬃，臉已嚇得慘白，滿是驚恐之色，雙目痛苦地緊閉著。

趙構一看便知是嬛嬛，也不急著讓人去拉住她的馬，只冷冷回首看著趕過來的一群內侍，問：「是誰放馬出來讓她騎的？」

一個管宮內馬廄的小黃門戰慄著跪下答道：「馬是臣管的。今晚嬛嬛姑娘來找臣，說幫臣餵馬，讓臣去歇一會兒，臣不疑有他，便暫時走開了，沒想到嬛嬛姑娘會私自牽馬出來騎……」

趙構看也不看他，只簡單地命令道：「再牽一匹馬出來。」

待小黃門遵命牽馬過來後，他立即策身上馬，朝嬛嬛那邊追去，才一瞬間已至她身側，但卻並不急於去拉她，只緊隨她所騎之馬而馳，觀察著她的一舉一動。

嬛嬛已漸漸支撐不住，覺察到有人靠近也略有點放心，越發虛弱無力，不想那馬奔至一隅忽然奮力一騰，嬛嬛毫無準備之下整個人便被它拋了起來。眼見著就要墜地落於烈馬蹄下，周圍觀者一片駭然驚呼。而此刻趙構縱馬向前，緊接著伏身伸臂一攬，已攬住嬛嬛纖腰，此動作如閃電橫空，既快又準，硬生生止住了嬛嬛下墜之勢。隨即趙構提臂而起，把嬛嬛抱到了他騎的馬上，讓她跨坐在自己身前，再策馬放慢速度緩緩而行。

嬛嬛適才落馬之時已被嚇得魂飛魄散，意識頓失，此時依在趙構懷中漸漸醒轉，恍惚間不知身處何處，只疑是雲端。驚濤駭浪般的馭馬體驗已過去，現在所騎的馬行走得徐緩而安穩，一陣分明的體溫自身後透過，融有她熟悉的衣香和陌生的乾淨體味……直到她看清伸至她面前拉韁繩的雙手上衣袖的紋樣才驀然驚覺，回首喚道：「官家！」

趙構目視前方淡然道：「你膽子不小。難道不知宮中這幾匹馬都很烈，常會把生人摔下去麼？」

嬰茀滿面暈紅地低首輕聲道：「我選了匹看上去最溫順的。本來上馬前它一直都好好的，可一騎上去它忽然就發狂了，先立起前腿嘶鳴，然後就向前狂奔……」

「你是怎麼上馬的？」趙構道：「上馬前要面對馬頭左側，斜著向馬頸接近，站到平其左肩的位置，待給馬備好鞍轡後再上馬，要注意不要被馬左前蹄踩住腳。如果你是從馬右側而上，就會引起馬驚躁不安了。」

「是。」嬰茀應道：「奴婢記住了。」

趙構拉她手來握繩，對她說：「來，應該這樣策馬……」

於是騎在一匹馬上，趙構親自教了嬰茀馭馬之道。待她掌握基本手法才與她雙雙下馬，在讓內侍牽馬回殿前他伸手溫和地撫撫馬頭與馬頸告訴嬰茀：「選定一匹喜歡的馬來駕馭。騎它之前要先接近它，撫摩它，儘量對它友好，讓它接納你，視你爲友。但若看到它有不悅或發怒的神色便要及時回撤，別給它傷害你的機會。」略停一下，又補充一句：「不過，馬第一次不接納你不等於以後永遠不接納你。」

嬰茀跪下叩頭道：「奴婢謝官家今日救命與教導之恩，官家的話奴婢句句銘記在心永世不忘。」

「起來罷。」趙構語氣淡漠如常：「但是，朕希望你明白，朕救你並不代表欣賞你自作主張的行爲。若你不是柔福帝姬的侍女，朕會看著你死在馬蹄下。朕不想再看到類似的事發生。」

嬰茀跪在地上，剛才感受到的暈眩般的喜悅霎時消散無蹤，她慢慢咬住下唇以抵禦心底擴散開來的痛楚，好不容易才吐出一字回答：「是！」

趙構在轉身回寢殿前終於拋下一句她期待已久的話：「你不必跟太后一起啓程了，準備隨朕同行。」

二 騎射

隨後幾日趙構命擅騎馬的宦官教嬛苐騎術，嬛苐亦學得十分盡心，堅韌頑強，毫無一般女子的嬌怯之態，因此進步神速，很快便可以獨自策馬奔馳了。

一日處理完政務後趙構信步走至後苑，見嬛苐正在練習騎術。她穿著白衣綠革的戎服，配以玄色長統之靴，身姿剛健婀娜。此時她騎術已頗精湛，騎在銀鬃白馬上任意縱橫馳騁，表情態度輕鬆自若，趙構不由站定，多看了片刻。

嬛苐看見趙構立即下馬行禮，趙構示意她繼續練習，然後命人將自己的御馬牽來，並附上兩套弓箭。他上馬後馳到嬛苐身邊，將其中一套弓箭遞給她，嬛苐一愣，但立即會意過來，愉快地接過。趙構先自己引弓爲她做了個示範動作。嬛苐隨即效仿，趙構給她那弓甚輕，嬛苐略花點力便可拉滿，待她反覆引弓幾次動作做得比較標準了，趙構便讓她朝天射一箭。嬛苐也不推辭，取出一箭引上弓，緊緊跨坐在馬上，然後仰身向後，凝神瞄準天上一羽孤雁，再鬆手放箭。

箭「嗖」地飛出，但畢竟力道尚淺，準心也不夠，箭飛至中途便力盡而墜，而那大雁受此一驚立即振翅而飛，倒是越飛越高。嬛苐雙目一黯，有些失望地垂下頭。

趙構略一淺笑，從容引弓，一箭射出直沖雲霄，不偏不倚正好射中嬛苐適才瞄準的那羽大雁。

嬛苐驚喜地看著那大雁自天際墜下，落在自己眼前，由衷讚道：「官家好身手！」

趙構看著她道：「騎射之術技巧無他，不過是要勤加練習罷了。這行宮太狹小，不利於練習，待日後朕抽空帶你到城外去練。」

嬰茀忙先謝恩，一時好奇，便問：「官家初學騎射時是在哪處宮苑練的呢？」不想趙構臉色微微一變，良久不語。嬰茀立即知定是自己問得不妥，不免忐忑起來，猶豫半天後正想開口請罪，卻聽見趙構緩緩道：「朕起初是在三哥鄆王楷的府邸裡練習的。」

鄆王楷。乍聽趙構忽然提起這個久違的名字，嬰茀一時無措，不知爲何，臉竟悄然紅了起來。趙構倒並未看她，仰首望雲端，想起許多舊事。那時汴京大內一般不許縱馬，要練騎射須去京中四園苑：瓊林苑、宜春苑、玉津園和瑞聖園，但要先得皇帝批准，而且未成年皇子不得擅入，因此，趙構雖很小時就對騎射很感興趣，可卻只有在趙佶心情好、想起他時，才可以隨父皇一起去御苑射弓。

在所有的兄弟中，趙佶最寵愛鄆王楷。他十八歲出宮外居之前，趙佶命童貫將他的王府造在緊鄰大內處，童貫奏說大內附近有民居建築，空地不多，恐造出的王府不夠寬敞。趙佶擺手，賜一匹良駒給趙楷，對他說：「楷，你自己乘馬選擇想要的地基，圍繞看中之處策馬一周，無論其中已有何等建築朕都會命人拆遷，騰出空地給你建府邸。」

「當年三哥王府建好後，三哥在府中大設宴席宴請父皇及諸兄弟，朕亦隨父皇前往。鄆王府豪奢精美，最讓朕驚訝的是後苑中那一大片特製的騎射練習場……你知道有多大麼？」趙構徐徐問嬰茀。

嬰茀茫然地搖了搖頭，她雖去過鄆王府，但那時心裡頗爲不安，也顧不上仔細觀察王府內的佈局構造，此刻也無從接口說些什麼。趙構便繼續說了下去：「是如今這整個行宮面積的四倍還不止。朕當時便駐足不動了，只默默地看著那片練習場。三哥便笑著走到朕身邊，說：『九哥喜歡騎射？那日後便常來三哥這裡練罷。』然後還立即贈了匹小馬給朕，讓朕立即上場去玩。」

「鄆王一向待人很友善。」嬰茀輕聲說。

趙構淡淡一笑，說：「你這樣認爲？」

瑗苐垂目，沒有回答趙構這個問題，也沒告訴他，他的回憶亦令她想起一些事，她可以感覺到趙構當時的感覺，但問：「那麼，官家謝絕了鄆王的饋贈？」

「不，朕並未拒絕。」趙構說：「有機會練騎射是朕一直以來的願望，朕爲什麼要拒絕？朕接受了他給朕的馬和以後的邀請，從此後經常去鄆王府練習騎射……三哥其實並不喜歡騎射，他把大量的閒暇時間花在吟詩作畫和女人身上，王府中那練習場朕若不去通常都空著。」

「原來……」瑗苐低首道：「官家如今的好身手，是在那時練就的……鄆王不愛騎射之術，倒是無必要建如此大的練習場。」

「不，這很有必要，無論是對三哥，還是對父皇。」趙構舉目追尋鴻雁飛行的軌跡，又道：「……後來，朕行冠禮後也出宮外居，原以爲，從此可以在自己寬敞的後苑練習騎射，不必再去三哥王府。可第一次踏入同樣由童貫監造的康王府就發現，那王府不比普通京官的府邸大，後苑只是個小小的花園，哪裡有地可以縱馬！」

瑗苐不敢就此多說什麼，但寬解道：「只要有心有志，在哪裡練都是一樣的。」

趙構笑笑：「所以此後朕還是繼續去鄆王府練習，不顧寒暑，加倍地練，直到長大之後自己有能力買地擴建了康王府的後苑。」

說著趙構忽然神色一肅，再次引弓仰射，長箭離弦劃空而上，只聽空中傳來兩聲飛鳥哀鳴之音，隨即有獵物墜下。瑗苐定睛一看，看清竟是一箭射穿雙飛翼，墜下的是兩隻大雁。

瑗苐連聲喝彩，微笑道：「如今天下都是官家的騎射之地了……這個練習場之大只怕是昔日京中人怎麼也想不到的。」

趙構唇角微動，薄露笑意。

三　平亂

李綱被罷相的消息傳出後京中士人憤憤不平，都暗歎趙構親小人、遠賢臣。那時趙構有意提拔任用一些文人爲官，聽說太學生陳東有才，便宣他入宮覲見。陳東來後立即上疏直言說宰執黃潛善、汪伯彥不可任，李綱不可去，並且請皇上還汴，治兵親征，以迎請二聖。其言辭激烈直接，趙構閱後暫時押下不作答，黃潛善與汪伯彥聞後自是惱怒非常，暗下決心要將其除去。此時又有一位名叫歐陽澈的布衣文人也公然上書請趙構任賢斥奸，罷免黃、汪二人之職而復用李綱。見趙構沒答應，陳東與歐陽澈便聯手組織了一批儒生士人跪於宮城前，連聲呼籲請願，希望趙構能接納他們的意見。

黃潛善見狀再也按捺不住，立即入宮向趙構奏說：「陳東、歐陽澈等人糾眾示威鬧事，若不嚴懲，恐會引起滿城騷動，爲患非輕呀。」

趙構端坐於御座之上，身體後傾靠著椅背，然後伸手再次翻開了兩人的上疏，細閱一遍，又抬目不動聲色地看了看黃潛善。黃潛善難測他心思，也不敢再多說話便垂首而立，不覺間冷汗竟涔涔而下。

如此須臾，趙構忽將兩冊上疏擲於黃潛善面前，淡淡命道：「核罪照辦。」

黃潛善大喜，引袖抹了抹額上的汗，匆忙領書而出。尚書右丞許翰候在殿外，見黃潛善表情已知皇帝採納了他的建議要治二人之罪，便問他道：「相公準備怎樣治他們的罪呢？」黃潛善一笑，豎起一掌斷然揮下，答道：「按法當斬。」許翰搖頭道：「國家中興，不應嚴杜言路，須與其他大臣會議決定才是！」黃潛善也不與他爭辯，佯裝著點頭稱是，隨後卻暗中吩咐開封府尹孟庾將陳東與歐陽澈處斬。

處斬之日南京全城百姓出門圍觀囚車經過，無論是否認識二人皆流涕相送。其間有一儒生憤然當眾高聲道：「本朝藝祖皇帝曾告誡子孫說言者無罪，無論諫者如何直言均不可殺之。而自太宗到神宗年間，所有皇帝都沒有斬過一個因言獲罪的文人。而今國家亟待中興，需要良臣忠言直諫，今上卻置祖宗遺訓於不顧，當眞令天下文人心寒！」旁邊一人聽了勸道：「快些噤聲罷，再說下去連你頭上的腦袋也難保了。」那儒生微微一驚，便閉口不再說話，但臉上仍是怒氣難平。

建炎元年冬十月，在先送走隆祐太后與妃嬪宮人後，趙構於當月丁巳朔登舟前往揚州，隨侍的宮女只有吳嬰茀一人。沿途路過各州府皆登陸策馬巡視，發現有許多地方官擅自募兵，以勤王爲名，或自稱招子弟習武衛國，實爲擾民而有害軍政。於是趙構立即下旨禁止，令將已經招募的民兵散遣，如以後再有擅募者，必將立案嚴懲。

當時天下大亂，各地土匪盜寇四起，是國內一大隱患，各州府官員見了趙構均紛紛訴苦，請他指示如何處理。趙構聽了上奏的情況後沉思片刻，隨即吩咐學士承旨道：「爲朕草詔：募群盜能並滅賊眾者，授以官。」

過了幾日，有靖康之變時自宮中逃出來的內侍前來投靠，並以當年從內府中帶出的珠玉二囊獻給趙構。趙構接過，看也不看便將珠玉盡數投入了汴水之中。第二天趙構將此事告訴黃潛善，黃聽後連聲惋惜道：「可惜可惜！現今國庫空虛，陛下賞玩之物也不多，那些珠寶都是當初汴京內府珍品，就算陛下無意強求，但既然有送上門來的又何必丟棄呢？」

趙構擺手，諭黃潛善道：「太古之世，君王擿玉毀珠，因此小盜不起，朕甚慕之，故而效仿以求解除盜賊之患。」

一日趙構所乘的御舟行至楚州寶應縣，晚上靠岸停泊，趙構批閱奏摺後已到三更，嬰茀過來服侍他盥洗，此後他揮手令嬰茀回自己船艙歇息，嬰茀答應一聲正欲出門，不料卻聽見船艙外忽然傳來騷動喧譁聲，另有火光透入，像是有許多人手持火把漸漸逼近。

趙構立即驚覺而起，拔出已解下的佩劍邁步而出。嬰茀也是大驚，亦跟在趙構身後走了出去。只見包圍御舟的竟是隨行護衛皇帝的御營後軍，一干將士個個全副武裝，一手持刀劍，一手舉火炬，看見趙構並不下跪行禮，而是用一種挑釁的神情看著他。

趙構冷冷掃視眾人一遍，問：「你們這是在幹什麼？」

「陛下，你做了幾月天子也沒收拾好大宋這片舊山河，是不是該讓賢了？」一人邁步出列，昂首斜視趙構，帶著譏諷的笑意，態度倨傲囂張。

趙構認出他是御營後軍統領孫琦。

此行趙構率眾文官走水路，由御營後軍乘舟緊隨護衛，而主要大軍則由統制官定國軍承宣使韓世忠率領走陸路，沿岸而行，現在駐紮在二里外的寶應縣城邊。而今趙構見孫琦現身，心知必定是他指揮著水上護衛的御營後軍叛變作亂，韓世忠雖未必與他們同謀，但時值深夜，若無人前去通報消息，他也暫時不會知道此事，不能趕來救駕。

趙構放眼一望，只見御舟周圍的小舟上也佈滿了叛兵，正把各舟中的文臣一個個拉出。那些大臣或害怕哆嗦，或憤然怒視，而面對眼前困境都一籌莫展。他們平時都是些在朝堂上慷慨議事、指點江山的人物，但此刻與劍拔弩張的兵士相比，卻顯得如此勢單力薄、無可奈何。

趙構深吸口氣，不允許自己滋生任何恐慌的情緒，凝視著孫琦平靜地說：「孫統領，朕自覺平日待你不薄，爲何今日你竟做出此等叛國之事？」

孫琦高聲道：「自古亂世出英豪，皇帝應由有能力者爲之。而你趙構何德何能，只不過是父兄被俘，你擁兵在外白白撿了個便宜。你父兄兩位皇帝都不曾下旨傳位於你，你卻自立爲帝，說起來也名不正言不順。何況金國外患未除，你卻一味膽怯退讓，要逃到揚州去，把半壁江山拱手讓人，好好一個皇帝被你當得這般窩囊，不如趁早讓賢，讓我率領旗下兵將去打回失掉的江山吧！」

「大膽亂臣賊子，竟敢擁兵謀反，忤逆犯上！」趙構尚未答話，卻聽一人在附近船上開口怒斥。眾人朝聲源處望去，發現說話者是左正言盧臣中。

盧臣中奮力推開攔他的士兵，跨過連接御舟的輔橋疾步走來想靠近趙構，但還是被舟上數位士兵抓住，他一邊掙扎一邊對孫琦怒目而視，繼續斥道：「皇上是道君太上皇帝的親生子，靖康之變後即位上承天命、下應民心，又有隆祐太后的親筆手書懿旨，登基爲帝正是名正言順！皇上即位後勵精圖治，國家中興有望，目前南幸揚州只是在金兵全力進逼之下的權益之計，待局勢穩定後自會還闕。而你等亂臣賊子，居然斗膽趁機造反、覬覦皇位，其心可誅，人神共憤，必遭天譴！」

孫琦仰首大笑，道：「亂臣賊子趁機造反必遭天譴？只怕未必呢，這大宋皇帝的江山如何得來？不也是靠陳橋兵變皇袍加身麼？藝祖皇帝以前是北周的殿點都點檢，統領禁軍，而我是如今御營後軍的統領，現在情況也與當年陳橋驛很相似，他趙匡胤可以做皇帝，我孫琦爲何就不行？」

說完孫琦逕直走到盧臣中所立的船舷邊，一伸手便抓住了他胸前的衣襟將他整個人提了起來，盧臣中大怒，還在怒罵間孫琦揚手一推，他立時直直地飛了出去，「啪」地一聲墜入水中。盧臣中並不識水性，在水中不斷痛苦掙扎，時沉時浮，看得孫琦與一干兵士哈哈大笑，趙構與其餘大臣觀之惻然，卻也無法相救，最後只能眼睜睜地看著盧臣中漸漸沉水溺亡。

孫琦又啓步逼近趙構，趙構立即仗劍而立不讓他近身，孫琦便一笑，回顧身後兵卒，命道：「你們去請皇上擱下劍。」

那三四個兵卒領命，當即邁步過去要奪趙構之劍，豈料還未走近，便聽其中一人慘叫一聲，直直朝後倒去，胸口上赫然插著一支剛才驟然飛來的冷箭。

趙構轉首一看，卻見嬰茀手挽一弓立於船尾，怔怔地凝視中箭後倒地痛苦掙扎的士兵，臉色蒼白，然感覺到趙構的目光，立即舉目以應，眼底儘是關切之色。

她一纖纖弱質女子，在此時刻竟不顧生死發矢救護，趙構頗爲動容，當下轉身而立與她無言對視。其餘兵卒見有人中箭，紛紛後退，雖劍拔弩張，一時倒不再進逼。而孫琦看清發矢者是嬰茀後，卻越發挑釁地盯著她，邁步朝她走來。

嬰茀再發矢，孫琦早有準備，一側身避過，三兩步搶至她面前，鐵鉗般的手牢牢箍住嬰茀，以迅雷不及掩耳之勢奪去她弓箭拋入水中，再冷笑道：「皇上就是皇上，任何時候都有美女侍奉在側，當眞豔福不淺……」說著一隻大手就伸了過去要摸嬰茀的下巴。

嬰茀臉色一變，擺首躲過，大力掙脫向後疾步退去，孫琦繼續一步步逼近。趙構一怒揮劍要去刺孫琦，一旁早有幾位禁兵聚攏以刀劍相擋，一串激烈驚心的金戈聲隨之激起。嬰茀被逼至船尾盡頭，再無路可退，驀地肅然抬首以望趙構，高呼一聲：「官家保重！」便縱身跳入了水中。

聽破水之聲再響，趙構又是一陣心寒，猜想她必是不肯受辱而跳水自盡，不免對她頓生敬意，暗道不曾想她竟是個如此忠貞節烈的女子，原來往日倒是看輕她了。

嬰茀落入水中後不似盧臣中那樣掙扎，就如石塊沉水般墜入水底悄無聲息，漣漪一圈圈蕩開又散去，河水依然平復如初，在淡淡月色下泛著粼粼微光。有兵士問孫琦：「可要下去救她麼？」孫琦搖頭道：「一個女人而已，不必管了。」

此刻趙構寡不敵眾，已被禁兵奪劍劫持起來。孫琦命人將他押回船艙，然後對他道：「請陛下寫道詔書，禪位於我罷。」

趙構漠然道：「孫統領大權在握，還有此必要麼？」

孫琦笑道：「還是按陳橋故事行事為好。藝祖皇帝當年稱帝可是讓北周恭帝寫了禪位詔書的，為穩妥計還煩請陛下寫道命臣即位的詔書，臣會十分樂意接受陛下給臣下的最後一道命令。」

趙構思索須臾，道：「好。你讓人為朕準備筆墨罷。」

孫琦喜道：「這個容易。」便轉頭命令手下兵卒去找筆墨。過了一會兒文房四寶備齊，孫琦遂催趙構快寫，趙構不理，側目道：「朕無親自研墨的習慣。」

孫琦立即讓一禁兵為他研墨，磨好之後趙構懶懶提筆，才書一筆便拋筆不寫，道：「墨色太濃，重研。」孫琦大怒，道：「哪這麼多事！墨色濃淡有什麼區別，寫出來的還不一樣都是字！」

趙構冷笑道：「墨淡則傷神采，絕濃必滯鋒毫。朕寫字向來注重墨色，朝中大臣無人不知，寫出詔書若墨色不對必無人信你，都會說是你自己僞造的。本來研墨這事是由朕那貼身侍女做的，現她已被你逼死，只好麻煩你另找人完成此事了。」

孫琦想了想，便按捺下這口氣，又命禁兵再度研磨。這回磨好後趙構又說墨色太淺，如此三番，換了好幾個兵士，折騰了半天趙構才勉強說可，緩緩起身提筆蘸了蘸墨汁卻又靜止凝思，遲遲不肯落筆。孫琦又催，趙構不緊不慢地答說：「既是如此重要的詔書，自然要斟酌好每一個字才是。」

孫琦怒而拍案，斥趙構道：「你別推三阻四，速速寫了，否則我立馬讓你人頭落地！」

趙構冷道：「既要殺朕，剛才何不就動手，卻一定要朕寫什麼禪位詔書。」

孫琦拔劍怒道：「你以爲我不敢殺你麼？」

正在爭執間外面忽跑來幾名神色慌張的禁兵，一迭聲叫道：「統領大人，大事不妙！韓世忠大人率軍隊趕來了！」

孫琦驚道：「快起錨從河上出發！」

禁兵道：「怕是不行，有許多船艦從三面包圍過來，上面全是官兵！」

孫琦忙跑出門去觀望。趙構淺淺一笑將筆擲出，有兩名禁兵欺近將劍架在他脖上，他轉首相視，鎮定地說：「眾將士聽朕口諭：今日之事罪在賊首，你等若及時棄暗投明，爲朕護駕，朕便既往不咎，不追究你們之罪。若有人能手刃孫琦，朕便封他做御營後軍統領。其餘護駕平亂有功者朕也將論功行賞，升官賞金，封妻蔭子。」

船艙內的兵士聽了都面露猶豫之色，趙構便又道：「現今局勢很清楚，御營後軍有多少人？韓大人麾下又有多少人？如今你們已被包圍，逃是逃不掉了，識時務者爲俊傑，是死還是做個護駕有功之臣你們自己決定罷。」

此時孫琦氣急敗壞地又跑了進來，大聲命令道：「快把趙構架出去威脅韓世忠退……」話未說完背後已有一劍自他身後刺入，透胸而出。他驚訝地慢慢轉頭，發現暗算他的竟是自己一向信任的一名親隨兵。他難以置信地指著那親隨兵：「你……」

那人一副正氣凜然的模樣，開口斥道：「奸賊孫琦，竟敢存叛變篡位之心。今日我便爲皇上除去你這亂臣賊子！」在看著孫琦倒下氣絕身亡後，那人立即朝趙構跪拜，道：「陛下受驚了。臣楊牧今日才知孫琦有逆心，幸虧動手及時，得以手刃奸賊爲陛下除害。陛下洪福齊天，萬歲萬歲萬萬歲！」其餘兵士見情況陡然逆轉，自知叛變已無法成功，便也拋下刀劍，一個個跪倒在地發誓效忠。

趙構徐徐坐回御座，漸現出一縷微笑，頷首對楊牧道：「好，你很好。」又轉目看了看地上那死不瞑目的孫琦，冷笑道：「小小鼠輩，一些頭腦也無，居然也敢效陳橋事。」

不久後韓世忠疾步上御舟來見趙構，跪下連聲道：「臣救駕來遲，罪該萬死，請陛下處罰！」

趙構一抬手，和言道：「韓愛卿請起。」忽然看見又有一人進來，頭髮散亂，面容憔悴，雙目有淚盈眶，身上打濕的衣服還未乾透，趙構兩眼一亮，喚道：「瓔茀！」

瓔茀聞聲眼淚立即奪眶而出，跪倒在趙構面前泣不成聲，哭了許久說出話來才勉強成句：「官家，你沒事罷？」

趙構微笑道：「朕沒事。你呢？是韓大人救了你？」

韓世忠忙解釋道：「不是。是吳姑娘潛水逃脫，跑來軍營通知臣陛下有難的。」

原來瓔茀入宮前曾與兄弟姐妹一起在汴水中學過游泳，頗通水性，所以剛才跳水後悄無聲息地潛逃而出，上岸後立即朝韓世忠軍營跑去，將趙構被困的消息告訴了韓世忠。韓世忠聞訊大驚，馬上調兵遣將前來救駕，並立即聯繫寶應縣知縣，讓他發船給士兵以在水上包圍叛兵，所以很快平息了這場叛亂。

趙構聽韓世忠的話後再看嬰茀，目光難得地柔和。然後他起身走到她面前，伸手親自將她扶起。

次日趙構於御舟中升御座與群臣商議如何處理此事。殿中侍御史張浚出列道：「臣以爲目前朝廷雖處於艱難中，但絕不可廢法，都統制韓世忠師行無紀，導致士卒爲變，乞正其罰。」

趙構想想道：「韓世忠雖師行無紀確實當罰，但念其救駕及時，罰金即可，不必降職罷。」但張浚與中書省諸官皆不同意，說：「韓世忠若只罰金，如何懲戒後人？」於是在張浚等人堅持下，趙構將韓世忠降爲觀察使。又下詔追封死於非命的盧臣中爲左諫議大夫，賜其家屬銀帛，封其子孫二人爲官。

隨後再命擒捕參與叛亂者論罪，張浚問：「那誅殺叛兵頭領孫琦的楊牧應當如何處置？」

趙構決然拂袖，一字以答：「斬。」

四　風鈴

到揚州之後，趙構便升嬰茀爲自己宮中押班，主管宮中事務並統領其他宮女，此外特意賜她一匹不高不矮體型適中的銀鬃白馬與幾套嶄新戎裝給她。嬰茀十分欣喜，跪下一一謝過。

趙構每晚與重臣議過白天談及的國事後都會再花許多時間來批閱奏摺、親寫詔書，並堅持研習書法，必會拖到很晚才休息，而嬰茀也會一直侍奉在側，細心而精心地服侍他。

一晚再傳兵敗消息，趙構聞之精神不振，在外殿與幾位大臣商議應對之策後悶悶不樂地回到書齋，頹然落坐在椅上，以手撫額，神色疲憊之極。須臾命嬰茀準備筆墨，他要給韓世忠寫道詔書。

待嬰茀備好後，他提筆甫寫兩字就煩悶地將筆擲向一側，扯下案上紙揉成一團重重扔在地上。

嬰茀靜靜地拾起他拋下的紙筆，收拾好了輕聲對他道：「官家需要好好休息，寫詔書這種勞累之事就不必親爲了，奴婢讓人去宣翰林學士承旨來寫罷。」

趙構問她：「現在是什麼時辰？」

嬰茀答：「剛過三更。」

趙構擺手道：「不必，太晚了，明日還有許多事要他做，今晚就讓他歇息罷。一會還是朕自己寫。」

話雖如此說，但他眉頭深鎖，伸手揉著太陽穴，像是十分頭痛，臉上滿是倦怠之色。

嬰茀低首反覆細思片刻，終於鼓足勇氣自薦道：「倘若官家不嫌奴婢字難看，或者，官家口述詔書內容，讓奴婢代筆書寫？」

「你？」趙構抬頭饒有興味地看著她：「你會寫字？」

嬰茀垂首答道：「略會寫幾個，但恐難登大雅之堂，奴婢先寫，官家觀後再決定用不用可好？」

趙構點頭，便讓她再備筆墨坐下書寫，自己則一邊口述一邊起身站在她身旁看她寫字。

嬰茀最近練字時間較少，所以如今每一筆都寫得小心翼翼無比鄭重，想竭力發揮以使寫出的字較爲完美。許久後終於寫完，嬰茀先自己審視一遍，覺得似乎比預計的要好一些，只不知趙構感覺如何，便起身恭立於一旁，請趙構過來細看。

趙構低首看了片刻，淡淡誇了句：「不錯，很是清秀。」

嬰茀一喜，暗暗舒了口氣，忙謝他誇獎，豈料話音未落便見趙構把她寫的詔書推到一旁，自己另取一卷紙展開提筆再寫。

這分明是表示對她寫的字不滿了。嬰茀心裡陡然一酸，又是羞愧又是難過，卻也不敢形之於色，努力抑止著將流的眼淚，只默默再到趙構身邊展紙研墨，看他親自把自己剛才寫的詔書謄寫一遍。

趙構寫完後擱下筆，靠在椅背上以一舒展的姿態坐著閉目休息，半晌後忽然問道：「嬰茀，你的字是鄆王教你的罷？」

嬰茀微微一震，全沒料到他竟可從她的字上看出這點，一時不知如何作答才好。趙構依然閉目不看她，繼續道：「朕的父皇多年潛心鑽研書法，初學黃庭堅、薛稷，又參以褚遂良諸家，融會貫通，將褚遂良、薛稷的瘦勁發揮到極致，再秉之以風神，最後自成『瘦金』一體。此後除朕外的諸皇子紛紛效仿，爭相學習父皇的瘦金書，但卻只有三哥鄆王楷仿得最像，尚可一看，其他人寫的都不值一提，你知道這是爲何麼？」

嬰茀搖頭道：「奴婢愚笨……」

趙構又道：「父皇的字天骨遒美清勁峻拔，逸趣靄然筆致清朗，飄逸不凡有道家仙風，非清貴入骨，而又心境悠然、神閒氣定之人不能習。三哥之所以能學得惟妙惟肖，正是由他與父皇的相似秉性決定的。朕看你的字淡於血肉、誇張筋骨，儼然是仿瘦金書，想必定是三哥在教柔福帝姬的時候也教了你。但是須知這一體對人的心性要求極高，若僅求形似而不求變化，則難有新的突破，甚至，流於局促小氣。何況，」他深看嬰茀一眼，道：「這一風格未必是朕最欣賞的。三哥的字在沿襲父皇風格之外亦有變化，意先筆後，瀟灑流落，更為漂亮。可過於追求形式上的美，對真正的書法來說反而是種束縛。三哥的字美則美矣，但相較之下，朕更喜歡黃庭堅、米芾及二王等人筆下的風骨與神韻。」

嬰茀注意聽著，輕輕頷首，留心記下他所說的每句話，很是懊悔自己貿然自薦寫詔書，讓他看出自己師承鄆王，而且聽他這麼說，倒像是覺得自己不顧身分，不思求變，一味東施效顰了。一面想著，臉又灼熱起來，額上也泛出了細密的汗珠。

趙構沉默片刻，忽然又問：「瑗瑗……她的字也是瘦金一體的麼？」

嬰茀答道：「鄆王是想教她瘦金書，但帝姬總不認真學，常另尋晉人的字帖來研習，所以她寫的字雖也很秀頎，卻又更為婉麗腴潤些。」

趙構目露喜色，道：「應該是這樣的，她一向是個很有主見的女子……」

讚柔福帝姬有主見，那等於是暗指我不加選擇地盲目模仿了。嬰茀暗想，不免又是一陣羞慚難過。

這時外面有風掠過，吹動殿外廊上掛的風鈴，發出一串清亮的叮噹聲。趙構隨之神色有些怔忡，轉頭凝視窗外許久，不知在想什麼。最後長歎一聲，再展一紙，又提筆揮灑隨意地在其上作行草。

嬰茀見他寫的是曹植〈洛神賦〉裡的段落：「其形也，翩若驚鴻，婉若遊龍。榮曜秋菊，華茂春松。彷彿兮若輕雲之蔽月，飄颻兮若流風之回雪。遠而望之，皎若太陽升朝霞；迫而察之，灼若芙蓉出綠波……」

這字寫得秀潤清逸，甚是漂亮。嬰茀正在認真欣賞，趙構卻停了下來，低歎道：「又寫壞了。這樣的字委實配不起如此佳賦、如此佳人。」言罷又扯下紙揉而棄之。

嬰茀有些訝異，心想這字已經很好了，他卻仍覺不堪，不知他所說的那「如此佳人」會是指誰。

趙構低頭不語，轉首間目光落在了嬰茀的雙足之上。她的鞋頭此時微微露出裙外，嬰茀隨他目光而下視，發現這點後立即縮足於內。

趙構淡淡一笑，問：「嬰茀，靖康年間宮內女子是否流行穿一種後跟上縫有銀鈴的繡鞋？你有沒有穿過？」

嬰茀一愣，答道：「那種鞋其實並不多見，穿的人不多，而且只有小足的繡花鞋上有此式樣，奴婢未纏過足，因此……」

說到這裡又深爲自己的天足而自慚形穢，再次深深地垂下了頭。

「哦，原來是這樣……」趙構低聲道。隨即又看看嬰茀，說：「不早了，朕回寢殿休息，你收拾好後也早點歇息罷。」

嬰茀答應。目送他走後抬首看著廊間不時被風吹響的風鈴，柔福帝姬曾穿過的那雙縫有銀鈴的繡花鞋忽然清晰地浮上心來。

五　晦冥

自建炎二年五月起，一直頑強抗金的資政殿學士、東京留守、開封尹宗澤又連連上疏請乞趙構回鑾還京。並將調兵遣將周密安排詳細告之趙構，力求使他安心渡河而歸，甚至不惜以自己生命來作擔保。其上疏大意爲：臣欲乘此暑月遣王彥等自滑州渡河，取懷、衛、浚、相等州，王再興等自鄭州直護西京陵寢，馬擴等自大名取洛、相、眞定，楊進、王善、丁進等各以所領兵，分路並進。河北山寨忠義之民，臣已與約回應，眾至百萬。願陛下早還京師，臣當躬冒矢石，爲諸將先，中興之業，必可立致。如有虛言，願斬臣首以謝軍民！

但上疏之後，各州情況卻並不樂觀，金軍攻勢如潮，永興軍濰州、淮寧、中山等府相繼失陷，經略使唐重，知濰州韓浩，知淮寧府向子韶，知中山府陳遘都陣亡殉國。趙構見形勢嚴峻，便未復詔答復，宗澤鍥而不捨，又繼續上疏勸說：祖宗基業，棄之可惜。陛下父母兄弟，蒙塵沙漠，日望救兵，西京陵寢，爲賊所占，今年寒食節，未有祭享之地。而兩河、二京、陝石、淮甸百萬生靈，陷於塗炭，乃欲南幸湖外，蓋奸邪之臣，一爲賊虜方便之計，二爲奸邪親屬，皆已津置在南故也。今京城已增固，兵械已足備，人氣已勇銳，望陛下毋沮萬民敵愾之氣，而循東晉既覆之轍！

趙構閱後頗爲心動，宣黃潛善、汪伯彥等重臣前來商議擇日還京之事。但黃潛善、汪伯彥二人一向與宗澤不和，亦明白宗澤上疏中所稱「奸邪之臣」是指自己，越發懷恨在心，遂紛紛出言阻撓趙構回汴京，反覆勸道：「而今河北局勢未穩，不時傳來州府失陷的消息，陛下若此刻還京甚爲冒險。靖康年間金人犯境之初道君太上皇帝曾勸淵聖皇帝南幸暫避，惜淵聖皇帝未採納太上皇帝良言，堅持留守汴京，以致招來靖康之禍。前車之鑒，陛下不可不防。國家亟待陛下中興，陛下身繫萬民之福，即便是爲天下蒼生計，陛下也應該保重自己，謹愼行事，切勿在金軍未退之時返京，冒此無謂之險。」

一提靖康事趙構立即便猶豫了。國破之前趙佶的確勸說過趙桓一起南幸避難，先保住自己，日後再找反攻機會。但那時的趙桓早已不聽父皇的任何話，在一干大臣的支持下決意留守汴京，國破家亡後趙佶被金人從汴京押走，前往金國途中遇到「先行一步」的兒子趙桓，趙佶劈頭第一句話就是：「你當初如果聽了老父的話今日就不會遭此大難了！」

趙構獨坐在龍椅上沉思，黃濳善、汪伯彥繼續輪番站出曉以厲害百般勸阻，最後他終於站起來，在負手離去之前宣佈了他的決定：「返京之事日後再議。」

時年七十歲的宗澤聽說此事後憂憤成疾，以致引發了背疽惡疾，很快病倒臥床，到了七月間病勢越發沉重，楊進等諸將相繼前去看望，宗澤自病榻上撐坐起來對他們說：「我身體本來很好，百病不侵，只因二聖蒙塵已久而無法解救迎回才憂憤成疾。若你等能爲我殲滅強敵，以成主上復國中興之志，我便雖死無恨了！」

眾人聽後皆落淚，點頭應承道：「我們願盡死以完成大人囑託。」

待諸將出去後，宗澤老淚橫縱，慨然道：「古人有詩云：『出師未捷身先死，長使英雄淚滿襟。』而今我病重將亡，當眞領悟到了其中百味。」

此後再也無力說話，而這日先前所談及的全是憂國憂民之事，自己的家事倒一句未提。當晚風雨晦冥，異於常日，宗澤躺著靜聽風嘯雷鳴，忽然猛地坐起，連聲呼道：「過河！過河！過河！」蹙眉睜目，目眥盡裂，家人忙過去照顧，呼他不見應聲，一探鼻息之下才知他已然過世，而其雙目始終怒睜，無論如何也無法合上。

金人聞知宗澤死訊後更加堅定了用兵南侵的決心，金主完顏晟下令道：「康王一定要窮追猛擊而滅之，待平宋之後，再立個像張邦昌那樣的傀儡皇帝。」隨後命左副元帥完顏宗望繼續南伐，務必要渡河再滅趙構南宋朝廷。

此後傳來的消息越來越糟：

九月甲申，原宗澤招撫的舊將、京城外巡檢使丁進叛變，率眾進犯淮西。

九月癸巳，金人破冀州，權知軍州事單某自縊而死。

冬十月，金人圍濮州，濮州形勢不容樂觀……

趙構寢食難安，日間與群臣商議討論戰事忙得焦頭爛額，晚上回來對著太后妃嬪，想起靖康之變時宮眷慘狀更是憂慮無比。侍御史張浚看出他心憂宮眷安危，便建議說：「不如先選一處安全之地置為六宮定居之地，然後陛下便可安心以一身巡幸四方、規恢遠圖了。」趙構採納其建議，在認眞考慮篩選後，將杭州定為宮眷安居處，命六宮隨隆祐太后先往，並令常德軍承宣使孟忠厚奉太后及六宮幸杭州，以武功大夫、鼎州團練使苗傅為扈從統制。

他亦讓瑗苐隨太后先行，但瑗苐仍然拒絕而泣請留侍在趙構身邊。這次趙構也不再多說什麼，答應了她的請求將她留下。瑗苐從此更加積極地練習騎射，以準備隨時著戎裝帶弓箭伴趙構巡幸四方。

金人攻勢更加強勁，傳到趙構耳中的戰報泰半是噩耗：十一月壬辰，金人破延安府。乙未，金人破濮州。甲辰，金人破德州，然後是淄州。十二月甲子，金左副元帥完顏宗望攻破北京，河北東路提點刑獄郭永戰死。接著虢州、徐州、泗州相繼失守。到了建炎三年二月，金人又以支軍攻楚州，金戈之聲離揚州的趙構越來越近了。

一日晚趙構批閱完奏摺後回寢殿休息，無奈腦中所想全是戰事，思及宋軍節節敗退之現狀甚為煩悶，心緒不寧而難以入睡，最後終於重又穿上衣服，隻身走向書齋，想繼續讀書練字以消磨時間。

不想未走到門前便瞧見書齋內有燭光透出，頓覺奇怪：自己離開已久，何人還在其中？在做何事？當即加快步伐走去，推門而入，只見書案前一女子迅速起身，並把什麼東西藏於身後，又驚又怯地盯著他。

那是嬰茀。批閱奏摺時都是她在一旁服侍，但既已回寢殿，她還留在這裡這麼久，而且此刻神色慌張，殊為可疑。趙構不悅，冷冷問道：「你還在這裡做什麼？」

嬰茀低頭道：「官家恕罪……」

「朕在問你話。」趙構加重責問的語氣又問：「你身後藏的是什麼？」

嬰茀見他神色陰冷嚴肅，一急下反而說不出話，愣在那裡一動不動，並未把藏的東西呈給他看。

趙構本就心情欠佳，此刻見她背著自己行事，私藏物品，更是疑心大增，也愈加惱怒，懶得再問，逕直走過去一把捉住她的右手硬拉了過來。

六　翰墨

趙構發現她手上握的是一卷裹在一起的紙狀物，奪過展開一看，卻見裡面是王羲之的〈蘭亭序〉字帖，外面裹的那張白紙上寫滿了臨摹的字，墨蹟新鮮濕潤，顯然是剛寫的。

嬰茀雙頰緋紅，立即跪下再次懇求道：「官家恕罪。」聲音怯生生的，都有些發顫。

趙構問：「你留下來就是為了練字？」

嬰茀低聲稱是，深頷螓首，看上去既羞澀又害怕。

趙構細看她剛才寫的字，雖仍顯生澀，但已初具二王行書之意，若無一段時間的反覆練習很難從她以前的風格演變至此。於是再問她：「你是不是經常如此深夜練字？」

嬰茀猶豫一下，但還是點頭承認了，伏首叩頭道：「奴婢知錯了，以後決不再在官家書齋裡停留，擅自使用文具。」

趙構默然凝視著她，依稀想起自己曾拒絕採用她寫的詔書，告訴她「朕更喜歡黃庭堅、米芾及二王等人筆下的風骨與神韻」，想必她便從此留心，每夜在他回寢殿之後還獨留在書齋裡，按他喜歡的風格練字，硬生生地把自己的字體改過來。怪不得她最近看上去面容憔悴，眼周隱有黑暈，原來是晝夜不分地勞累所致。

「除了服侍朕外，你把所有的閒暇時間都用來學習，白天練騎射晚上練書法？」趙構坐下來，語調已平和許多。

「是。」嬰茀答道：「奴婢閒著也是閒著，所以想學點有用的東西……若以後能借此爲官家分憂便是奴婢最大的福分了。」

趙構略有些感慨地看她，半晌後淺笑道：「嬰茀，我們很相似呢。」

嬰茀微微抬頭，目中映出一絲迷惑。趙構又道：「朕的父皇酷愛書法，因此積極引導敦促每一位皇子習字，每過一段時間便要命我們聚在一起當著他的面揮毫書寫，然後由他來逐一品評。朕剛會寫字時，三哥的書法已經很好了，而且風格跟父皇的非常近似，每次父皇點評皇子書法時總會誇他，所以其餘兄弟們都竭力模仿，想練成與父皇一樣的瘦金書以求父皇賞識。」

嬰茀大致猜到了他的意思，輕聲道：「但官家必有自己的想法。」

趙構點頭，繼續道：「父皇劍走偏鋒，獨創瘦金體且已發揮到極致，後人單純模仿只能得其形而難得其神，甚難超越，何況，朕說過，那種風格並不是朕欣賞的。因此朕決意廣采百家精華，加以自己風骨以另成一體，讓父皇有朝一日對朕刮目相看。從小時起，朕便勤習翰墨，自魏晉以來至六朝筆法，無不臨摹。初學黃庭堅、米芾，然後潛心六朝，專攻二王，無論其風或蕭散，或枯瘦，或遒勁而不回，或秀異而特立，都先一一臨寫，再分析取捨采其所長。你如今所學的〈蘭亭序〉朕當初便臨摹了不下千遍，每個字的字形字態都記得爛熟於心，現在信筆寫來，不管小字大字，都能隨意所適。多年來，若非有不可抗拒的大事相阻，朕每日必會抽時間習字。年少時通常是日練騎射，夜習翰墨——就如你現在這樣……照此看來，我們可以說是一類人。」

嬰茀道：「奴婢怎能與官家相提並論。奴婢愚鈍笨拙，要花很多工夫學習才能達到常人資質。而官家天資聰穎，再加上又如此精誠勤勉，假以時日，何事不成？」

「嬰茀，你亦不必妄自菲薄。」趙構以指輕敲面前嬰茀所寫的字：「學書法是需要天分的。若非風神穎悟，即使力學不倦，以致禿筆成塚、破研如山，也仍舊不易領悟翰墨奧妙。朕觀你今日寫的字，雖因重模仿而頗受束縛，卻已能看出其中自有風骨，繼續勤加練習，將來必有所成。」目光移至一旁的〈蘭亭序〉字帖上，又道：「以後跟朕一起練字，不必躲著自己琢磨。朕存有一些王羲之的眞跡，也可給你細賞。唐人何延年稱王羲之寫〈蘭亭序〉時如有神助，其後再書百千本，卻再無相如者，這話頗值得商榷。王羲之的其他作品未必都不如〈蘭亭序〉，只因此帖字數最多，就像千丈文錦，氣勢磅礴，供人卷舒展玩，自是人人都覺得悅目滿意而深銘於心過目不忘。不若其他尺牘，總不過數行數十字，如寸錦片玉一般，玩之易盡。這些年朕陸續求得了一些王羲之眞跡，雖也不過數行、或數字，但細品之下初覺喉間少甘，其後則如食橄欖，回味悠長，令人不忍釋手。以後你再慢慢體會罷，觀其眞跡對你的書法益處更大。」

嬰茀自是大喜，立即謝恩，愉悅之色拂過眼角眉梢，薄愁既散，亮了容顏。脈脈地笑對君王，眼波如水，流光瀲灩。

趙構側首看著，若有所思。嬰茀在他異於往常的注視下卻又拘束起來，再次低頭沉默。

「你當初爲何會拒絕鄆王？」趙構忽然問。

他問得相當平靜自然，但嬰茀聽後卻如遭電殛。她絲毫沒想到趙構會察覺到趙楷曾對她有情，雖向他提過靖康之變時趙楷讓人救柔福帝姬與她出宮之事，但她敍述時刻意掩飾淡化了趙楷對自己的看重，只說因自己是柔福最親近的貼身侍女，所以趙楷命人一併帶她出去。此刻也不知如何回答趙構的問題才妥當，只低頭輕道：「官家知道？……」

「朕什麼也不知道。」趙構淡然道：「朕只是瞭解三哥，他不會花這麼多時間心思去教一個不相干的宮女書法……三哥當初何等風光，永遠都是一副光彩奪目的模樣，宮中女子皆爲之傾倒，他既看中了你，你卻又爲何會堅持不受他所納？」

嬰茀垂目默然不語，久久才輕歎一聲，道：「官家說過，我們是一類人。」

趙構聞言直身再度細細審視她，終於微微笑了，隨即起身展袖，啓步出門。嬰茀忙跟在他身後，在門前停住，斂衽一福相送。不想趙構卻又轉身至她面前，不疾不緩地從容伸手牽住了她的左手。

嬰茀一愣，不知他此舉何意，而他已經重又開始邁步，領著她向前走去。

嬰茀有些茫然地隨他而行，恍惚間轉過幾處門廊才發現，他們行走方向的盡頭是他的寢殿。

七　驚夢

他牽她走進寢殿，深入幕帷，最後在床沿坐下。一朵燭花這時突兀地綻開在一直默默燃燒著的紅燭上，瞬間異常的光亮和跳躍的聲響令嬰茀如驚醒般猛地站起，卻很快爲自己的舉動感到羞慚，不知現在該站還是該坐。

趙構靜靜地看她，而她也立即明白了他目中分明的暗示。總是這樣的，在她面前，他可以不用語言，僅憑他的眼神她就可讀懂他的指令和要求。

短暫的沉默後她跪下來爲他寬衣除靴。這樣的事以前也做過，卻不像今日這般進行得徐緩而困難。在終於觸及染有他溫暖體溫的白絹內衣時，她的手與她的心一起微微地顫。

他伸臂將她攬上衾枕，順手一揮，芙蓉帳飄然合上。在瀰漫入帳內紗幕的燭紅氤氳光影裡，他閒閒地擁著她，輕解她羅裳。

她僵硬地躺在他懷中，不作任何抗拒，本能的羞澀和空白的經驗也使她未曾想到如何迎合。她的木然並不令他驚訝或不滿，他依然不出一言，開始以唇和手感受著她的柔美身軀。

他們毫無阻隔地擁抱著，所謂肌膚相親莫過如此罷。一滴眼淚悄然滑落入她鬢間。趙構因此停下，問她：「怎麼了？」

「沒什麼。」嬰茀澀澀地微笑著抱緊他：「我們從未如此接近過。」

過了一會兒忽聞有風鈴聲隱約響起，趙構一愣，下意識地轉首朝外，雙眸透露出他剎那的恍惚。然而他隨即注意到自己的異樣已入嬰茀眼底，便類似掩飾地低語道：「又起風了？」

他的手指仍然如先前那般反覆劃過她無瑕的肌膚，卻失去了原有的溫度。風鈴淅瀝，瑞腦浮香，他模糊的心思隨著夜色在晃。

嬰茀不答他那無需答案的問話，只哀傷地環著他的脖子，主動吻上他的唇。他有些訝異於她突然點燃的熱情，但亦漸有回應，繼續對她的臨幸。她婉然承歡，心上的痛楚尤甚於身體，幸而他逐漸升溫的懷抱給了她將之稀釋的理由。

她酸澀卻畢竟喜悅地感受著他因她而起的欲望，雖然很清楚他給予她的感情非她所願，她不過是偶然獲得了他浮光掠影的垂憐。

繾綣間不覺已至夜半，忽然外面雜訊大起，數名宦官提著燈籠急急地跑來，並大力拍寢殿之門，連呼：「官家，不好了！」喚了兩聲等不及聽趙構回音便索性猛然推門而入。

嬰茀被嚇得驚呼出聲，趙構更是大怒，隔著羅帳斥道：「是誰如此大膽闖朕寢殿？」

推門者面面相覷。因妃嬪們已被送往杭州，趙構最近一直是一人獨寢，事態緊急，所以他們未想太多便擅自推門而入，聽見嬰茀驚呼才知有人侍寢，當即又是害怕又是尷尬。大多人都自動退了出去，只有兩人留下，壯著膽奔到趙構帳前跪下，道：「官家恕罪，實在是事關重大，所以臣等斗膽擅入官家寢殿稟奏……金軍已經攻破了緊鄰揚州的天長軍，即刻就要進犯揚州了！」

趙構矍然警覺，周身一涼，便泛出一身冷汗，竟有些虛脫的感覺。也不及細想，立即披衣而起，站出一看，發現面前跪的兩名宦官一是內侍省押班康履，一是近日被他派去觀察天長軍戰況的內侍鄺詢。

趙構一指鄺詢，簡短命令道：「你，說說怎麼回事。」

鄺詢道：「金人先以數百騎進攻天長軍，統制任重、成喜臨陣脫逃，率近萬士兵逃跑得乾乾淨淨。

官家隨後派去的江淮制置使劉光世雖有禦賊之心，可麾下士兵卻無鬥志，剛一交戰就紛紛敗下陣來。幾個時辰前天長軍已經被金軍攻破，聽說金將瑪圖已經接令，先率一批騎兵來攻揚州了！」

康履連連叩頭道：「官家快起駕離城吧，諸將皆在外，揚州兵力實在不足以抵禦金人鐵騎進攻呀！」

趙構蹙眉問鄺詢：「瑪圖率領的金兵現在何處？」

鄺詢答道：「據說已經動身，現離揚州不過十數里。」

趙構點頭，立即命鄺詢道：「備馬！」又對康履道：「將朕的鎧甲取出！」

二人答應，各自去準備。嬰茀也很快穿好衣服出來，趙構讓她速回房換戎裝，待略作收拾準備好後，趙構便策馬帶著嬰茀、康履、鄺詢等親隨五六騎出宮欲離城。行至中途趙構忽然問康履道：「金匱中的東西都帶出來了麼？」

康履道：「官家放心，玉璽、幾道重要詔書和珍品字畫一件沒落！」

「還有呢？」趙構頗有些緊張地問：「最下一層有個小小的桃木匣子，可也一併帶出來了？」

康履愣道：「最下一層？臣沒留意……」

趙構怒極揚手揮鞭重重落在他身上，然後立馬轉身朝行宮方向馳去。鄺詢康履急喚他道：「官家使不得！現在沒時間回宮了！」但趙構毫不理睬，頭也不回地飛速馳向行宮，嬰茀反應過來後立即跟去，剩下幾名宦官紛紛歎氣，很是爲難，不知是否該隨趙構回宮。

趙構直馳回寢殿，取出金匱中匣子後珍重藏於懷中，然後迅速上馬離宮，嬰茀始終緊隨他而行。原先尚在睡夢中的宮人此刻也聞聲而起，見趙構著戎裝行色匆匆立即便驚惶起來，有幾個大膽的追著問：

「官家要駕幸哪裡？可是要離開揚州麼？」趙構並不作答，緊鎖雙眉沉著臉策馬疾行。宮中頓時大亂，宮人們紛紛爭相湧出，星散於城中，城中民眾見了忙詢問發生何事，宮人便答：「官家走了！肯定是金人攻來了！」於是滿城譁然，人們都立即收拾細軟拖兒帶女駕車馭馬地蜂擁出城，不時發出的驚懼呼聲與雞鳴犬吠、什物破碎聲交織在一起，天尚未吐白城中卻已沸騰起來。

此刻趙構與嬰茀身邊已無侍從，越來越多的行人爭先恐後地趕了上來，與他們並轡而馳，還不時衝撞，大敵當前人人都搶著逃命，哪裡還會把原先敬畏的皇帝當回事，趙構幾番被他們擠撞尚能抵住，但嬰茀所騎的馬身形較小，她又是女子，在一窄路出口處險些被人擠下馬。趙構見狀伸手將她攬到自己馬上，再奮力鞭馬「突出重圍」直奔城中南門而去。

一到南門便見康履等人與宮中禁軍早已把持好城門兩側，不放人輕易出去，見趙構終於趕至才鬆了口氣，忙命禁兵強行架開人群，辟出條通道，請趙構先過。待趙構及幾位宦官、將領一過，連禁軍都沒了分毫秩序，一個個像普通民眾一般爭著撲出城門，其餘臣民也立即一湧而上，城門瞬間被一千軍民塞得滿滿的，爭執推搡間被踩死或被禁兵刀槍所傷致死的人不計其數。那日的太陽便在揚州震天的哭嚎悲泣聲中徐升而出，淡淡的光線映著地上的斑斑血痕顯得無可奈何地蒼白。

八　重耳

出城後趙構決意渡江南鶩，一路上護衛的禁軍漸漸自顧而行，爭著往前趕，越來越不聽號令，待行至揚子橋時，一名衛士乾脆出列疾步奔走上橋，把趙構等人甩在身後。御營都統制王淵見後大怒，命人追去把那衛士押回來，摁跪在趙構面前。

趙構盯著他冷道：「身為兵士理應主動禦敵衛國，而不是急於逃逸以求自保。怪不得最近宋軍連遭敗績，原來是你這種人多了。」

那衛士一聽竟仰首冷笑頂撞：「我們急於逃逸以求自保正是惟陛下馬首是瞻的表現呀！你這皇帝一有風吹草動就忙著東躲西藏，憑什麼要求我們一定要為你做人盾擋金人刀劍呢？你的命那麼金貴，但我們普通兵士的命就不是命了麼？」又轉頭看著趙構身旁的嬰茀，大聲道：「金人大軍壓境，陛下一味聽信黃潛善、汪伯彥粉飾太平之言而不作防備，金人快攻到家門口卻還在與女人風流快活……」

話未說完只見面前寒光突現，不過是電光火石的一刹那，一柄利劍已直刺進了他心窩。衛士雙目一滯，慢慢低頭去看，握劍之人提手一拔，豔紅的血光噴薄而出，衛士悶哼一聲，斜斜地倒在地上，兩眼半瞪著，唇邊滲出一絲蜿蜒的血痕。

趙構面無表情地提劍而立，劍尖微垂，劍上的鮮血滑過光潔如鏡的刃面，一滴一滴地墜落於地。一時鴉雀無聲，所有人都安靜下來了。衛士們不敢再擅自移步，都紋絲不動地守在原地。而王淵、康履等人也暫不知如何應對，也都全然沉默著。

這時嬰茀自懷中取出一面絲巾，在趙構面前跪下，一言不發地用絲巾輕輕揩拭濺附在趙構鎧甲上的血跡。

「把他抬去找地埋了。」趙構看著剛才押那衛士的兩名禁兵命令道：「其餘人隨朕過橋。」

一行人走到瓜洲鎮後兩位大臣呂頤浩與張浚亦馳馬趕來，趙構問他們：「黃潛善與汪伯彥現在何處？」呂頤浩答道：「他們聽說官家出城，便也著戎裝離開揚州，只不知現在跑到哪裡了。」

張浚歎道：「他們倒是逃脫了，可惜累及無辜之臣。軍民怨黃潛善刻骨，司農卿黃鍔剛跑出城，就被軍士誤認爲是黃潛善，相互呼告說：『黃相公在此。』當下便有人道：『誤國害民，都是他們的罪過！』於是眾人都怒氣沖沖地持利器撲向黃鍔，可憐黃鍔還未來得及分辨，頭便已被軍民砍斷。少卿史徽、丞范浩聞訊趕來查看情況，也被激憤中的軍民打死。給事中兼侍講黃哲方徒步而行，也被一騎士挽弓射中四矢而亡。鴻臚少卿黃唐俊與諫議大夫李處遁也都被亂兵所殺。現在朝臣們人心惶惶，都穿布衣而逃，惟恐被人看出身分。」

趙構惻然勉強一笑，對嬛苐說：「當初汴梁城將破之時，想必就是這般光景罷。」

嬛苐搖頭輕聲道：「不一樣的。官家既能全身離城南幸，日後必會有收復失地的一天。」

張浚點頭道：「這位……夫人言之有理，請陛下暫時移駕往鎮江暫避，待日後重建朝廷，臣等必會鞠躬盡瘁輔佐陛下中興大宋、收復失地。」

待準備渡江時才發現因離城匆忙，根本就沒準備有船艦，而今只有一葉漁家的小小扁舟泊在岸邊，哪裡容得下這麼多人同時渡江。張浚問過船家，得知此舟只能載一馬二人後回來向趙構道：「請陛下與一名隨從帶御馬先行，臣等隨後再設法過江。」

康履聞聲即刻幾步趕來，雙手攙扶著趙構道：「臣扶官家登舟。」

趙構將手抽出來，淡淡道：「不必。」然後有意無意地瞟了嬛苐一眼。康履立即會意，他一直是趙構最爲信任的宦官，而今見趙構在只能選帶一人的情況下屬意於嬛苐，雖大感失望，卻也不敢形之於色，而是轉身面向嬛苐，笑容溫和得帶有幾分諂媚：「嬛……吳夫人，請扶官家登舟罷。老奴不在官家身邊，就煩請夫人盡心服侍官家了。」

嬰茀聽他刻意改變了稱呼，不覺臉色微紅，心裡卻有淺淺的和暖之意，於是朝他輕輕一福，細聲道：「康先生放心，你的吩咐我記下了。」

渡江之後便到了京口，趙構與嬰茀沿小路而行，走了許久漸覺十分疲憊，正好看見眼前有一水帝廟，便走進去休息。

趙構呆坐半晌，忽然取劍拔開，盯著上面的血痕默默看了看，然後低聲歎息，就著足上烏靴將血痕擦去。此時百官皆未趕來，諸衛禁軍無一人從行，廟中就他與嬰茀兩人。嬰茀侍立在旁，見他奔走了大半日，頭髮微亂，好幾綹飄散下來，映著滿面塵灰的臉頰和失神的目光，落魄之狀看得她心酸。便過去想伸手為他攏攏頭髮，他卻彷若一驚，猛地側身躲過，待看清是她後也鬱鬱地擺手，不要她靠近。

稍歇後兩人再度出發，朝鎮江趕去。此時已近黃昏，他們經過一番驚嚇逃亡才漸漸覺察到腹中空空，甚是饑餓，而出來時全沒想起帶食物，四顧之下也沒找到任何足以果腹的野果蔬菜。正在為難間忽見一農婦手挽一竹籃走過，籃中盛有不少食物，想是在給什麼人送飯。嬰茀一咬牙，趕過去喚住她，紅著臉道：「大娘，我們匆忙避難至此，卻忘帶了乾糧，自昨夜以來行走大半日了，一點東西都沒吃，不知你可否……」

農婦上下打量他們一番，冷笑道：「你們是從揚州逃出來的兵將？有手有腳的，穿這麼一副好戎裝，不去與金人作戰卻逃到這裡要飯！」

嬰茀羞慚之極，低頭無言以對。趙構臉色一變，走來正欲開口相斥卻被嬰茀拉住。嬰茀一邊拉住他暗示不要說話，一邊朝農婦賠笑道：「請大娘不要見怪，是我們唐突，打擾大娘了。」

農婦又瞥他們一眼，伸手進籃摸出個炊餅扔在地上，說：「只能勻出個炊餅給你們，要是不嫌棄就吃罷。」說罷揚長而去。

嬰茀彎腰拾起炊餅，仔細拂去上面灰塵，然後雙手捧著給趙構。趙構揮手將炊餅打落在地，語帶怒氣：「君子不食嗟來之食。」

嬰茀再次將餅拾起，扔然細細地去除沾有灰土的表皮，剝下來的碎屑卻不扔，而握於手中，輕聲對趙構勸道：「天將降大任於是人，必將苦其心志，勞其筋骨，餓其體膚。行大事者必要學會在逆境中頑強生存，無知農婦的刻薄言語算不得什麼，官家不必太在意。晉文公重耳做公子時被晉獻公妃驪姬陷害，被迫流亡周遊列國，其間挨餓受辱飽經風霜。行至五鹿時因饑餓難忍，亦曾向鄉下人討東西吃，那人卻給了他一大塊泥土。重耳怒而揚鞭欲打其人，被狐偃攔住，說：『泥土代表土地，這正是上天要把國土賜給你的預兆。』重耳聽了立即感悟，遂恭敬地向鄉下人磕頭，並把泥土收下一同帶走，多年後重耳果然做了國君，成為春秋五霸之一。今日炊餅沾土想必也是此兆，官家何不效仿重耳，笑而納之？」

趙構聞言面色漸霽，道：「那朕是不是該把這些沾有泥土的碎屑鄭重收好，帶回供奉呢？」

嬰茀微笑道：「奴婢替官家收著罷，待以後官家中興復國後或許便成了一件聖物呢。奴婢收著也有光彩。」說著取出絲巾果真將碎屑包起，然後將乾淨的炊餅遞給趙構。

趙構將餅掰了一半給嬰茀，嬰茀搖頭道：「奴婢不餓……」趙構沒說話，伸出的手卻毫不收回。嬰茀知道他意思，才輕輕接過，仍不忘出言謝恩。

「嬰茀……」趙構在路邊一塊大石上坐下，緩緩咬了口炊餅，道：「你像是讀了不少書呢，也是柔福帝姬教你的麼？」

嬰茀點點頭，說：「帝姬教過一些。後來奴婢服侍官家後，又斗膽抽空看了一些官家的書……隨便瞎看的，也不多，是說錯什麼話了麼？讓官家見笑了。」

趙構略一笑，道：「你說得很好，沒一句說錯。」

九　深寒

因不想太引人注目，他們一直選走小路，不料漸至迷途，待意識到偏離去鎮江的方向時天已盡黑，無奈之下只好在附近山坡上尋了一個可容身的山洞，準備暫且在內棲身一宿，明日天亮後再趕往鎮江。

那時天氣尚十分寒冷，兩人雖點燃了一堆篝火，山洞內仍然很陰冷。此行匆忙，寢具帶得並不齊全，趙構的馬上只負有一塊大貂皮，是他平日巡幸各地時在野外用的。嬰茀見那貂皮雖不小，臥覆各半一人用倒也足夠，但要同蔽兩人就很勉強了，何況，自己雖已受趙構臨幸，卻仍不敢肯定他會願意召自己同臥一處。於是她把貂皮鋪好後依然如在宮中時一樣，先行禮請趙構就寢，然後恭謹地退至較遠處。

趙構淡淡問她：「你準備在哪裡睡？」

嬰茀低首道：「奴婢在篝火旁坐著歇息也是一樣的。」

趙構朝她一伸手，命令得很簡潔：「來。」

這一字比獵獵燃燒的篝火更令嬰茀覺得溫暖。她略帶羞澀地緩步走去，與趙構解衣後一起躺下，因貂皮面積的原故，趙構很自然地把她擁在懷裡，他們像兩隻過冬的小動物，緊緊蜷縮依偎著，嬰茀安寧地微笑，忽然對這次意外的二人獨行感到有些慶幸。

須臾，趙構像昨夜那樣開始吻她，瑗苐輕有一顫，卻隨即鎮靜下來，已不像第一次那樣惶然不安，只柔順地躺在他懷中接受他的愛撫。這樣的接觸持續了許久，卻不見他有更進一步的舉動。瑗苐微覺有點奇怪，便不禁睜目看了看他，但見他緊蹙雙眉，眼中有隱約的憂慮與惶恐，而漸漸加大了撫摸她的力度，她有點疼，忍不住低呼幾聲，他恍若未聞，繼續著撫摸與親吻的動作，而神情卻越來越焦躁，頭頸處的汗珠也密密地滲了出來。

訝異之下她留心觀察，亦漸漸明白了他驚惶的原因：他的身體並未隨著他的欲望而有所反應。她也惶惶然不知所措，卻讓他看出了她的了然。尷尬之下他猛地起身，只著一身單衣便衝出洞外。

瑗苐立即穿衣而起，拿起趙構的披風追出去。卻見趙構立在一塊凸出山坡的岩石上，愣愣地望向遠處，整個人都呆住了。

瑗苐順著他目光望去也是一驚：江對岸一團烈焰沖天，長煙瀰漫，著火處離此地很遠，而仍能看到如此景象可見火勢甚大，蔓延甚廣。

「那是揚州。」趙構艱難地說：「金人縱火焚城了……」

瑗苐心內一酸，走過去把披風輕輕披在他身上，溫言勸道：「外面風大，又冷，官家早些進去歇息吧。明日到了鎮江再與群臣商議收復失地之事。」

趙構一動不動，容色蒼涼，眼底沉澱著一片絕望。

瑗苐伸手扶他，輕輕拉了好幾次他才勉強移步，轉頭看看她，神情有些不自然。瑗苐知道他是爲適才的事覺得有失顏面，一面扶著他回去，一面裝作不經意地說：「官家昨夜未休息好，今日又勞累奔波了許久，一定很疲憊，暫且先在此歇歇，待到鎮江後再好好將養兩日，精神自然就好了。」

趙構此後一直沉默著，不再與她說話。進到山洞中默默睡下，也不再伸手攬她。嬰茀依在他身邊，摟著他一隻胳膊而臥，長夜難眠之下反覆想：「他是太累了，休息一下就會好……」她因這念頭而有些羞澀，忽然間又莫名地在心裡鬱然長歎。偷眼看趙構，他躺著毫不動彈，像是在沉睡，映著篝火跳躍不定的光焰，他清秀的五官上可看出分明的憂患之色。她以手輕撫，觸覺冰涼，而他的眼瞼似在她碰觸的那一瞬有微微的跳動。

次日下山後，鎮江守臣錢伯言發出的府兵找到了他們，將他們迎至鎮江府治中住下。趙構很快發現府治中溫暖柔軟的衾枕也仍然喚不回他的「精神」，這個發現對失地之後的他而言，無疑是雪上加霜般更為沉重的打擊。他難以置信，一次次地與嬰茀嘗試著欲再度尋回他喪失的能力，焦躁驚惶之下他的行為越來越狂亂而粗暴，嬰茀默默忍受著配合著他，但一切終究是徒勞的，到了第三夜，經過最後的無效嘗試後趙構失控般地起身，瘋狂地抓起所有能抓到的東西猛撕怒砸。

嬰茀跑去拉著他勸道：「官家不要……」

趙構一揚手便把她推倒在地，他朝她怒道：「你滾開！不必再跟著我了！明天我把你配給一個將領，你跟著那男人去過吧！」

嬰茀爬起來，依舊跑過去緊緊摟住他，淚流滿面地說：「我不要什麼將領，我的男人就是你！」

趙構怒氣不減，仍想把她推開，她不理他的推搡，繼續緊箍著他悲傷地說：「你是我的男人我的命，我的榮光我的天！能靠近你，活在你身邊我才是我希望的那個我，這點在我們相遇於華陽宮櫻花樹下那天我就認定了……不，不，還要更早，在你去太上皇寢殿扶起賢妃娘子時，在你拒絕鄆王的邀請時，甚至，在我初見你那天，你蹴水秋千、指揮龍舟爭標時……」

趙構在她激烈的告白聲中逐漸安靜下來，半晌後蒼茫地勉強微笑，輕輕對她道：「嬰茀，怎麼會這樣？」

擁著他的嬰茀清楚地覺察到他身體如深寒受凍般輕輕顫抖著，她愈加不肯放手，將淚濕的臉頰緊貼在他胸前：「官家，不要趕我走。會好起來的，一切都會好起來的……」

趙構亦以臂摟住了她，在透過小窗窺入屋帷的清涼月光中黯然合上了雙目。

到鎮江後趙構召集了趕來的群臣商議去留問題。吏部尚書呂頤浩乞請留蹕，為江北聲援，而王淵則說鎮江只可捍一面，若金人自通州渡江而攻佔姑蘇，鎮江即很難保住，不如前往杭州，錢塘有重江險阻，要比鎮江安全得多。趙構遂決意趨杭，留中書侍郎朱勝非駐守鎮江，並命江、淮制置使劉光世充行在五軍制置使，控扼江口。於是率眾臣出發，經常州、無錫、平江、秀州、臨平等地，最後終於平安到達了杭州。趙構就州治為行宮，隨後下詔罪己，求直言，赦死罪以下罪犯，士大夫流徙者悉命歸來，惟獨不赦李綱。

趙構已在建炎二年十二月將尚書右僕射兼中書侍郎黃潛善遷左僕射兼門下侍郎，知樞密院事汪伯彥守尚書右僕射兼中書侍郎，並兼御營使。讓二人一為左相，一為右相。但這兩人專權自恣，而無執政大臣應有的遠見卓識，金人敢大舉南下也正因看出了二人的無能。到了杭州後，趙構痛定思痛，暗示御史中丞張澂查核二人所犯過失，張澂一向與二人不和，趙構一示意便立即心領神會地著手處理，很快列出黃潛善、汪伯彥「固留陛下，致萬乘蒙塵」、「禁止士大夫搬家，立法過嚴，歸怨人主」、「自眞、楚、通、泰以南州郡，皆碎於潰兵」等大罪二十條，並正式上疏彈劾。

黃、汪二人尚不知此上疏是得自趙構的授意，散朝後一同求見趙構，跪在趙構面前流著老淚連連道：「非是臣等貪念名利，實在是國家艱難，臣等不敢具文求退。所以只好忍辱負重，甘冒不明事理之人的冷言冷語，繼續爲陛下分憂……」

趙構不動聲色地說：「兩位愛卿當眞是處處爲朕著想，在爲朕分憂、報喜不報憂上確實相當盡力。」

二人一愣，未敢答話。趙構繼續道：「北京被金人攻破後，張浚率幾位同僚建議說金軍敵騎將來，朝廷不能繼續宴然而無所防備，聽說二位卿家都笑而不信，瀟灑之極。金人破泗州後，禮部尚書王綯聽聞金兵將南來攻揚州，率從官數人奏請朝廷作出對策，群臣與你們商議此事，二位卿家仍然毫不緊張，據說還笑著對眾人說：『你們說的話聽起來跟三尺童子說的差不多！』……」

黃潛善、汪伯彥終於明白他意在降罪，立時惶然再三叩首，驚得汗如雨下。

趙構漠然看著，最後道：「江寧與洪州景色不錯，想來應該是適合修身養性和養老的地方，二位不妨前去住一段時日。」

次日趙構在朝堂上宣佈了罷二人相位的消息，命黃潛善知江寧府，汪伯彥知洪州。此後不久將他們這兩個官位也一併罷去了。

第五章　高宗趙構・篷窗睡起

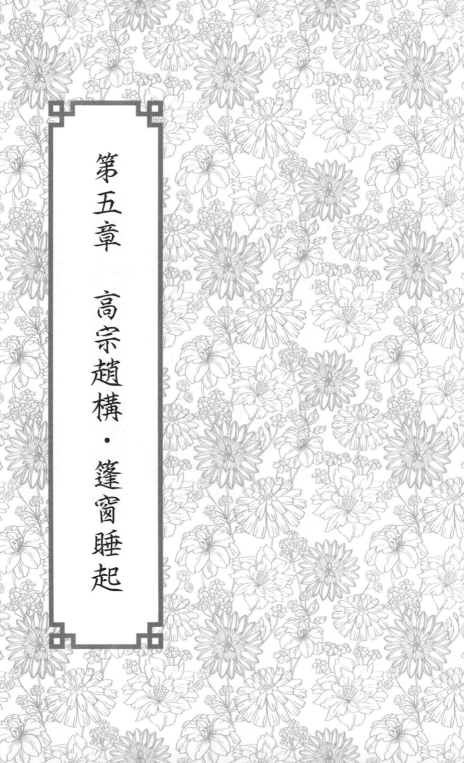

一　觀潮

建炎三年春，內侍康履、藍珪得到趙構允許後率一批宦官前往錢塘江觀潮，不想歸來時兩人竟紛紛流淚哭喊著跑來跪在趙構面前，哭訴道：「請官家為臣等做主！臣等不過是偶爾出宮觀潮，不想竟險些命喪苗傅統制之手！」

趙構蹙眉問道：「無緣無故他為何要殺你們？」

康履答道：「臣等帶宮中內侍去觀潮，自然需要尋合適之地搭蓋帳篷以避風小駐，領兵巡視的苗統制見了便很不高興，硬說我們阻塞了道路，命手下士兵強行拆除，還指著老奴大罵，說官家顛沛流離至此全是我們內侍之過。老奴一時氣憤便與他理論，誰料他立即狗急跳牆，抓住老奴就要打，藍先生過來相勸也被他推倒在地，隨後拔劍威脅，幸而跟他同行的劉正彥大人尚明事理，及時將他拉住，我們才好歹保住了腦袋回來繼續服侍官家……」

說到這裡康履放聲大哭，顯得無比傷心，藍珪也頻頻抹淚，道：「臣等服侍官家已有二十多年，從大內跟至康王府，再輾轉至江南，只求為官家鞠躬盡瘁、死而後已。如今受這奇恥大辱倒也罷了，但我們既是官家身邊之人，苗傅還敢如此狂妄無禮，分明是不畏官家天威。萬望官家能給個說法，對苗傅略施懲戒，以解我們所受的冤屈。」

趙構靜靜審視他們，再問康履：「你是怎麼與他理論的？」

康履一愣，想了想斷續答道：「老奴說：朝廷養兵千日，用在一時，如今官家蒙塵，皆因你們這些只吃糧、不管事的兵將出戰無力所致……你們打不贏金人，倒把責任都推到我們盡心盡力服侍官家的內侍身上，簡直豈有此理……」

趙構一揚手，道：「朕明白了。你們退下罷，朕稍後再處理。」

康履、藍珪不敢多說，只好戰戰兢兢地退下。他們是服侍趙構多年的老宦官，早年供職於韋妃閣中，趙構加冠外居後又跟著他到康王府任都監，趙構稱帝即位，他們也隨之得以升任內侍省押班，平時頗得趙構信任。但趙構亦知他們仗著自己寵信而行為較為囂張，出行在外必不把其他人放在眼裡，受苗傅以劍威脅，多半是因他們行為過分在先，所以趙構並未立即答應他們處罰苗傅。

批完奏摺後趙構信步走到嬛嬛閣中。到杭州後他已將嬛嬛列為嬪御，封為和義郡夫人，因相處日久又共經憂患，現在在眾妃中倒是與她最為親近。

嬛嬛見他若有所思便出言以問，趙構便將康藍二人之事告之，嬛嬛聽了說：「臣妾今日見隨他們觀潮回來的幾名內侍手裡提著幾隻水鴨，發現臣妾在看，便匆忙將鴨藏於身後。」

「他們又在外射鴨擾民？」趙構訝然，隨即道：「難怪苗傅看不慣了。」

原來趙構南遷渡江路過吳江時，宦官們便沿途射鴨為樂，百姓敢怒不敢言，後趙構聽大臣勸諫勒令他們不得再犯。到杭州後趙構為節儉用度以作表率而自減膳食，與宮眷每日僅以一羊煎肉炊餅而食，內侍宮人們飯食相當簡單，此次一干內侍隨康藍二人出宮又看見了水鴨，頓時忍不住又再度以箭射取，悄悄帶回宮欲一飽口福。

嬛嬛點頭道：「康先生與藍先生服侍官家的確是十分盡心的，只是平時對百官將領態度似乎不是很和善，官家不妨多留意，略微告誡他們一下，以免因內侍影響人心，得不償失。」

「你也知道他們對百官將領不和善？」趙構又問：「你還知道什麼事？都講給朕聽聽。」

嬰茀微笑道：「臣妾一介女流，不應干預涉及百官之事，何況也是道聽塗說，聽得未必眞切。這些事官家還是問執政重臣比較合適。」

趙構隨即將新任的尙書右僕射朱勝非召來，問他康履、藍珪等內侍與朝臣關係如何。朱勝非面露難色，在趙構一再追問下終於答道：「康履、藍珪及曾擇幾位中貴人平日行事欠妥，朝中大臣將領多有微詞。在南遷行軍時，康履甚至夜間洗腳都要將士侍立在一旁。大臣們求見陛下得通過康履通報，他若心情不好，讓大家等個一兩時辰是常事。有一次劉光世有急事面聖，康履推說陛下正在休息，不宜打擾，劉光世知道他意思，馬上掏出一些錢奉上，他才滿意地說：『既然事關重大，那老奴就冒著官家降罪之險去喚醒官家了。』諸將中，有一些欲請他們在陛下面前多多美言的便常與他們接觸，頻頻出錢賄賂，而另一些看不慣的便私下咒罵，當面也不給他們面子。例如此次他們觀潮設帳擋道，便被苗傅怒斥。」

趙構一面聽著一面以指輕擊案面細思，須臾側首對侍於一角的承旨道：「爲朕草詔：內侍不得私見統兵官，違者停官編隸。」

朱勝非聞言拱手一拜，道：「陛下英明！臣斗膽再進一言：陛下此時升王淵之職似乎稍顯欠妥。」

趙構凝眸：「哦？」

朱勝非解釋道：「現在苗傅、劉正彥等人對陛下升王淵入樞要之事頗不理解，認爲王淵得陛下信賴皆因與康履、藍珪、曾擇過從甚密、得幾位內侍美言所致。如此積怨難消，恐有後患……」

黃潛善、汪伯彥罷相後，趙構於建炎三年三月進中書侍郎兼御營副使朱勝非爲尙書右僕射兼中書侍郎兼御營使，向德軍節度使、御營使司都統制王淵同簽書樞密院事，仍兼都統制。王淵升任之職其實是掌握軍權的樞密使副手，地位有如副相，極其重要。趙構升王淵之職是顧念他自揚州事變以來護駕有功，表現得相當忠誠，但王淵能力並不很出眾，為人性情又急躁，頗不能服眾。王淵駐節平江時專管江上航船，但揚州事變之時因他調度不善而導致大將劉光世的數萬騎兵無法渡江，劉光世過江見了趙構後當即告了王淵一狀，趙構也十分不滿，把王淵召來面責了一番。王淵受責之下一時憤懣，便怪罪於手下將領江北都巡檢使皇甫佐，但此舉激發了廣大將士的不滿，令他大失軍心，趙構升他官後上上下下都很是不平，尤其是扈從統制、鼎州團練使苗傅。

苗傅出身於將門，多年來南征北戰屢立戰功，卻未得升任要職，如今見王淵驟然升遷自是忿忿不已。而威州刺史劉正彥亦與他同病相憐，他曾經招降過巨盜丁進等人，但得到的賞賜卻很少，因此也心懷怨恨，認為趙構賞罰不公，於是與苗傅一拍即合，常聚在一起抒發怨氣，且一致認為王淵是與宦官康履、藍珪、曾擇等人勾結，趙構聽信宦官之言才重用王淵，他們本就不滿康履、藍珪等宦官仗恃皇恩妄作威福，如此一來更是對他們恨之入骨，再加上觀潮一事愈怒不可遏，私下言談間竟流露出欲兵諫之意，朱勝非察覺出情況不妙，遂提醒趙構注意王淵之事。

二　北風

聽朱勝非如此一說，趙構也意識到王淵的確擢升過快，易招致不利議論，引起人心不滿，確實不可不防。於是次日立即下詔：「新除簽書樞密院事王淵，免進呈書押本院公事。」命王淵不要到樞密院辦公，意在平息苗傅等人的怨氣。

但此時苗傅等人積怨難消，必要誅王淵、康履而後快。中大夫王世修平日亦恨內侍專橫，也與苗傅、劉正彥聯絡一氣，協商兵諫之策。

三月癸未是神宗皇帝趙頊的忌日，百官照例要入朝焚香祝禱。趙構命檢校少傅、奉國軍節度使、制置使劉光世爲檢校太保、殿前都指揮使，負責百官入聽宣制祝禱事宜。祝禱儀式結束後，百官出宮回家，王淵途經城北橋下時，王世修率領的伏兵一擁而上，王淵猝不及防，當即被拉落下馬。王淵尚未反應過來，只一迭聲地破口大罵拉他的士兵，那些士兵也不理不睬，默默動手把他強行摁跪在地。

然後一名戎裝官員徐徐走到王淵面前，手上提著一柄劍。

王淵抬頭一看，怒道：「劉大人，你這玩笑開得忒也過了吧！」

劉正彥拔劍出鞘，道：「王淵勾結宦官意圖謀反，正彥順應天意，爲君誅之。」手起劍落，直朝王淵脖上抹去，王淵當即氣絕身亡。劉正彥命手下士兵將王淵頭砍下帶走，然後率兵趕往康履的住宅，分兵捕捉宦官，命道：「但凡沒有鬍鬚的都殺掉！」

那時康履碰巧還未回到家中，半路上便被得悉消息的親信截住，將此事告訴了他，他自然大驚失色，飛也似的跑回宮，撲倒在趙構面前哭訴。趙構亦又驚又怒，道：「朕已下詔免王淵公事，他們竟還不依不饒至此？」轉頭命內侍：「速召朱勝非入宮議事！」

朱勝非剛一進宮，便又有內侍奔來稟告：「苗傅與劉正彥現陳兵於宮門下，要求見官家，稱有事啓奏。」

趙構問：「他們帶了多少兵將？」

內侍答道：「具體人數不太清楚，但看上去黑壓壓一大片，只怕是把他們麾下的兵將全調來了。」

趙構心頭一涼，直身坐正，又下令道：「傳中軍統制官吳湛。」吳湛是守衛宮城的軍官，領禁兵守在宮城北門負責保障內宮安全，麾下兵士雖未必有苗劉二人的多，但亦可抵擋一時。趙構欲命他穩守宮城，緊迫時或可護衛自己突出重圍。

朱勝非聽後蹙眉問：「吳湛平時在北門下營，專門負責伺察非常事件，今日之事他可曾差人來報過？」

趙構搖頭：「沒有。」立即隨之生疑，隱隱感到大事不妙。

他話音剛落，便有一人在殿外接口道：「臣這便前來稟報。」一面說著一面邁步進來，正是剛才趙構與朱勝非談及的吳湛。

他態度大異於常日，只一拱手，也不下拜，語氣冷硬地奏說：「苗傅與劉正彥兩位大人已手殺王淵，領兵前來，等候在北門外，欲向陛下奏事。請陛下移駕過去罷，別讓他們久等了。」

趙構見此情形已然明白吳湛必是與苗劉二人一黨的，連內宮侍衛都反了，自己眼前這一劫已避無可避。驚愕惱怒之下不覺拂袖而起，怒目直視吳湛。吳湛也毫不懼怕，抬目與他對視，神情囂張。

朱勝非忙過來調解說：「不必陛下親臨罷，臣請前往問清此事緣由，陛下再作打算。」

趙構首肯，於是朱勝非急趨至宮樓之上，見苗傅、劉正彥與王世修等人介冑立於樓下，以一竹竿挑著王淵的首級，身後一片士兵手持刀槍等待著他們的指揮。

朱勝非厲聲詰問：「皇上已下詔免王淵公事以求順爾等之意，爾等為何還要擅殺王淵，並率兵列於宮城外，意欲何為？」

苗傅仰首高聲答道：「苗傅不負國家，只是為天下除害罷了。朱相公請回，我們要面奏皇上，如果他堅持不出來，我們可就要進去了。」

朱勝非想繼續以理相勸，苗傅等人卻並不理睬，而吳湛已有意從內開門，引苗傅等人進宮。但聽得宮城北門一片嘩聲，兵將們口口聲聲喊著要見駕，眼見著便要衝入宮城。知杭州康允之見事態緊急，遂率眾官扣內東門求見，請趙構御城樓慰諭軍民，不然無法止住這場兵變。

正午之時，趙構終於自內殿步出，登上宮城北門城樓，百官緊隨於其後。苗傅等人見有黃蓋升起移動，知趙構親臨，倒也還依禮山呼「萬歲」而拜。

趙構憑欄呼苗傅、劉正彥，凝神朗聲問：「兩位卿家有何事要面奏朕？」

苗傅厲聲道：「陛下信任宦官，賞罰不公，軍士有功者不賞，巴結勾結內侍的平庸之輩卻可以做高官。黃潛善、汪伯彥誤國至此，猶未遠竄。王淵遇敵不戰，但因私下結交康履就可以入樞密院。臣自陛下即位以來，立功不少，卻只能當個小小的邊遠郡團練使。臣已將王淵斬首，在宮外的宦官也都誅殺乾淨了，現在臣請陛下也將康履、藍珪、曾擇斬了，以謝三軍。」

趙構看看一旁已被嚇得全身顫抖的康履，道：「內侍有過，當流放海島，朕會依法處置他們。卿可與軍士歸營。」

苗傅並不肯讓步，揮戈喊道：「今日之事，全都是臣的意思，與三軍無關。天下生靈無罪，乃害得肝腦塗地，這都是因爲宦官擅權的緣故。若不斬康履等人，臣等決不還營。」

趙構好言撫慰道：「朕知卿等忠義，現任苗傅爲承宣使、御營都統制，劉正彥爲觀察使、御前副都統制，軍士皆無罪，如何？」

苗傅轉首不理，全無退兵之意，而其麾下兵將則紛紛揚言說：「我等如果只想升官，只須牽兩匹馬送與內侍就行了，又何必來此呢？」

趙構一時也無計可施了，便轉身問百官：「你們可有什麼良策？」

主管浙西安撫司機宜文字時希孟躬身諫道：「宦官之患，確已演變至極，如今若不悉數除掉，天下之患恐怕未盡於此。」

趙構沉吟不語。康履等幾位大宦官將他從小服侍長大，噓寒問暖無微不至，多少年朝夕相處，畢竟難以割捨。

軍器監葉宗諤見他還在猶豫不決，便也附時希孟議道：「康履不過是一宦官而已，陛下何必如此顧惜！不妨斬之以慰三軍，不要給他們進一步叛亂的理由呀！」

趙構心知兩位大臣所言在理，惟今之計的確也只有犧牲宦官以緩解當前困境。不得已之下只好命吳湛將康履捕下。康履見趙構不再庇護他，馬上撒腿便跑，但年老體衰的他哪裡跑得過吳湛，很快便被吳湛親自捕得於清漏閣仰塵上，隨即擒至北門。康履自知在劫難逃，不停地大哭著反覆叫道：「官家！臣服侍你這麼多年，爲何現在偏偏要殺臣呀？」趙構長歎一聲，側首望雲而不看他。

吳湛將康履交給苗傅，苗傅立即在城樓下揮刀將其腰斬，然後梟其首，掛起來與王淵之首相對。

見康履已死，趙構遂傳諭讓苗傅等人離開。不想苗傅等人卻並不就此甘休，見先前提出的要求已達到，反而越發氣盛，公然口出不遜之言：「陛下不應當即大位，將來淵聖皇帝如果歸來，不知該怎樣安置呢？」

趙構被他一詰，也無言以對，便命朱勝非到樓下委婉相勸。苗傅聲稱皇上施政無方，應請隆祐太后垂簾聽政，再遣使與金人議和，以迎回二聖。趙構無奈，只得一一許諾答應，當即下了詔書，恭請隆祐太后垂簾，權同聽政。宣詔之時百官群起相隨出宮，但苗、劉二人依然聞詔不拜，說：「這御座陛下似乎不應該繼續坐下去吧？如今自有皇太子可立，何況已有道君皇帝禪位的先例。」

苗傅的部將張逵附和道：「民爲貴，社稷次之，君爲輕。今日之事，陛下當爲社稷百姓著想而讓位。」百官聞言皆驚愕失色，明白他們分明是想逼趙構退位了。

百官重又入宮告訴趙構說苗劉二人拒不接旨下拜。趙構問原因，眾人面面相覷，都不敢回答。

趙構見狀已了然，勉強一笑，道：「他們是想逼朕讓位罷？」

百官見他形容憔悴，眼底隱含憂惻之意，聽他此言又是感慨又是惶恐，更是不敢接話。殿內一時無聲，只有風掠過，吹動兩側的紗幕，寂寥地在陰天暗淡的光線裡飄拂。

終於時希孟邁步出列，歎道：「現在有兩種辦法可供陛下選擇：一是率百官抗爭而死於社稷；一是聽從三軍之言而禪位。」

通判杭州事浦城章誼立即斥道：「這是什麼話！三軍之言，陛下豈可聽從！」

趙構擺手止住他，對朱勝非等人說：「朕可以退位，但須先稟知太后。」

朱勝非連連搖頭，道：「叛軍要脅便退位，哪有這個道理！」

「不退位又能如何？」趙構淡然道：「眼下還有什麼更好的辦法麼？」

眾人也無言以對。須臾另一大臣顏岐建議道：「如果太后出面曉諭三軍，苗傅等人就無辭可說了。」

趙構頷首，令顏岐入奏太后請她出來，再命吳湛傳諭傅等人說：「已去請太后來御樓商議退位之事了。」

那日北風凜冽，撲面如刀，趙構所處之殿門無簾帷，他坐在一竹椅之中，其上亦無任何褥墊，時間一久不禁瑟瑟生寒，連雙唇都被凍得青白。既已請太后登御樓，趙構遂起身立於楹柱之側恭候而不再坐下，百官說太后不會很快到來，一再請他先歸座，趙構搖搖頭，黯然道：「朕已經不應當坐於此了。」

三　遜位

片刻後，隆祐太后乘黑竹輿，帶著四位老內侍出宮，在御樓前換肩輿出去見苗傅等人，幾位執政大臣緊隨相護。苗傅、劉正彥見了太后倒是相當恭敬，拜倒在輿前道：「如今生靈塗炭、民不聊生，百姓無辜，望太后為天下百姓做主。」

太后正色道：「道君皇帝任用蔡京、王黼等佞臣，更改祖宗法度，又用宦官童貫挑起邊界糾紛，所以招致金人入侵，養成今日之禍，但這與當今皇帝有何相干！何況皇帝聖孝，並無失德之處，只為黃潛善、汪伯彥所誤，現在又已將兩人罷逐，統制難道不知麼？」

苗傅仰首高聲道：「臣等已議定，決定請皇上禪位，豈可再猶豫！」

太后道：「老身可依你等所請，且權同皇帝聽政，但皇帝禪位之事不必再提。」

苗傅等人仍然不肯甘休，堅持要立皇子，讓趙構退位。太后頻頻搖頭，道：「國家太平之時，此事尚且不易行。何況如今強敵在外，皇子又這般幼小，絕不可行。實在不得已，也應當與皇帝一同聽政。」

劉正彥見她口氣毫不鬆動，不免有幾分惱怒，乾脆站起來，幾步直走到太后肩輿前，冷著臉道：「今日大計已定，有死無二，太后還是早些答應爲好。」

太后見他囂張至此亦不再和言說話，重重一拂廣袖，怒道：「而今強敵壓境，國勢岌岌可危，你等不齊心協力輔助皇帝振興國家，反而爲爭權奪利而挑釁內訌，企圖更易君主！皇子才三歲，而老身以婦人之身，坐於簾前抱三歲小兒，何以令天下！敵國聽說了，豈不會轉加輕侮、乘虛而入？」

太后平日一向慈眉善目、和藹可親，如此盛怒眾人皆是首次目睹。苗傅、劉正彥被她斥得悻悻地無言以對，但要同意她的主張卻是決計不願的，於是再度跪下號哭著反覆請求，太后卻始終不聽。苗劉二人無計可施之下乾脆雙手當胸一拉，扯開上衣，向眾人高呼道：「太后不允我等所請，我們便解衣就戮！」擺出一副解衣袒背的架勢，圓瞪雙目盯著太后。

太后見他們如此威脅也並不動容，搖頭歎道：「統制乃名家子孫，豈能不明事理？今日之事，實難聽從。」

苗傅終於按捺不住了，挺身欺近，揮手一指身後萬千兵卒，憤然厲聲道：「三軍將士，自今日早晨至今尚未用飯，此事拖而不決，只怕會發生別的什麼變故！」然後又盯著朱勝非道：「相公爲何一言不發？今日這等大事，正需要大臣作決斷。」

朱勝非默不作聲，不敢隨意表態。這時顏岐從趙構身邊趕來，走到太后面前低聲奏道：「皇上令臣奏知太后，已決意從苗傅所請，乞太后宣諭。」太后聽說後雙目盈淚，但仍是搖頭，始終不允。苗傅等人見狀繼續出言逼迫，劍拔弩張，大有一觸即發之勢。

朱勝非恐如此耗下去太后會有危險，忙請太后退入宮門，登御樓去與趙構商議。趙構一見太后當即迎上去攙扶，兩人相顧垂淚。須臾，趙構一拂前襟跪於太后面前道：「母后，如今杭州三軍盡在叛臣掌握之中，連宮中禁軍也聽命於他們，非是臣無心抗爭，實在是受制於人，毫無反抗之力。事已至此，臣無可奈何，只能禪位於皇子，如此方可保江山不易姓。請母后暫允苗傅所請以緩局勢，平亂之事待日後從長計議。」

太后亦知當前形勢的確如趙構所說，苗傅等人掌握三軍，若不答應他們請求，他們若不管不顧起來，隨時可以弒君篡位。只是要自己親口答應叛臣所請讓趙構退位，於情於理都是絕對不願接受的。一時悲從心起，拉起趙構緊握他雙手，不禁雙淚零落如雨。

朱勝非此刻也流淚對趙構道：「叛臣謀逆至此，臣身為宰相，義當以死殉國，請陛下准臣下樓面詰二凶。」

趙構擺手歎道：「叛臣兇焰囂張，卿前往斥責必不能全身而退。他們既已殺王淵，倘若又害了愛卿性命，國人將置朕於何地！」遂命朱勝非拿四項條件去與叛臣商議，若他們答應自己便可降詔遜位：一、皇帝禪位後大臣要事皇帝如道君皇帝例，供奉之禮，務極豐厚；二、禪位之後，諸事並聽太后及嗣君處分；三、降禪位詔書後，所有軍士要即時解甲歸寨；四、禁止軍士借機大肆劫掠、殺人、縱火。

苗傅等人很快答應了趙構的要求，於是趙構看看兵部侍郎兼權直學士院李邴，疲憊不堪地朝他點點頭，道：「煩卿為朕草禪位詔書。」

李邴惶然出列，跪下奏道：「此等大事臣實難勝任，還是陛下御筆親書較妥。」

趙構深歎一聲，命人取來筆墨，勉強提起精神，就坐在那張沒有褥墊的冰冷御椅上親筆寫下了自己的禪位詔書：「朕自即位以來，強敵侵凌，遠至淮甸，其意專以朕躬為言。朕恐其興兵不已，枉害生靈，畏天順人，退避大位。朕有元子，毓德東宮，可即皇帝位，恭請隆祐太后垂簾同聽政事。庶幾消弭天變，慰安人心，敵國聞之，息兵講好。」

寫完擲筆於地，命人下樓宣詔。在目送太后乘竹輿回宮後，趙構不再理眾人，徐徐下樓，在宮外軍士震耳欲聾的「天下太平」歡呼聲中一步一步地徒步走回了禁中。

皇子趙旉隨即嗣位，隆祐太后垂簾聽政，尊趙構為睿聖仁孝皇帝，趙構被迫移居顯寧寺，此後顯寧寺改稱睿聖宮，僅留內侍十五人供職。苗、劉等人以小皇帝的名義頒詔大赦，改元明受，加苗傅為武當軍節度使，劉正彥為武成軍節度使。太后將內侍藍珪、曾擇等貶往嶺南諸州，苗傅仍不放過，遣人將他們追還，一律殺斃。

移居睿聖宮後的趙構名為太上皇，實為階下囚，苗傅派兵嚴守宮門，不許他及妃嬪出宮一步，便是趙構要前往禁中向太后請安也不可。趙構終日鬱鬱，情緒低落至極，自閉於一室，一連數日不見任何妃嬪。

某日夜間，明月懸空，玉宇無塵，淡淡瑩光窺窗入室，不覺盈滿半室。那時趙構煩悶難安，無心寫字讀書，見月色清澄，索性啓門出去散步於花間月下。

信步走到後面庭院，卻見一人在院內焚香，對月禱告。夜已深，風冷露重，她卻獨自一人跪在冰涼的石板地上，念念有詞地祈禱，久久亦不動分毫。

趙構悄然走至她身後，聽見她反覆念道：「請上天保佑官家，早滅叛臣賊子，平亂復辟，中興大宋。若此願達成，嬰茀甘願減壽十年……」

「你這樣做又有何用？」趙構在嬰茀身後開口道。

嬰茀先有一驚，待回頭見是他立即欣喜而笑，一福問安。

趙構不理她，繼續道：「朕的母親以前亦有焚香祈禱的習慣，但禱告了半輩子，上天卻絲毫不垂憐於她，不但得不到父皇的眷顧，反而受國難所累，至今仍流落金國難回故土……事在人爲，不要把希望寄於天意上，只有自己努力才能拯救自己。」

「官家說的自然不錯。」嬰茀低眉輕聲道：「臣妾自恨作爲有限，不能爲官家分憂，因此想焚香爲官家祈福……是否眞有天意一說，臣妾不知，但只要有一線希望臣妾便要一試。臣妾相信，只要眞心祈禱必會有所助益。」

趙構淡然一笑，問：「這樣的事你以前做過麼？上天可曾答允過你的請求？」

「有！官家，有的！」嬰茀雙眸一亮，看著他略有些激動地說：「官家當初出使金營時臣妾也曾每日焚香祈禱，結果官家眞的平安回來了。」

趙構愕然：「出使金營時？那時你便認識朕了？」

嬰茀臉一紅，便斂首不語。趙構隨即自己想起了：「哦，你跟朕說過，第一次見朕是在朕蹴水秋千之時。」

嬰茀十分羞澀，保持沉默不再接話。趙構亦無語，獨自仰首望明月，少頃吐字分明地決然說道：「朕即位以來在用人上犯了不少錯誤，以致文臣誤國，武將叛亂。幾番教訓之慘痛朕必會銘記於心，若上天給朕一次復辟的機會，朕將牢牢掌握住手中之權，駕馭好朝中之臣，永不讓他們僭越作亂。」

他那時實歲尚不足二十二，但眉宇間已沉積著一片超越他年齡的滄桑痕跡。他像以往不悅時那樣緊抿著唇，這樣的神情與他幽深眸中映出的光相融，使他看起來堅毅，然而含有一絲冰冷的銳利。

嬰茀靠近趙構，依偎在他身側，雙手握住了他的右手，再閉上雙目，透過他手上冰涼的皮膚默默感受著他體內血液的奔流脈動。

四　復辟

苗傅、劉正彥操縱朝廷後改元為明受，並大赦天下，但他們心知逼皇帝退位名不正、言不順，必不能為駐守在外的文臣武將所容，故而不讓擬詔之臣在赦書上說明改元的眞正原因，只一筆帶過趙構已禪位於皇子之事。然而他們的赦書發得突兀，又語焉不詳，接書的大臣莫不生疑。赦書發到平江時，當時留守在那裡的禮部侍郎張浚便將之按下秘而不宣。江東制置使呂頤浩剛到江寧便接到了赦書，閱後立即便對其屬官李承邁說：「皇上春秋鼎盛，正值年富力強之時，天下不聞其過，怎會突然禪位給三歲皇子？必是杭州城中有兵變。」

李承邁細看赦書後說：「詔詞有『畏天順人』之語，恐怕正是暗指皇上禪位實出於不得已。」

呂頤浩的兒子呂抗在旁聽了也點頭道：「此赦書發得蹊蹺，絕對是發生兵變了！」

於是呂頤浩立即遣人到杭州打探詳細情況，然後發書信給張浚和制置使劉光世，痛述現今國家艱難之狀，並暗示請他們與自己一同起兵勤王。

張浚讀後慟哭失聲，馬上決意舉兵。當夜便召來兩浙路提點刑獄公事趙哲，告訴他其中原故，令趙哲盡調浙西射士騎兵以供討逆。並通知駐守鎮江的劉光世派兵前來會合。呂頤浩見勤王兵力已籌備好了，便直接命人趕往杭州，直接向睿聖宮中的趙構上疏，請他復辟。張浚因擔心苗傅等人在杭州密切監視控制著趙構及太后，如果就這樣硬起兵逼迫，他們狗急跳牆之下或許會生他變，所以先遣能說會道的辯士馮幡前往杭州，說服苗劉二人，勸他們早日反正。

這一干起事作亂的將領亦明白此事不得人心，本來就有些心虛，而今在勤王兵的威脅下不少人已有悔意，苗劉二人見了又是惱怒又是不甘心。經馮幡勸說後劉正彥令馮幡回去，封張浚爲禮部尚書，約到杭州面議。張浚自然知道他們約自己去杭州是沒安好心，在得知呂頤浩已誓師出發，而且上疏請趙構復辟後，張浚也令御營前軍統制張俊扼住吳江上流，一面自己也向趙構上復辟書，一面正式回復劉正彥，託辭說張俊即將帶兵回來，自己應該留在平江以撫慰張俊的部隊。

那時平寇左將軍韓世忠自鹽城經海道將赴杭州，途經常熟，駐守在那裡的張俊聞之大喜：「世忠到來，何事不濟！」當下便命人去轉告張浚，張浚也立即修書致韓世忠，告之勤王情由。韓世忠閱張浚書信後遂用酒酹地，慨然說了一句：「我誓不與二賊共戴天。」隨即上馬與張俊飛馳至平江去見張浚。

張浚聞知韓世忠來了，立即含笑疾步出門相迎。二人也不及寒暄，直接便談及起兵之事，韓世忠道：「今日舉義，世忠願與張俊共擔此任，請你不必擔心。」張浚亦流淚道：「得兩君大力相助，自然可以放心。」遂大犒張俊、韓世忠兩軍，席間曉以大義，眾兵士聞後皆感憤慨。

韓世忠辭別張浚率兵向杭州進發之前，張浚告誡他說：「投鼠忌器，此行不可過急，急則易生變。你最好先去秀州佔據糧道，靜候各軍到齊，然後才可一起行動。」韓世忠答應，受命而去。帶兵至秀州後便稱病不再前行，而在那裡大修戰具。

苗傅聽說此事自是又驚又疑，擔心韓世忠借機生事，便想把他留在杭州的妻子梁紅玉及其子保義郎亮拘留爲質。朱勝非忙勸苗傅說：「韓世忠逗留於秀州，還是投鼠忌器，不敢輕舉妄動，但若你扣押他妻子，恐怕只會激怒他，反而會橫下心來造反。不如令韓世忠的妻子出城去迎接他，好言慰撫，韓世忠肯定便能爲你所用。如此一來，平江張浚等人，也都無能爲力了。」

那苗傅是個頭腦簡單的武夫，自己也沒什麼計謀，不知朱勝非此言是計，淺淺一想便覺得大有道理，於是喜滋滋地猛點頭道：「相公所言甚是。」隨後馬上入宮奏請太后封韓世忠妻梁氏爲安國夫人，令她前往秀州迎接韓世忠。看得朱勝非喜不自禁，暗笑：「二凶果眞無能，如此好騙！」

梁紅玉正擔心自己淪爲人質而使韓世忠受縛，不想竟接到了這樣意外的命令，一邊竊喜一邊匆匆馳馬入宮，謝過太后之後立即回家帶上兒子，快馬加鞭地疾驅出城，只一日一夜便趕到了秀州。韓世忠見妻兒都已趕來，連最後一點顧慮也沒了，大喜道：「天賜良機，令我妻子重聚，我更好安心討逆了！」過不多時苗傅派人來傳詔，促他速歸，上面的年號寫的是明受二字。韓世忠蹙眉一瞟，怒道：「我只知有建炎，不知有明受！」當下便把詔書焚毀，並把來使斬首示威，然後通報張浚，指日進兵。

張浚隨即遣書致苗劉等人，聲斥其罪狀，稱建炎皇帝並無失德之處，他們迫君遜位、陰謀廢立實屬大逆不道，應當族誅。苗傅等人得書後，惱怒驚懼之下，謫張浚爲黃州團練副使，安置郴州，但擢升張俊、韓世忠爲節度使，意圖拉攏。張浚與韓世忠等人皆不受命，並立即起草討逆檄文，遍傳天下，聲討苗劉等人叛亂之罪。

除韓世忠之外的各路勤王之師迅速會集到平江，商定韓世忠爲前軍，張俊以精兵翼助，劉光世親自選卒遊擊作戰，呂頤浩、張浚率領中軍，劉光世分兵殿后。於是勤王之師由平江出發，一路浩浩蕩蕩地向杭州殺來。

兵至吳江，呂頤浩、劉光世、張浚、韓世忠與張俊等便聯合上疏，請趙構復辟：「建炎皇帝即位以來，恭儉憂勤，過失不聞。今天下多事之際，乃人主馬上圖治之時，深恐太母垂簾，嗣君尚幼，未能勘定禍亂。臣等今統諸路兵遠詣行在，恭請建炎皇帝還即尊位，或太后、陛下同共聽政，庶幾人心厭服。」

眼見著勤王之師即將兵臨城下，苗傅與劉正彥憂恐之極，不知如何應對。朱勝非乘機獻言道：「勤王之師並未急於進攻，意在促你們早日反正。而今別無他法，不如主動請建炎皇帝還宮復辟，否則等到勤王軍隊攻入城中時，你們處境就更為尷尬了。」苗傅仍遲疑難決，朱勝非便繼續勸道：「如能反正，可讓太后先下詔，命不追究你們以前之過。」

苗傅見大勢已去，他們掌握的杭州兵力實難與幾路勤王軍隊對抗，而自己也早已計窮，因此只好接納朱勝非的建議，請朱勝非轉告趙構他們將前往睿聖宮求見趙構以謝過。

苗傅、劉正彥自知罪大，懷疑趙構不會接見他們，一路上戰戰兢兢、憂懼失色，走至半路又折回，如此反覆數次，待終於走到睿聖宮宮門前時，太陽都快落山了。

大出他們意料的是趙構已命人大開宮門以迎接他們，自己則輕袍緩帶地端坐於正殿中等待，一見他們進來便滿含微笑十分和藹地對他們說：「兩位愛卿，許久不見，一向可好？」

苗傅、劉正彥不敢答話，當即跪倒在地，再三懇求趙構恕罪，然後吞吞吐吐地請趙構降御劄以緩城外勤王之師。

趙構搖頭笑道：「兩位愛卿眞是健忘。君主的親筆御劄，之所以能取信於天下，是因為上面蓋有御寶。兩位愛卿已請朕退處別宮，不預國事，你們讓朕用什麼符璽以為信？自古廢君都只應閉門思過，朕自己的過失還沒想清楚呢，豈敢再干預軍事！」

苗傅與劉正彥忙請人取出備好的玉璽，恭恭敬敬地伏在殿內地板上叩頭，再請趙構降御箚。

趙構冷眼一瞧玉璽，依然淺笑道：「不妥。玉璽是當今聖上專用之物，朕已是退位的太上皇，豈能擅用。你們還是去禁中請朕的皇兒降旨罷。」言罷拿起案上一卷書慵然閒看，須臾閉目打了個呵欠。

苗劉二人面色時青時紅，既尷尬又惶恐，不得已只好拼命叩頭反覆自責，道：「是臣等一時糊塗犯下大錯，的確罪不可恕，雖死難辭其咎。但現下各路軍隊若進攻杭州必會生靈塗炭、累及平民。何況外患未除之時若大宋再起內訌，豈不給金人可乘之機？」

「這話怎的如此耳熟。」趙構把書一拋，直身冷笑道：「兩位愛卿兵諫之時也有人如此勸過你們罷，當時你們毫不聽從，而現在倒拿來勸朕了。」

苗劉二人冷汗頓生，齊齊伏首道：「臣罪該萬死。」

趙構唇銜鄙夷冷視他們許久，這才命人取來筆墨，親筆寫下賜韓世忠的手詔：「知卿已到秀州，遠來不易。朕居此極安寧。苗傅、劉正彥本為宗社，始終可嘉。卿宜知此意，遍諭諸將，務為協和以安國家。」

寫完命人遞給苗傅。二人退出後展開一看，發現趙構在詔書中未說他們一字壞話，反而稱他們「本為宗社，始終可嘉」，不禁一陣欣喜，以手加額感歎道：「現在才知聖上度量如此之大呀！」

然後遣杭州兵馬鈐轄張永載持趙構手詔傳給韓世忠。韓世忠看了說：「若皇上馬上復位，事才可緩。不然，我必以死相爭。」

苗傅、劉正彥只得率百官到睿聖宮朝見趙構，以示請其復位之心。四月戊申朔，太后下詔還政，百官趕往睿聖宮請趙構回禁中，趙構微微擺首未肯答應，朱勝非再三懇請，趙構最後才乘馬回行宮。杭州城中百姓得知後都夾道焚香以慶，眾情大悅。

趙構復位後立即升張浚爲中大夫、知樞密院事。張浚年僅三十三，如此年輕即任執政大臣之位，縱觀歷朝都十分罕見。而朱勝非因自己執政之時發生苗劉叛亂之事，自覺慚愧而請辭相位，趙構挽留，朱勝非始終堅持，趙構便問他覺得誰可以接任相位，朱勝非答說：「以時事言，還須呂頤浩、張浚這兩人。」趙構遂從他所請，將他由尚書右僕射兼中書侍郎兼御營使罷爲觀文殿大學士、知洪州，又將呂頤浩升爲宣奉大夫、守尚書右僕射兼中書侍郎兼御營使，其餘勤王有功的人也都逐步論功行賞升了官。

張浚升爲知樞密院事之時尚未入朝。當時苗劉二人仍擁有重兵，趙構亦隱而未發，未追究他們之罪，升張浚官後即分別任命兩人爲淮西制置正、副使。張浚對趙構之意心領神會，明白他是鼓勵自己繼續率兵攻城以打擊兩位叛臣，於是與呂頤浩、韓世忠等人一路過關斬將、迅速攻入了杭州。苗傅等人忙棄城而逃，向福建逃竄。幾位大臣隨即入宮覲見趙構，趙構大喜，再三慰問嘉獎，然後私下握著韓世忠的手說：「御營中軍統制官吳湛與兩名叛臣勾結一氣、狼狽爲奸，而今尚留在朕肘腋之下，卿能爲朕除掉他麼？」韓世忠馬上答應：「此事易辦！」

當時吳湛已自知難保平安，躲在家中閉門不出，並派許多士兵守護在外。韓世忠以拜訪吳湛爲名叩開了他的門，與他握手笑談間忽然猛地振腕一折，只聽一聲脆響，竟硬生生地把吳湛的中指折斷了。然後韓世忠一手挾持著吳湛，一手執著那根折斷的中指出門，門外兵衛見了立即驚擾喧鬧起來，紛紛拔刀相向。韓世忠把吳湛交與自己所帶兵將，隨即按劍怒叱：「吳湛助逆賊謀反，其罪當誅。有誰與他合謀的只管上來，讓我領教領教逆賊的功夫！」

所有人立即噤聲，不敢再動。趙構遂下詔斬吳湛於市，再將統制官辛永宗提爲御營使司中軍統制。此後趙構繼續追查苗劉二人的黨羽，將他們非殺即貶。到建炎三年七月，苗傅與劉正彥也先後就擒，被解送杭州斬首示眾，一場叛亂至此告終。

五　流年

建炎三年是趙構一生中最爲艱難的一年。靖康二年，金人的鐵騎踏破大宋山河，掠走他的家人，在他後來掌握的殘破江山上留下了恥辱的記號，令他痛徹心肺，然而，若非如此，他不會有登基稱帝的機會。在穿上黃袍升御座，俯覽足下臣服的百官時，多年深藏的希望在瞬間盛放，他的微笑寧靜如往昔，卻又異於尋常。於是趙桓的靖康二年變爲了趙構的建炎元年，靖康二年會令他憶起殺戮、掠奪和傷痛的味道，而建炎元年則記錄著他的機緣、壯志和深切的喜悅。雖然金人的威脅並未散去，但他相信這不會成爲永久的問題，仰首望天，天色明亮。

可是建炎三年於他來說，卻充滿了黑暗的夢魘和徹底的悲劇，他的喜悅煙逝在無休止的憂患與悲哀裡，從此他的心開始隨著目中的天色一起暗淡。年初的揚州之變給他身心造成重創，隨後的苗劉叛亂險些令他喪失帝位甚至生命，而這些僅僅是序曲，在接下來的幾月時間內他又充分領略到了禍不單行的眞正含義。

平息苗劉之亂後，張浚等人請趙構還蹕汴京，這次趙構接納了他們的建議，自杭州啓行，但到江寧後又聞前方戰事告急，宋軍敗退，形勢不容樂觀，於是趙構改江寧為建康府，暫行駐蹕。

而他惟一的親生兒子就薨逝在這裡。

也許是他的母親在孕育他時受戰亂所累而動了胎氣，太子趙旉體質一向比別的孩子羸弱，建炎三年秋七月，趙旉在建康行宮中再次感染風寒，且數日不癒。最後，一位宮人誤蹴金香爐造成的響聲斷送了他的生命，這個三歲的孩子被嚇得驚悸抽搐，越宿而亡。

初聽到這個消息時，趙構木然枯立片刻，然後趕去潘賢妃閣中抱抱身體漸漸冷卻的兒子，看著哭成淚人的潘賢妃淡淡說了句：「賢妃節哀。」所有人都訝異於他超乎情理的平靜，而他靜默外表掩蓋著何等深重的悲痛與憤怒，卻只有嬰茀知道，因此她提前把同情的目光投在了那個闖禍的宮人身上。

那女子在宮內的一片哀戚聲中瑟縮顫抖，一味低首跪著，當趙構的龍靴踏入她視線裡時，她悚然驚覺，含淚惶恐抬頭求道：「官家……」

甫吐出二字，趙構的鞭子已迎面落下，和著凌厲的刺耳響聲，如閃電般，一道深深的血痕霎時裂於她的臉龐、脖子和胸前。

女子淒慘地呼叫求饒，卻絲毫影響不了趙構揮鞭的速度。他額上與手上的青筋暴烈地凸起，徹骨恨意自雙目激射而出，與馬鞭一起反覆擊打著那女子。女子在地上不斷哀號、輾轉躲避，鞭子依然毫不留情地重重落下。趙構揮鞭的動作越來越猛烈而狂亂，體無完膚是那女子避無可避的結果，寸裂的衣衫碎片與濺起的血霧一起飛，除了銜著快意旁觀的潘賢妃，其他人都側目歎息不忍睹。

趙構繼續失控般地鞭打著那宮人，直到馬鞭的手柄不堪他異常的力度而突然斷裂。他握著留在手中的一截殘柄，終於停住，微微喘著氣，怒恨的目光依然鎖定地上奄奄一息的女子，在兩名宦官戰戰兢兢地過來，問他如何處置她時，他決然道：「斬！」

嬰茀立即走來，輕輕取走殘柄，然後扶趙構落座。他坍坐於椅中，身上臉上汗水肆虐，嬰茀緩緩爲他擦拭，觸及他目下皮膚時，絲巾下的手指忽地一熱，那是承接了一滴新落的液體。

「嬰茀，」他倚靠在椅背上，閉目說：「我沒有兒子了……」

他一向很注意在眾人面前自稱爲「朕」，當重又用「我」自稱時，若非面對至親之人，便是大喜大悲、情緒感情最紊亂的時候。而且此刻，他的語調與他的臉色一樣，絕望地蒼白著。

嬰茀自然明白這個事實對現在的趙構來說意味著什麼。他惟一的兒子死了，而他的身體情況也決定了他以後將不會再有兒子。縱然掌握天下又如何，他註定將是個無後嗣繼承他辛苦維繫的江山的孤家寡人。當眞是命運弄人，可以在誰也不曾預料的情況下讓他君臨天下，卻又陡然掐斷了他的血脈，令他獨品斷子絕孫的痛苦。

「官家，」嬰茀緩緩在他身邊跪下，輕聲對他說：「有很多東西是可以失而復得的，城池和太子都不例外。」

趙構將兒子埋葬在建康城中鐵塔寺法堂西邊的一間小屋之下，經常駐足於墓旁，一站便是多時，一道蕭索孤寂的影子投在地上，時長時短，隨著流光漸漸衍變。

沉鬱之極的他脾氣也變得陰晴不定，多疑而易怒。而此時仙井監鄉貢進士李時雨偏偏很不知趣地上書，說儲君之位不宜久虛，乞陛下選立宗室子爲儲，以安人心。上書趙構只掃了一眼便勃然大怒，兩手把上書撕得粉碎擲於地，怒道：「傳朕口諭：奪李時雨功名，斥還鄉里。」

於是李時雨一面感歎自己這雨下得眞不合時宜一邊背上行囊黯然還鄉。隨後幾天的宋金戰報也毫不給趙構解憂一笑的機會，看著他一日比一日憔悴煩躁，瑗苐便知道宋軍仍然在敗退，金人的兵戈離他們越來越近了。

「瑗苐，你覺不覺得杭州是個比汴京更好的地方？」一夜，在閱完奏摺後，趙構若有所思地對瑗苐說。

瑗苐頷首：「杭州風景優美，氣候宜人，若論居住環境，的確是勝過汴京。」

「而且，」趙構一歎：「它比汴京寧和安全。」

次日，趙構下旨升杭州爲臨安府，授意臨安官員注意城中行宮府衙及道路橋樑的修繕建設。這個決定沒讓瑗苐感到驚奇，她默默聽著身邊宮人興致勃勃地談論何時回臨安的問題，一抹櫻花的粉色自心底飄過，不禁有些悵然。她心知兒時生長之地汴京已離自己很遙遠了，也許不再有機會回去，而杭州——這個新名中含有「安」字的城市，應該會是她與趙構日後安居的地方。

安全感是趙構而今最缺乏也最渴望的東西，建炎三年十月某夜發生的一樁小事很清楚地證明了這點。那時他從建康移駕回臨安，中途暫宿於錢塘江邊的寺院歸德院，夜深人靜之時門外忽有震天巨響滾滾而來，如奔雷，如天崩，把趙構生生自夢中驚醒。細聽之下又覺得其聲似萬面鼓鑼齊鳴，鏗鏘激越，隱有金戈碰撞之聲，彷彿千軍萬馬正在激戰。

趙構立即推醒身邊的瑗苐，迅速起身，邊披鎧甲邊問外面的禁兵：「是不是金人襲來了？」

禁兵一愣，忙跑出去看，須臾跑回來稟道：「未曾發現金兵蹤影。」

「那這聲音……」

「是錢塘江潮起之聲。」

自古以來，錢塘江潮勢最盛，漲潮時猶如山崩地裂，一波波捲立起數丈水牆，傾濤瀉浪，噴珠濺玉，勢如萬馬奔騰，其聲自然也響亮非常，能傳數里。趙構這才反應過來，釋然坐下，回想自己剛才的行爲亦有些慚愧，看看嬰茀，自嘲一笑：「是不是覺得朕一驚一乍，有失風度？」

必定是想起了揚州那晚之事，他剛才惶恐得像隻受驚的小動物。但面對他的提問，嬰茀卻搖搖頭，俯身握住他冰涼的手，說：「亂世之中，官家隨時保持警醒是必要的。」隨後亦淡淡笑了：「剛才聽到潮聲，臣妾也很害怕。」

那時金帥完顏宗弼（兀朮）聽說趙構要回臨安，便大興水師，準備由海道來襲。趙構在臨安只留居了七日，見金軍來勢洶洶，愈逼愈緊，便復渡錢塘江至越州。此前趙構已經把隆祐太后及潘賢妃、張婕妤送至較爲安全的虔州，身邊照例只留嬰茀一人。

金軍一路攻城拔寨、勢如破竹，不久後便攻破了建康，趙構帶著嬰茀頻頻移駕躲避，短短數月內差不多已跑遍江浙各城。建康城破後，江淮遮罩已失，臨安與越州等地都不再安全，趙構一路退至臨海的明州。宰相呂頤浩勸他在迫不得已之時不妨出海暫避，道：「目前之計，惟有航海以避寇氛。敵善乘馬，不慣乘舟，等敵兵退去，再還蹕兩浙。彼入我出，彼出我入，這本來就是兵家的奇計。」

隨後的形勢也逼得趙構無法另想良策。完顏宗弼長驅南進，先趨廣德，再抵臨安。臨安守臣康允之匆忙逃走，錢塘縣令朱蹕自盡殉國，宗弼再遣大將阿里蒲盧渾率精兵渡江追擊趙構，誓要將他活捉回金。趙構因此接納了呂頤浩的建議，乘樓船入海暫避金兵。

自此一連數日舟行海中，途經定海、昌國等縣而不靠岸停留，趙構終日鬱鬱難展笑顏。某日御舟如往日般在浩淼煙波中破浪前行，趙構在舟中閱書，嬰茀隨侍在側，忽聽外面甲板上「啪」地一聲響，似有重物落下。兩人當即出艙去看，但見原來是一條巨大的白魚自海裡躍出，竟躍到了舟上，此刻正在甲板上不住騰跳，兀自帶著水珠的鱗片在陽光下閃著晶瑩的光。

宮人們嘖嘖稱奇，趙構默然漫看，一言不發，而嬰茀則微笑著朝趙構盈盈一福，說：「臣妾恭喜官家，此乃大吉之兆。」

趙構問：「何以見得？」

嬰茀道：「昔日周武王渡海途中也曾見白魚獻瑞，後來果然得以滅紂興周。官家如今亦得此祥瑞之兆，可見天下不久後將慶昇平。」

這話終於引來趙構舒眉一笑，對她說：「嬰茀，你眞是很有心。朕該怎樣謝你呢？」

嬰茀含笑答：「嬰茀只要能見官家常露笑顏，便會覺得很開心。」

趙構牽她的手邁步回艙，親筆寫下詔書：進和義郡夫人吳氏爲才人。

在舟上待到歲末，眼見天氣一天冷似一天，北風凜冽，飛雪似楊花，水面上的御舟不足以禦寒，居於其中寒冷異常，趙構遂準備登陸度歲，不料又接到接到越州失陷的消息，於是趙構又折回艙中，望著嬰茀歎道：「看來我們只能在水面上過年了。」

「這也未必不好。」嬰茀安慰他說：「今年官家在舟中過新年，就如漁翁一般。聽說金國宗室將帥間彼此也在明爭暗鬥，或許這預示著賊虜鷸蚌相爭，而官家將坐收漁人之利。」

「你很會說話。」趙構勉強一笑：「事到如今，眞覺得這皇帝不當也罷，莫如眞做漁翁，倒落得無憂無慮、逍遙自在。」

那年的元旦他們便在海上舟中度過。金兵追擊不果，在攻下的城鎮燒殺搶掠後亦不設重兵留守，掌握軍權的知樞密院事張浚重用韓世忠、岳飛等將，穩步反擊，逐漸收回了大部分江淮失地，趙構才得以登陸回去。

六　鏡湖

柔福南歸次年，紹興元年六月底，趙構親自送隆祐太后靈駕至會稽縣上皇村淺葬。神圍方百步，下宮僅深一丈五寸，皆因君臣猶望有朝一日能送太后靈駕北上葬於哲宗永泰陵，所以會稽陵墓只被視爲靈駕暫棲之所。

趙構的幾位妃嬪及妹妹福國長公主皆隨行。趙構待太后及其恭謹孝順，所有葬儀均按北宋皇太后舊例舉行，待一切儀式結束後已到七月上旬。

會稽鏡湖水景之美天下聞名，而趙構這段時日忙於太后葬禮之事，一直無暇欣賞，到七月九日，會稽縣令姚熙亮見所有禮畢，趙構終於有了空閒，忙請他泛舟鏡湖遊賞山水。趙構卻未答應，吩咐只在湖畔飲茶觀景即可，且不必鋪張，縣令帶幾名衛士便服作陪，自己也著常服前往，以免擾民。

那日午後，趙構便與姚熙亮坐於鏡湖柳岸亭中品茶敍談，其間聊到歷代書法，姚熙亮告訴趙構說自己藏有一卷黃庭堅眞跡，趙構素喜黃庭堅之字，立時大感興趣，遂命姚熙亮回府取來一觀。姚熙亮不敢怠慢，立即告退匆匆趕回府去取墨寶。

趙構獨坐間，忽聞一陣秦箏之聲自湖面上傳來，彈的是名曲〈高山流水〉。其韻悠揚，儼若行雲流水，時而如雲霧縈繞於高山之巔，時而如寒水淙淙錚錚細流於幽間。中間一段激越如萬壑爭流的跌宕起伏之旋律過後，音勢復轉爲輕柔，宛如輕舟已過巫峽，留有餘波激石，間或旋洑微漚。

趙構抬目望去，但見一艘小小畫舫自煙水間淺淺劃近。畫舫造型雅致，中間船艙僅小小一間，主要以竹建造，刻著精緻的圖案花紋，大概新造不久，大體還呈淺綠色，門窗上掛有淡青紗幕，艙外有一遮陽蔽雨的涼棚，也是用竹片編製的。襯著橫於遠處的淡淡青山與其下的碧水波光，此景直可入畫。

那箏聲即是從中傳出。

許是哪家歌伎在獻藝宴客。想到這裡趙構當即收斂了心神，轉頭回來，閒閒舉杯淺茗一口，懶得再看。

而那畫舫卻漸漸划攏，在趙構身側岸邊泊定時，箏聲亦戛然而止。舫中人把划船的船夫喚進去，像是吩咐了些事，然後船夫出來，上岸對趙構道：「這位公子，有位姑娘請你上畫舫一敘。」

趙構搖頭，並不多搭理他。那船夫面露難色，道：「那位姑娘說與公子是相識的。」

這次趙構尚未開口以應他旁邊的便服內侍已大聲斥道：「我家公子以前從未在會稽多作停留，哪裡認得什麼姑娘！我家公子是你想請就能請到的麼？」

趙構揚手止住他，對船夫說：「請轉告那位姑娘，鄙人受朋友所邀在此品茶敍舊，因此不便中途離開，十分抱歉。」

語音剛落便聽舫中有女子格格一笑：「公子的架子也忒大了。」

一聽這聲音趙構頓時心中一蕩，舉目一看，見有一隻纖纖素手撥開門上簾幕，而隨即自舫中探身而出、對著他盈盈淺笑的正是柔福。

她上身著一件淡淡粉色薄羅短衫，衣襟兩側有束帶，鬆鬆地在胸前打了個結，餘下雙帶隨意垂下，迎風而舞。鎖骨下淺露出一塊裡面著的白色素絹抹胸，邊緣繡著與短衫同色系的錦紋。腰繫一條輕羅長裙，白色爲底，下端有暈染的粉紅芙蓉圖案，其上又覆了一層輕紗，飄逸輕柔。她的頭髮則挽成三轉小盤髻，俏皮地傾向右邊，上面插有一支鏤空雕花水晶釧，髻下飾有兩朵小小粉色薔薇，鬢邊兩綹散髮貌似不經意地垂下，薄如蟬翼，掩在她雙耳兩側，而她那與水晶釧相配的水晶耳墜純淨如露水，亦不甘寂寞地點點閃爍於她行動間。

看著她蓉暈雙頤，笑生媚靨，那一刻呼吸竟成了難事，幸而他已練就了以淡漠表情掩飾情感的能力。他再次揚手制止了內侍習慣性地向她問安行禮的動作，竭力擺出嚴肅的神情，決意不讓這個華陽華影間飛出的小妖精看出他對她的驚豔：「你好大的膽子，居然一人溜出來，成何體統！還不快上岸，我命人送你回去。」

「誰讓你出來玩也不帶上我！天天待在驛館裡，悶死我了。」柔福悠悠笑道：「既來觀景，爲何只坐在岸邊？我雇了這畫舫遊湖，好心請你同遊，你竟還擺出偌大架子，不搭理人。」

她笑語晏晏，神情嬌俏之極，全以「你」直稱趙構，若換了他人，趙構必以爲忤，但由她道來，聽在耳裡卻是無比親切，他目光亦隨之溫柔起來，和言對她道：「既是請我，剛才爲何躲著不出？若知是你邀請，我豈會不理不睬？」

「那麼，現在我再請你上我畫舫，你便會答應了吧？」柔福揚眉再問。

「現在？」趙構略有些遲疑。

「你不來也罷，我自己獨遊也無不可。」柔福轉身作勢要進畫舫船艙。

趙構不再多想，起身邁步上船。他身邊內侍護衛欲隨他上船卻被柔福喝止，然後對趙構道：「我的船小，容不下這麼多人。再說你帶這麼多人幹什麼？難不成怕這小小湖上有海盜？」

趙構未答一旁的船夫已開口：「公子放心，我們這裡太平得緊，我在這裡划了二十多年船，從未遇上過盜賊劫匪。」

趙構考慮一下，便揮手命隨從退去，道：「你們在這裡等，我很快便歸。」

隨從應聲退開，船夫遂起棹徐徐將畫舫漾入湖心。

柔福笑著拉趙構到船頭站定，指著遠處荻花沙鷗要他看。趙構含笑看看，不時轉首回視她，目光觸及她的每一瞬都會覺得溫暖而愉快。

船夫搖槳之餘也在觀察他們。趙構穿的是尋常文士廣袖長袍，雖爲太后服喪期已滿，但他仍選白色的穿，頭上綰的也是白色絲巾，看上去清秀俊朗，與著粉色裙裝的柔福站在一起臨風而立，甚是相襯。

船夫一時好奇，便忍不住問：「姑娘，這位公子是你什麼人？」

柔福回頭問：「你覺得呢？」

船夫道：「姑娘這般美貌，公子這般脫俗，當眞是一對璧人。想必這位公子是你的官人吧？」

趙構正欲出言解釋，柔福卻先笑了：「你眼光眞不錯呢，他的確是我家官人。」然後側身朝趙構襝衽一福，銜著一縷意味深長的微笑，輕輕喚道：「官人。」

七　漁歌（上）

這一聲聽得趙構頗感意外，凝神看她，她依然笑得輕巧。

「胡鬧。」他低聲說，然後回頭負手以望舫前輕躍而出的一尾錦鱗，轉側間，唇際逸出的笑意卻映入了波心。

她伸手挽住了他，動作再自然不過。「今天你扮我的官人，我扮你的娘子好不好？就當是過家家。」她在他耳畔悄悄說，也不待他回答，便拉著他的手進到艙中。

她請他在几邊坐下，斟滿一杯竹葉酒，故作恭敬地遞給他，接著退到秦箏後坐定，欠身問：「官人想聽奴家奏曲麼？」若無眸中的俏皮之色，便儼然一派賢妻模樣。

雖對她今日的表現微覺奇怪，趙構卻也懶得多想，難得他們兩人此刻都有好心情，這是多久未遇的事了？現在的柔福巧笑嫣然如往昔，且又對他如此柔順，即便只是她遊戲之下的舉動也是好的，他願意就此與她玩下去。眼前的情景可遇不可求，就算在心裡，他也不曾敢多想。過家家，很好的名義。

他頷首：「有勞……瑗瑗。」他本想說「有勞娘子」，話到嘴邊卻又躊躇了，畢竟還是喚了她的名字。

她纖手一撥，一串清泠的樂聲婉轉流出。趙構閒倚在一側聽她彈箏，淺品一口她所斟的酒，只覺異常清雅芳香。

她低眉含笑撫挑箏弦，雙睫輕垂，皓腕如玉，隨著她螓首微微的側動，耳邊垂下的蟬翼散髮不時拂過她輕薄的粉色衣衫……她眞是美麗，窗外的湖光山色在她面前黯然失色，褪作了一幅淡墨的背景。且又有如此才藝，往日竟不知她會彈箏，還有多少優點是她尚未展露的？那樂音悅耳也悅心，引他微微淺笑。

她偶然抬頭，似透過竹窗看到了什麼，怫然不悅，頓時停下不彈。他蹙眉順著她目光看去，發現不遠處駛來一艘頗大的彩船，上面立有許多人，依稀辨出是剛才所帶的內侍護衛及會稽縣令等人。那船行得不疾不緩，與他們的畫舫保持著一段距離，顯然是在跟蹤保護他們。

「怎麼了？」他問。

「難得出來清清閒閒地遊山玩水，爲何一定要帶那麼多尾巴？」她嘟嘴道。

他解釋道：「是他們自己要來，與我無關。我剛才命他們在岸邊等我的。」

她聞言一挑眉：「既是如此，我們甩掉他們好不好？」

他笑了：「他們的船比我們的大，能甩掉麼？」

「當然。」她當即揚聲對外面船夫說：「這些家丁非要跟來，好煩人。可不可以把我們的船划到一個灣小幽深的地方，讓他們找不到？」

船夫爽快地答應：「沒問題！這裡水路我最熟，姑娘只管放心。」隨即加勁搖槳，很快轉入一曲徑水道，使大船不能進去。鏡湖湖面狹長，且又曲折，其中多小灣小島，他們的畫舫在其中迂迴轉折幾番，便已把大船拋得無影無蹤。

於是她又很高興地拉他出來賞層巒疊嶂、青山碧水，見一尾紅色的魚悠悠遊過，便驚喜地叫他看，聽得那船夫也不禁笑了，對她說：「姑娘與公子可有興致釣魚？我這船上有釣竿。」柔福自然說好，於是船夫找來釣竿遞給趙構。

趙構接過釣竿，坐在船舷邊開始垂釣，柔福亦坐在一旁認眞地看。不一會兒就有魚上鉤，趙構感覺到那魚咬鉤拖勁奇大，可知必是一條極大的魚，遂笑對柔福說：「這下釣到大魚了！」

柔福一聽雙眸閃亮地叫道：「是麼？我來幫你拉！」便興致勃勃地去幫趙構提竿，不想此時忽然有浪襲來，來勢洶洶迎面壓下，「嘩」地一聲，他們猝不及防都被淋得半濕，畫舫被擊得在水面不住晃蕩，而那條大魚早已借機掙脫，不見影蹤了。趙構與柔福相顧對方窘狀，均忍不住哈哈大笑，然後柔福問船夫：「可有漁網麼？」也不等他回答便提著裙子跑進艙中左顧右盼地尋找。

「你要漁網幹什麼？」趙構問。

柔福道：「網魚呀！一大片網撒下去，再大的魚也休想跑掉，還可以同時捕到好多，豈不省時省力？」

「不要。」趙構搖頭笑道：「以網捕魚雖然快捷，但較爲粗魯，比起垂釣便少了許多雅趣。垂釣最練人耐心毅力和決斷力，其中之妙，難以言傳。」

「怪不得雅士高人皆愛垂釣，如今聽官人此言我才明白。」柔福微笑著又跑出來：「那你一會兒要教我。」

趙構應承，復又揮竿投餌，不多時便順利釣上一條大魚。

船夫見他們興致頗高，便把船泊到一個島邊淺水多魚處，道：「這裡魚多，兩位慢慢釣。我家就在島上，現在我上岸去收拾一下，一會兒公子和姑娘不妨去我家小坐，若釣得了魚便讓我老婆做了晚上下酒。」兩人點頭同意，船夫便告辭而去。

柔福待趙構又釣了好幾條魚後就搶過魚竿自己釣，隨意把釣鉤一拋，便坐著握竿靜止地等，但終究缺乏耐心，時不時地提起來查魚是否上鉤，看得趙構頻頻搖頭，笑道：「你這樣釣下去釣到明年也不見得會有魚上鉤。」

柔福便蹙眉問他原因，他含笑解釋說：「首先，下鉤時要注意四字：輕，準，動，避。輕，即不要弄出太大聲響，否則不但會驚跑魚群，也容易使餌脫鉤。準，即要把釣鉤拋在準確的下釣窩點上，不宜偏離。動，即須不時輕輕抖動釣線，讓魚發現誘餌。避，即要避開小魚，獨釣大魚。然後看鉤，待浮子下沉後及時提竿。提竿時，手腕須上翹，同時肘部往下壓，力度要合適。並順著魚浮拖的方向提或斜向提，不可向後提。」說到這裡看著柔福笑意加深：「對你來說應特別注意一個問題：提竿時不能用力過猛，不能死拉硬曳，否則，很易斷線、斷鉤令魚逃走，或者把魚嘴拉裂，只能鉤個魚唇上來。」

柔福噗哧一笑，輕捶他幾下，然後笑道：「好，我記住了，一定會釣到條大魚。」

趙構點頭，伸右手握住她的手，說：「來，這一次我把著手教你。」

此言一出才覺似有不妥。他們並排坐在船舷上，柔福坐於右側，趙構伸手握柔福的右手，便如把她擁在懷中一般，覺察到這個動作的曖昧，趙構頗不自然地直了直身，握住柔福柔荑的手也變得僵硬。

卻聽柔福輕笑道：「好啊！」然後抬頭看看他，奇道：「怎麼？有問題麼？」

「哦，沒什麼。」趙構調整自己的動作，作不經意狀：「剛才的釣鉤拋得似乎遠了些。」

「呵呵，那我們就收近一些。」柔福把釣竿略略往後一引，身體也似無意地與趙構靠得更近。她便這樣依於他懷中，雲髻霧鬢輕觸他脖頸間的肌膚，和著身體散發的淡淡幽香，及那隻被他握著的柔若無骨的小手，構成了他難以摒棄的誘惑。

他有些恍惚。其間她似乎又問了他幾個問題，他全然沒聽見。她額上薄薄的瀏海後有一道細白的髮線，那裡的皮膚有透明的質感，他覺得可愛。

最後她笑著宣佈：「手都酸了，不釣了。」縮回手，把釣竿擱下。他的手也隨之縮回，卻依然留在她的手上。

她還是靜靜地接受他的擁抱，也沉默，但唇邊始終縈有明媚的笑意。

他低首，唇輕輕觸了觸她的耳垂。她沒有因這個舉動受驚，於是他又吻了吻她的額，仍然沒有得到她任何不悅的暗示。他繼續吻下去，一點一點地吻著，非常輕柔，隨時可能停下來地猶豫著。

他的唇印到了她的腮上，細滑溫暖的觸覺。他停下來，給她足夠的時間來表示拒絕。然而她沒有，反而微微地笑著閉上了眼睛。

終於，他吻上了她的粉紅櫻唇。久違的感覺，幾年光陰流過的痕跡像是瞬間消失，他還是意氣風發的康王，她還是艮嶽落櫻下的少女。他略感酸楚，剎那間摟緊她，像摟緊他已然遺失的所有。

八　漁歌（中）

一層微雨隨風飄落，他渾然未覺，直到感覺到她在他懷中微微一顫，他才放鬆擁她的手。潮濕的空氣與清涼的水霧撲面而來，他驚覺後審視柔福，發現她的髮髻已縈著許多細細的水珠，裙幅上也有大片逐漸變深的水痕。

「冷麼？」趙構關切地問柔福，抬首望著千山微雨半湖輕煙，道：「下雨了。」

她微笑：「你的衣袖為我擋了好些雨，倒是你，半個人都被淋濕了。」她伸手在他右頰輕輕撫過，再展開給他看，紅紅白白的手心上全是透明的雨水：「我倒不冷，只是見雨都往你身上落，有意提醒，可你像是全不在意，我也不好多說話的，最後見你被淋濕太多才忍不住動了動，讓你看看是不是應想個法子避避雨。」

趙構略有些羞慚。懊惱自己剛才的過於投入，又隱隱對她滿不在乎的態度頗感失望。能在此時拋開倫理道德的桎梏來吻她，於他來說是多麼艱難而危險的舉措，隨之而生的負罪感並不比由此得來的愉悅爲輕。其間他設想過她過後的反應，是霞飛雙頤嬌羞滿面地依偎在他懷中，還是意識到他們的身分後忽地推開他快步跑開，又或是憂心忡忡愁眉不展地爲他們的將來擔憂……卻沒想到她可以在回吻他的同時依然睜大雙眼看雨、看他、看雨如何淋濕他臉頰衣衫，在他正爲他們的愛情生長在親緣之上而感到痛苦的時候，她卻只關心現在是否應該避雨的問題。

「啊！剛才我進去找漁網時看見船艙裡有斗笠和蓑衣！」柔福輕叫道，然後起身歡快地跑進艙房找那些東西。那身影姿態輕盈一如當年在他目送下跑回龍德宮的瑗瑗。

她對他們之間的親吻不似他那般投入，但似乎也不厭惡。她難道沒有意識到他們的兄妹關係攪亂了他們的感情麼？居然還能像一個孩子那樣，摒棄其中的陰影和顧慮，只單純地享受他給予她的曖昧的親情和壓抑的愛情。

可是，惟其如此，他才愛她。這樣的柔福才是他愛的繽紛落英下的瑗瑗。輕靈嬌俏，出現在他面前，像一簇跳躍的光影，令他捕捉不定，卻愈加目眩神迷。

她重又轉來時一手拿著斗笠，一手拖著蓑衣，邊走邊朝趙構笑道：「來，穿上就不怕雨了。」然後親手為他披衣戴帽，神情認真，動作細緻，趙構心底一暖，漫想此情此景倒如普通漁家夫妻常見的一般，若自己不是皇帝，她亦不是與己同父的妹妹，便攜了她在此打漁為生，再不用理那些惱人的戰事政務，終日這般逍遙快意，卻也足慰平生。

柔福為他穿戴整齊後扶他坐下繼續釣魚，然後退回艙房拉開門簾道：「我就坐在這裡看你。」

趙構點頭，微笑著重新引竿拋鉤。柔福坐在紗幕後的柳花氈上看了一會兒，忽然曼聲唱道：「西塞山前白鷺飛，桃花流水鱖魚肥。青箬笠，綠蓑衣，斜風細雨不須歸。」

她唱的是唐人張志和的一首〈漁父詞〉，其詞意境瀟灑清逸，景象如生，彷若一卷淡彩山水畫，此時唱來也與當前情景相符，趙構一時興起，隨即也自填一首，應聲唱道：「一湖春水夜來生，幾疊春山遠更橫。煙艇小，釣絲輕，贏得閒中萬古名。」

「好詞好詞！」柔福聞後拍手贊道：「此詞信手拈來，無堆砌雕琢之意，雅致天然，很有張志和漁歌的味道。以前只聽說九哥書法出眾，卻少有詩詞流傳出來，宮人猜測說是康王文采不及父皇與楷哥哥，所以不輕易作詩填詞，如今看來全不是這樣，九哥大概只是不願隨便賣弄罷了。」

得她讚揚，趙構自是十分愉快，淡淡一笑，道：「哪裡。當年宮中流行婉約柔媚的詞風，父皇與三哥是此中高手，我自知風格不符，難與他們大作相較，故此索性不填，以免被人恥笑。今日聽你唱漁歌，有了些興致，才胡亂唱了一首。」

「滿含胭脂香粉味的詞我也不愛看。」柔福道：「九哥這詞閒適清雅，我甚是喜歡。張志和填有十五首〈漁父詞〉，你何不也一一依韻填上十五首？」

「瑗瑗這是考我？」趙構微笑道：「這倒也不難，不過我不太擅長填詞，你要給我些時間。」

「好，一天時間夠不夠？明天你填好了再唱給我聽。」柔福問。

趙構頷首，凝視水面，一邊垂釣一邊沉思。

陸續又釣上來好幾尾大魚，雨也漸漸住了，而暮色漸露，天上片片雲朵倒映在水中悠然飄遊尚未隱去，今晚的明月已自天邊淺淺浮出。趙構把最後一尾魚自釣鉤上取下，投入身側的桶中，然後放下釣竿，望著水下雲影清聲唱道：「薄晚煙林澹翠微，江邊秋月已明暉。縱遠柂，適天機，水底閒雲片段飛。」

這回卻未聽見柔福開口作評，趙構便啓步進艙去看她，但見她斜斜地坐在地上的柳花氈上，一手擱在琴箏下的低案上，俯首靠著，雙睫低垂，早已睡著。

即便在睡夢中，她的美麗也未曾遜色。暫時合上的明眸強調了她柔嫩如花瓣的面頰和弧度美好的雙唇，它們都有鮮活可愛的色澤，使人要壓抑住去觸摸親吻的欲望變得尤其艱難。

趙構俯身在她唇上吻了一吻，又以手撫了撫她的臉，動作很輕柔，但還是驚醒了她。

她舒開睡得惺忪的柳眼，見是趙構也不驚訝，依舊靠在案邊，揉揉壓紅了的梅腮，神色慵慵地問：「剛才我在夢中似聽見有人唱歌，可是你麼？」

趙構點頭道：「我剛才是又唱了首漁歌。」

「那你再唱給我聽。」柔福坐起說。

「呵呵，不行。」趙構道：「誰讓你睡著的？現在我沒心情唱了。」

柔福拉著他手懇求，他只是不允，最後才道：「那你現在也作一首，要是作得好我便再唱給你聽。」柔福想了想，答應下來，略一思索後擊節唱道：「青草開時已過船，錦鱗躍處浪痕圓。竹葉酒，柳花氈……」

唱道「柳花氈」時卻躊躇了，擊節的手也停下來，想是還在斟酌最後一句的用詞。趙構當即笑著爲她補上：「竹葉酒，柳花氈，有意沙鷗伴我眠！」

「呸！」柔福瞪他一眼，嗔道：「你笑我！」

「非也非也，」趙構笑道：「瑗瑗不覺得這最後一句接得絲絲入扣、天衣無縫麼？何況又很寫實，簡直是點睛之句。」

「哎，有這麼不謙虛的麼？居然說自己接的句是點睛之句……」

「嗯，這樣說是不對，我只是依實情寫來，應該說是瑗瑗這一眠是點睛之眠。」

兩人還在談笑間，先前離開的船夫已回來，請他們上岸去他家小酌進餐。趙構便讓船夫提了適才釣得的魚，再與柔福一同前去。席間品著竹葉酒，吃著自己釣的魚，更覺甘美非常。此時四周青山隱於暮靄之中，趙構倚著院內一棵孤松而坐，借一旁的細細篝火不時凝視對面的柔福，而她一直巧笑嫣然，那簇火光落在她眸中，令他想起及笄那日柔福看他的眼神。

飯後回到畫舫中，趙構欲讓船夫划船送他們回去，卻被柔福止住，對他道：「我們很快就要回越州了，想來像今日這樣悠閒的日子也不會多，爲何要匆匆趕回驛館呢？不如我們就留在畫舫裡，聽風賞月地過這一晚再回去罷。」

那船夫也道：「姑娘這主意不錯。現在天氣炎熱，夜間宿於水上最易入眠。我可爲你們準備被褥，畫舫艙房的門窗皆可以鎖，這附近也相當太平，不必擔心安全問題。」

若是相伴在側的換了他人，趙構必不會答應在無護衛隨行的情況下外宿，但此時是與柔福同行，他本就覺得與她私下相處的每一刻都彌足珍貴，何況是在淡化了他們彼此身分的情況下，他眷戀如此的時光，又禁不住她反覆勸說，最後終於頷首答應。

九　漁歌（下）

星河璀璨，月色很好。柔福倚在艙中窗際仰望星空，對身旁的趙構說：「小時候我曾鬧著要人爲我把月亮摘下來，結果楷哥哥命人以金甌盛水，讓月映入水中再給我看，我便眞覺得他把月亮摘下來了。」

趙構含笑道：「只要你喜歡，豈止是月亮，我可把整條銀河都給你。」

柔福問：「也盛入金甌中給我？」

趙構擺擺首：「不必。現今大宋江山都是我的，你所見的山是我的，水是我的，映入鏡湖的銀河自然也是我的。就算把容納了日月星河的整個鏡湖都賜給你又有何妨！」

「謝謝九哥賞賜。」柔福笑笑：「可是我只想要汴京鳳池的月亮。」

趙構的笑容隱去，淡然道：「日月都是惟一的，鏡湖的月亮與鳳池的月亮並無不同。」

「同樣的事物出現在不同的地方就不會一樣。」柔福拈起案上果盤中的一枚金橘蜜餞似漫不經心地看了看：「江南之橘長在江北就長成了枳，投於鏡湖的月亮在我看來總不如鳳池中的來得明亮，如果我說我想要鳳池的月亮，九哥可會、可能一般答應賜給我？」

趙構漠然轉頭視水中月影久久不答。柔福輕歎一聲，將手中金橘朝外擲出，墜入湖面，那一瞬，月影破碎四散。「我倦了，九哥也早些安歇罷。」她鋪好被褥，自己先躺下閉目而眠。

趙構合上窗，亦和衣在她身邊躺下。艙內面積狹小，船夫帶來的被褥也只一套，雖微覺尷尬，他也只得與她並肩而眠。

那一床薄被被柔福覆在身上，趙構沒有動，自己躺在褥子的邊緣，儘量離她遠些。不覺得冷，儘管湖面溫度總是要比陸地上低許多，相反地，他隱隱感到皮膚漸有灼熱之感。他在想是否應略微撐開小窗，引入幾縷清涼的江風。

忽然，她的手撫落在他臉上，開始以手指緩緩觸摸他的額頭、眼睛、鼻子、耳朵和嘴唇。她的指尖有清涼的溫度，卻迫出了他額上薄薄一層汗珠。

「你在幹什麼？」他的聲音兀自鎮定如常。

她輕笑：「噓……不要動……這眼睛口鼻確實是艮嶽櫻花樹下的九大王的……」

他不解她此舉何意，便保持沉默，任她繼續在黑暗中撫摸自己的五官。

最後，她的手指停留在了他的雙唇上，久久地反覆來回輕觸。「你曾說，有一天，我在艮嶽櫻花花雨之中盪秋千，」她說：「可是，後來發生了什麼，你卻不肯告訴我。」

「你明知故問。」趙構閉目輕輕銜住了她的手指。

她又笑了：「我就是要你親自告訴我。」

「好，我告訴你。」他俯身過去再次吻住了她。她徐徐回應，一點一點，就如初吻時那樣。

良久，他終於放開她，她瀲灩的眼波在夜色裡流轉：「然後呢？」

然後？她險些讓他在不知情的情況下犯下何等嚴重的錯誤。

這讓趙構忽然重又意識到他們現在行爲是多麼地不適當，立即向側邊靠了靠，與她隔開些許距離：「沒有然後。那天，最後並未發生什麼。」

「那麼，」柔福依過來，抬首直視他雙眸：「若那日之事可以重來，你會不會同樣選擇放棄？」

暗夜削不去她不加掩飾的鋒芒，她的問題仍與她的眸光一樣犀利。趙構一怔，說：「這是有悖倫常的。」

她微笑：「那又如何？」

間接的鼓勵，甚至有引誘的意味，她此語之大膽令趙構很是驚異。默坐半晌後，他伸手撫過她的臉，在她細長溫暖的脖頸間流連許久，然後自頸後滑入她的後背。此間肌膚細膩無匹，有溫柔的觸感。

柔福順勢依偎入他懷中，悄然解開了他腰間的衣帶。

覺察到衣襟的鬆散，趙構猛然驚覺，忽地推開柔福。

她直身而坐，側頭笑問：「怎麼了？」

他轉首不看她，說：「不可如此。」

她亦不多問，乖覺地點點頭，說：「嗯，那我們就睡罷。」言罷躺下，閉上眼睛，再不說話。

一直以來，與她的溫存是種禁忌，就連偶爾在心底設想也會覺得是不可原諒的罪過。今日的相處是意外的機會，她引著他刻意忘記兄妹的身分，與她扮演了一天類似夫妻的角色。她甚至給他更進一步的暗示，而他畢竟還是推開了她。這其實是一個恐懼之下作出的決定，對亂倫罪名的恐懼，以及對她發現自己無能的身體狀況的恐懼。他悲哀地合上雙目，無法確定這兩種恐懼哪種更令他害怕，更促使了他斷然推開那個多年來一直無法遏止地渴望擁她入懷的女子。

他木然躺著，在失眠的時間內柔福剛才的問題反覆浮上心來：「若那日之事可以重來，你會不會同樣選擇放棄？」

很晚才迷糊睡去，待醒來時天色早已大亮。睜開眼，便看見柔福已梳洗完畢靜靜坐在他身邊，見他醒來，展顏笑道：「我給你準備好了盥洗用的淨水，你先洗洗，一會兒我給你梳頭。」

很好的感覺，他愛極了這樣的情景，不禁想起昨日欲拋開凡塵俗世，攜了她在湖中打漁逍遙度日的念頭。在她為他梳髮的時候，他又吟出一首〈漁父詞〉：「誰云漁父是愚公，一葉浮家萬慮空。輕破浪，細迎風，睡起篷窗日正中。」

柔福聽後，一邊為他束好髻上的髮帶一邊淡淡道：「好個一葉為家萬慮空，不過九哥的漁父生涯要結束了，一干人早就眼巴巴地候在外面等著接你回去繼續做皇帝呢。」

趙構聞言立即推窗一看，發現畫舫周圍密密地圍滿了官船，船上及岸上站著許多會稽縣兵卒及禁中衛士，為首的是會稽縣令姚熙亮和統領禁中衛士近身護衛他的御前中軍統制辛永宗。

趙構略一苦笑：「他們終究還是追來了。」然後起身出艙，柔福亦隨之而出。

辛永宗與姚熙亮立即率眾兵卒衛士跪下山呼萬歲請安。趙構注意到辛永宗身旁的兩名衛士押跪著兩個人，卻是昨日接待他們的船夫夫婦，想是辛永宗擔心船夫帶自己單獨出行會有何閃失，所以把他們夫婦拘捕起來了。此刻兩人早被嚇得魂飛魄散，跪在地上不住磕頭，連連稱不知是御駕親臨，多有怠慢，請官家恕罪。

趙構遂對辛永宗道：「他們並非歹人，昨日待朕甚是熱情周到，速速放了他們。」

「並賜錢五十緡。」柔福在他身後含笑補充說。

趙構頷首：「准。」

船夫夫婦大喜過望，再三跪拜謝恩。趙構說了聲「免禮」便帶著柔福轉身上姚熙亮備好的官船。不想船夫忽然大起膽子追過來幾步道：「官家與這位娘子光臨草民小舟及寒舍，實乃草民幾輩子修來的福分，草民榮幸之極，回家必爲官家及娘子日日祈福上香，恭祝官家及娘子福壽無疆。只是不知這位娘子封號爲何，萬望官家告之。」

趙構頓時一愣，暫時無言以答。昨日他與柔福的種種親密之態這船夫大半看在眼裡，何況他問柔福他們關係時柔福又承認說他們是夫妻，這時怎能告訴他柔福不是妃嬪而是長公主，他的妹妹？他已與柔福在畫舫中同宿一夜，若此事傳入民間如何是好？

正在遲疑之時但見辛永宗走過來，對船夫說：「這位娘子是吳才人。」

辛永宗護衛皇室已久，對所有宮眷都很熟悉，自然不會認錯人，趙構明白他這是爲他掩飾，再一觀周圍禁中衛士，才發現他今日所帶均是甚少接觸宮眷的新人，而且也不多，其餘大半人都是姚熙亮帶來的，而他們自然並不認識柔福與吳才人。

趙構暗歎辛永宗心細，讚許地深看他一眼，再上船進艙。留下那船夫夫婦繼續磕頭，一迭聲地高呼祝福官家及「吳才人」的吉祥話。

回到驛館後，姚熙亮立即送上昨日談及的黃庭堅墨寶，趙構展開一看立時大感驚奇：其上所書的竟是張志和的十五首〈漁父詞〉！

回想昨日遊玩之事及與柔福唱的漁歌，不免心有淡淡喜悅，當即命人筆墨伺候，提筆寫下了自己的十五首〈漁父詞〉：

其一

一湖春水夜來生。幾疊春山遠更橫。煙艇小，釣絲輕。贏得閒中萬古名。

其二

薄晚煙林澹翠微。江邊秋月已明暉。縱遠柂，適天機。水底閒雲片段飛。

其三

雲灑清江江上船。一錢何得買江天。催短棹，去長川。魚蟹來傾酒舍煙。

其四

青草開時已過船。錦鱗躍處浪痕圓。竹葉酒，柳花氈。有意沙鷗伴我眠。

其五

扁舟小纜荻花風。四合青山暮靄中。明細火，倚孤松。但願尊中酒不空。

其六

儂家活計豈能明。萬頃波心月影清。傾綠酒，糝藜羹。保任衣中一物靈。

其七

駭浪吞舟脫巨鱗。結繩爲網也難任。綸乍放，餌初沈。淺釣纖鱗味更深。

其八

魚信還催花信開。花風得得爲誰來。舒柳眼，落梅腮。浪暖桃花夜轉雷。

其九

暮暮朝朝冬復春。高車駟馬趁朝身。金拄屋，粟盈囷。那知江漢獨醒人。

其十

遠水無涯山有鄰。相看歲晚更情親。笛裡月，酒中身。舉頭無我一般人。

其十一

誰云漁父是愚公。一葉浮家萬慮空。輕破浪，細迎風。睡起篷窗日正中。

其十二

水涵微雨湛虛明。小笠輕蓑未要晴。明鑒裡，縠紋生。白鷺飛來空外聲。

其十三

無數菰蒲間藕花。棹歌輕舉酌流霞。隨家好，轉山斜。也有孤村三兩家。

其十四

春入渭陽花氣多。春歸時節自清和。沖曉霧，弄滄波。載與俱歸又若何。

其十五

清灣幽島任盤紆。一舸橫斜得自如。惟有此，更無居。從教紅袖泣前魚。

寫完周圍眾人均紛紛讚道：「官家字好詞佳，這幅字實是當今少見的佳作，而詞雅致至此，必能流芳千古。」

趙構微微一笑，看看一向寡言少語，此刻默默靜立在一旁的辛永宗，又在詞上寫下幾句序：「紹興元年七月十日，余至會稽，因覽黃庭堅所書張志和漁父詞十五首，戲同其韻，賜辛永宗。」

十　笙琶

午後趙構去柔福房中看她，進到廳中不見人，問廳中侍女，侍女答說長主在內室，趙構見內室門並未閉上，便逕直走進去，卻見柔福和衣懶懶地半躺在床上小寐。

經鏡湖一游，趙構已覺兩人親密許多，於是走去拉她起來，笑說：「怎麼還睡？」

柔福迷濛地看他一眼，又閉目仍舊想躺回去，道：「昨日陪你遊了整整一天，晚上又沒睡好，現在自然渴睡。」

聽她提起昨日之事，趙構目光立即變得柔和，溫言道：「我已寫好了你要的十五首〈漁父詞〉，讓人唱給你聽好不好？」

柔福一聽亦來了興致，坐起睜目道：「好。」

趙構便召來數名樂伎，命他們在廳內將自己的詞逐一唱出。有弦管笙琶伴奏，樂伎也唱得清越悅耳。唱罷趙構問柔福可還滿意，柔福微微笑笑，道：「不錯。但現下情景，卻讓我想起另一闋詞來。」隨即命樂伎道：「奏〈眼兒媚〉。」

樂伎應聲撥弦吹笙奏起了〈眼兒媚〉一曲，柔福和著樂聲啓唇唱道：「玉京曾憶昔繁華。萬里帝王家。瓊林玉殿，朝喧弦管，暮列笙琶。花城人去今蕭索，春夢繞胡沙。家山何處，忍聽羌笛，吹徹梅花。」

趙構聽後笑容斂去：「怎的想起了這詞？」

柔福道：「九哥應該聽說過，這詞是父皇北上途中某夜聽見金人吹羌笛，心有所感而作的。」

趙構頷首道：「是早就聽說過。我必會設法儘快迎父皇南歸。現在妹妹已經回到我身邊，我會保護你，還你平安無憂的生活，以往的事無非是場噩夢，這樣憂傷哀絕的詞你以後不必多想，徒增傷感。」

「九哥準備用什麼方法迎回父皇呢？」柔福唇角一挑：「議和麼？」

趙構側首不悅：「女兒家，何必如此關心這些事！」

柔福擺手命樂伎與侍女退去，再道：「現在大宋形勢漸好。聽說岳飛與張俊合兵征討國內群盜，大敗賊首李成於樓子莊，收復了筠、江二州，其餘群盜皆聞風而逃。楚州也被劉光世收復，內亂可說已基本平復。而張浚鎮守關陝，用吳玠、吳璘及劉子羽等將在和尚原等地與金人交鋒，不斷有捷報傳來，收復了不少失地，金人一時亦不敢再南侵。可見九哥用人得當，大有中興之主魄力，若堅持下去，實乃大宋之福。」

當前形勢的確如柔福所說的一樣，紹興元年以來，趙構重用張浚、岳飛、韓世忠等人，內擊盜寇外抗金人，逐漸收復了許多失地，南宋國內局面開始變得安定，在對金戰爭中亦開始取得一定優勢，改變了以前完全被動挨打的狀況。因此趙構最近心情漸佳，此刻聽柔福誇讚，心下愉快，便淺淺一笑。

柔福續道：「我還聽說九哥準備回越州後罷去范宗尹尚書右僕射、同中書門下平章事兼知樞密院事之職。」

趙構詫異道：「你怎知道？」

柔福一笑，不答，只靠近他，拉著他袖子搖搖，表情如一個好奇的孩子：「是不是眞的？」

趙構未直接回答，但在她期盼的注視下還是吐出一句：「范宗尹任相以來碌碌無爲，且多誤政事。」

「那麼，接任宰相之位的是秦檜罷？」柔福道：「據說他明裡私下表示過數次，說他有二策，可以聳動天下，使國家安如磐石，但必須身居相位才可道出。這是明擺著向九哥討官了。」

「你聽說的東西還不少。」趙構淡淡道：「好了，我們不必再談這些事。我有些累了，你彈箏給我聽聽好不好？」

柔福嘟嘴道：「不好。若你累了那我也累，不如繼續睡去。」言罷走回床邊依然躺下，並引袖覆住了臉賭氣不理趙構。

趙構雖是不快，但見她這般撒嬌，神態如此嬌俏可愛，卻絕難舍她離去，跟過去欲拉開她衣袖，她又死死扯住不放鬆。趙構無奈，走到房中圓桌邊坐下，點頭說：「好吧，我聽你說完。」

柔福才重又坐起來說：「范宗尹對秦檜有舉薦之恩，而今秦檜毫不顧及而向你討相位，是忘恩負義的小人行徑。不過范宗尹確實不配爲相，這點我們暫不說他。但說到他那所謂的良策，從他一貫論調就可得知，必是與金人修好議和，互不侵犯，大宋偏安一隅，在半壁江山上休養生息之類的了。他南歸之初，拼命向你哭訴父皇慘狀就是想引你主動向金人求和，若做了宰相，必將拿此當基本國策積極施行，可想而知，以後就算大宋打了勝仗，也不得不放棄收回失地的機會以求與金國達成和議。」

「和議未必是壞事。」趙構道：「連年征戰，國內早已滿目創痍，現在的大宋確實需要休養生息。若執著於收復失地的速度，不顧百姓安居樂業的需要繼續大規模地徵兵打仗，於國於民都沒有益處。何況現在我軍雖逐漸擺脫了頹勢，但要完全收復北方失地仍無把握，也不是一朝一夕能完成的事，與金人就此無休止耗下去，成了經年不息的拉鋸戰，徒損國力而已。再說父皇、大哥、母后及數千宗室宮眷均困於金國，若我一味猛攻，恐金人會傷及他們性命。不如暫且伺機與他們言和，一面給國中休養生息的機會，一面迎回父皇大哥等親眷，待國家足夠強盛了，再論收復失地揮師滅金之事。」

「哦，我明白了，眞正想議和的是九哥，秦檜是揣摩聖意有道才獲重用。而你興兵抗金的目的也不是收復失地，而是只求取得一些與金人議和的資本。」柔福咬咬唇，笑得幽涼：「想當年出使金營、任大元帥時的九哥何等壯志凌雲，怎麼一當了皇帝就患得患失起來？你是眞想爲國民求得國中休養生息的機會，並迎回父皇大哥，還是爲自己求得安寧生活的保證？」

趙構的怒火終於被她此言點燃，他本坐在桌旁，此刻以臂一拂，桌上杯盞悉數落地轟然粉碎。門外侍女聞聲趕來欲收拾碎片，他卻對她們怒目而視：「滾！」於是侍女立即飛快逃散。

柔福卻毫不害怕，不緊不慢地從容說下去：「父皇在被俘之初就曾讓人轉告過九哥，要九哥不必太在意他們的安全，只管全力與金人對抗。你攻勢越猛，金人倒越不敢把父皇怎麼樣呢。何況就算父皇眞因此殉國，也算死得其所，遠比現下這樣忍辱偷生的好。」

「住嘴！」趙構怒道：「你身爲父皇之女，怎可說出如此大逆不道的不孝之話？」

柔福冷笑道：「我說的不過是實話罷了。一人之生死與半壁江山相比孰重孰輕？借狹隘的孝義之名丟失祖宗傳下的江山社稷才是眞正的不孝。以前我曾勸九哥早日接父皇大哥他們回來，但若須以割地求和爲代價，倒不如放棄。國與國之間相爭相鬥的，除了國土、財富，還有更重要的東西。你爲寥寥幾人的生命就讓出國土，卑躬屈膝地求和，無異於將大宋一國的尊嚴盡數鋪在金人足下讓他們踐踏。」頓了頓，深看一眼趙構，又說：「再說，九哥是眞想迎回父皇大哥，還是僅僅把他們當成你求和態度的藉口？」

趙構不再出言斥她，只決然走來，「啪」地一聲，給了她一個乾淨俐落的耳光。

柔福陡然受了這一記掌摑，倒不哭不鬧，愣愣地撫面倒倚在床頭沉默半晌，居然冶豔地笑了。

「官人是生奴家的氣麼？」她微笑著拉趙構在床沿坐下，然後雙手攀上他的脖子摟住他：「是奴家話說重了，官人不要計較好不好？」

乍聽她重以「官人」稱呼自己，趙構一時感慨而無言，凝視著她，不知眼前的如花嬌顏與剛才的刺耳直言哪個更爲眞實。

還在怔忡間，唇上一暖，是柔福仰首主動吻他。她靈巧地用丁香小舌撬開他緊閉的牙關，在他口中探點糾纏，間或縮回，輾轉輕吮他的下唇。星眸輕合，有時微睜，煙視間含有分明的挑逗意味。

他卻瞬間清醒：原來她這兩日主動投懷，就是爲了達到「進諫」的目的。

猛地推開她站起來，三分震怒七分悲涼地看她：「瑗瑗，你要釣的大魚是你九哥罷？」

也不待她回答便一拂廣袖疾步離去。

十一　夜宴

趙構回越州後果然罷去了范宗尹尚書右僕射、同中書門下平章事兼知樞密院事之職，命其充觀文殿學士、提舉臨安府沿霄宮。范宗尹身居相位時，內無強國富民之策，外無抵禦外侮之術，而且行事猶豫不決，效率低下，耽誤了不少政事。另外他還與兩名重要武官辛道宗、辛永宗兄弟往來甚密，經歷了兩次叛亂之後的趙構對文臣武將的私下往來相當敏感，故而對此十分不快，在秦檜向他討官前他便早有了罷免范宗尹之心。

一月後趙構正式下詔以參知政事秦檜守尚書右僕射、同中書門下平章事兼知樞密院事，不久後又任鎮南軍節度使、開府儀同三司呂頤浩爲少保、尚書左僕射、同中書門下平章事兼知樞密院事，讓兩人一起執政。

趙構不忘秦檜此前提起的安國二策，便召秦檜入宮以問。秦檜先說了一通固守江南發展農業與經濟以富國的道理與措施，再躬身奏說：「陛下要想安邦定國，必要先讓百姓無顛沛流離之苦。此事做起來倒也不難，只須南人歸南，北人歸北，將河北人還給金國，中原人暫且讓與劉豫管，便可息烽煙、保太平，再談休養生息以富國就容易了。」

建炎四年，金人在大名府封宋朝降官劉豫做大齊皇帝，此後劉豫多次協助金人攻打宋軍，成爲宋軍北伐的最大障礙，亦是趙構一大心病。趙構原本對秦檜宣稱的「安國二策」抱有極大希望，他所說的發展農業經濟之策也暗合自己心意，不料最後卻聽他說出這般無理的兩句話來，當下便有些惱怒，但臉上仍是淡淡的，不著半點痕跡，略一笑，輕撫著御案上的玉璽，目光散漫地拂到秦檜身上：「卿言南人歸南，北人歸北，那依此說來，卿是南人，當歸劉豫，無奈朕是北人，卻又當歸何處呢？」

秦檜頓時語塞無法回答，只得尷尬地說：「周宣王內修外攘，所以得以中興國家。而今陛下有志圖強，又仁孝有加，日夜思量迎二聖歸國，故此臣認爲當務之急是求和平以富國，並迎回二聖。」

趙構點點頭道：「卿的意思朕明白。卿先回去罷。」

秦檜再拜退下。趙構望著他的身影，忽然想起柔福此前說的話，看如今情形，竟是被她猜中了。自己雖亦有意與金人議和，但秦檜的所謂良策委實喪權辱國得過分。一聲歎息之下不禁又是一陣失望。

隨後趙構命秦檜居於朝中主理內政，而讓呂頤浩至鎮江開府，都督江、淮、荊、浙諸軍事，並與岳飛等將商議會剿關寇、廣寇之策，以主要兵力先平內寇，然後再禦外侮。

這期間趙構一直沒再與柔福說話，亦不再親自去看她，柔福前來向他請安他也只微微頷首，然後揮手命她退去，神色始終很冷淡，柔福便也著惱不再來，他也不管不理，就像只當是沒了這個人。

到了九月潘賢妃生日這天傍晚，趙構設宴於行宮中爲她慶賀，開宴之前，張婕妤忽然提醒道：「福國長公主尚未入席。」

潘賢妃冷道：「好些日子不見她了，也不知道整天躲在房中做什麼。」若是以前，她雖不喜歡柔福，但在趙構面前也斷不敢以如此不客氣的語氣提到柔福，如今見趙構許久不理這妹妹，心下自是大快，想到什麼便開口直說。

趙構默然不語。嬰茀低首抬目微微看他一眼，輕聲說：「長主病了好幾天了，一直臥床靜養。想是實在無力起身，所以今日不能來爲潘姐姐賀壽了。」

趙構聞言一怔，下意識地問：「她病了？」

嬰茀應道：「是。不知爲何，自會稽歸來後長主心情不好，寢食無味，最近這兩日竟吃不下飯菜了，一點點粥也難以嚥下，終日懨懨地躺在床上，消瘦了許多。御醫看後開了藥，但長主也喝不下……官家要去看看麼？」

趙構垂目，語氣淡漠：「不必。」

一時眾人忽然就都沉默了。幸而張婕妤很快將話題引回到潘賢妃身上，笑語連連，誇她妝容美麗，祝她芳華永葆，嬰茀忙也接口誇讚祝福，潘賢妃漸露喜色，於是席間氣氛才活躍起來，這場生日宴才伴著喜樂觥籌交錯地進行下去。

酒過三巡後趙構稱尙有要務須處理，先起身離去。潘賢妃待他走遠後，對張婕妤與嬰茀道：「她哪裡是有什麼病，分明是見官家不理她了，才故意不吃飯裝病來祈求官家垂憐。不過她這點小伎倆騙得了誰，縱然費這半天勁，官家也不會多看她一眼的。」

張婕妤笑笑，提壺親自爲潘賢妃斟了杯酒：「官家一向待長主很好，就算長主偶出不敬之言也並不怪罪，此次當眞十分奇怪，不知長主做什麼了讓他這般動怒……」忽又像是突然想起什麼似的，轉首對嬰茀說：「吳妹妹，最近我有個親戚從會稽來，說如今會稽滿城人都在誇你呢。」

嬰茀不解，睜目道：「誇我？」

張婕妤微笑：「是呀。在會稽時有一晚官家外宿未歸，是帶你一同去的罷？據說你們留宿於一艘畫舫之中，第二天那船家得知你們身分，驚喜不已，逢人便說官家如何風雅和善，吳妹妹你如何美麗絕倫，還慷慨大方，請官家賜了他五十緡錢。現在那船家都不再用畫舫接遊人游湖了，以黃綢細細裝飾了畫舫，泊在湖邊，只讓人遠看……聽說還給官家和你立了長生牌位，日夜香火供奉呢。」

潘賢妃奇道：「有這事？那日吳妹妹也隨官家出去了麼？我怎記得那日晚上我們還在一塊兒說話呢？」

嬰茀也有一愣：「我沒有……」

張婕妤又是一笑：「吳妹妹沒去，那陪官家遊玩外宿的是誰？……哦，我倒記得那日似乎一直未見長主，難不成……」

似被此話刺了一下，嬰茀立時隱約明白了一些事，抬頭一看潘賢妃，見她目中疑惑之意越來越深，便立即微笑道：「我想起來了。那日官家外出遊湖，到了晚上還未歸來。我從潘姐姐房中出來後正好聽見辛統制在外間吩咐調禁軍去尋官家之事，我當時也很擔心官家，左思右想總是放心不下，便請辛統制帶我一起去尋他。半夜時終於尋到了那艘畫舫，但官家已經在內安歇了。我們未便進去打擾，便一直在外等待，直到次日官家起身……我只是去接官家，被那船家看見，後來想必是以訛傳訛的，就傳成我與官家同遊同宿。」看看張婕妤，又說：「至於長主，那天她不太舒服，一早就閉門歇息了，所以未曾露面。」

「是麼？呵呵，原來是這樣。」張婕妤道：「還是吳妹妹有心，時刻掛念著官家，我們怎麼就想不到隨辛統制去尋他呢？怪不得官家特別寵愛你，確實是有道理的。」

「不錯。」潘賢妃接道：「吳妹妹年輕貌美，又能說會道，每一句話都能直說到官家心坎裡去，如果我是官家，我也會專寵你。吳妹妹爲了貼身服侍官家，不辭辛勞，又是學騎射又是習翰墨的，更令我等年長體弱又愚笨之人望塵莫及。這些年你陪官家四處奔走，山裡海上都雙宿雙飛，如今不過是又一起在湖上宿了一夜罷了，有什麼不好意思承認的呢？」

她話中酸意清晰可感，嬰茀連忙解釋：「姐姐切勿如此說，嬰茀惶恐。嬰茀長得粗陋，比不得二位姐姐的柔美矜貴，學習騎射不過是爲強身健體罷了，練字只是閒時消磨時間做的事，寫得又難看，哪能稱作習翰墨！官家出行時帶上我不過是爲身邊有個可以端茶送水的人，封我爲才人也只是略表體恤，更不可稱是專寵。那晚我們尋到官家時他已閉門安歇，我自然不敢吵醒他，確實是等到他次日醒來後才進去服侍他梳洗的。」

張婕妤見她極力辯解，似頗有些著急，便笑著拉她的手說：「好了好了，不必多說，我們都明白。

大家都是官家的娘子，誰服侍官家還不都是一樣？這些年我與潘姐姐偷了些懶，辛苦了妹妹，倒是我們頗過意不去呢。是不是，潘姐姐？」

潘賢妃挑唇笑笑：「張妹妹說的對，我正是這樣想的。」

嬰茀知趙構對自己較爲親近，她們自不免暗暗吃味，現在再說什麼終是徒勞，便只好岔開話題，與她們閒聊了一些不相干的事，好不容易捱到宴罷才告辭離開。

回去之前想起了柔福，便決定先去探望她，不想剛走到她寢殿前便看見趙構的貼身內侍守在門外，嬰茀問他：「官家在裡面？」內侍稱是。嬰茀就有些猶豫，不知是否還要進去，想了想，最後還是啓步進去。

走至柔福臥室門邊時，趙構正坐在柔福床沿輕聲跟她說著什麼，而柔福只著一身白羅單衣，擁被倚著床頭坐著，側身向內只是不理他。趙構目中滿是掩飾不住的愛憐之意，神色如此專注，竟絲毫未察覺到嬰茀的出現。他此刻又急於要柔福聽自己的話，便情不自禁地伸出兩手扶她雙肩，硬拉她轉身面對自己，仍不停地說著，嬰茀聽不大清楚，但想來他說的應該是一些解釋安慰或勸解柔福的話。

柔福仍咬唇低頭不聽，他便彎身低首搜尋她的雙眸，又殷殷地說了些話，終於柔福雙睫一垂，兩滴淚珠奪眶而出，一臉委屈地啜泣起來。趙構歎了歎氣，擁她入懷，一手輕拍她背溫言安慰，一手慢慢伸至她鬢邊將她一縷散髮掠到她耳後，並很自然地順手輕輕觸了觸她的耳垂和耳墜上的珠飾。

消瘦憔悴，但始終驕傲的柔福，和冷戰後終於向她妥協的趙構。空氣中氾濫著他們的親密，嬰茀的雙目忽然蒙上一層霧氣。

她止住了要爲她通報的侍女，悄然離去。一步步地從容走著，表情淡定，雙目一瞬不眨地直視前方，任夜風吹去其中薄薄的潮濕。

十二　文姜

兩日後的傍晚，趙構在書房內看書，嬰茀相伴在側，往香爐中添入一小塊香片，用小火隔砂加熱，以使室中不見煙。那清香輕緩地逸出，有植物雨露的味道，若幽綠的翠竹葉脈散發的芬芳，或甘露滋潤著的薔薇最初的那一抹香。

這特殊的香味引趙構暫離了書本，掩卷問嬰茀：「今日焚的是什麼香？」

嬰茀低首答說：「是蓬萊香。」

蓬萊香是未結成的沉水香，多成片狀，有些看上去像小斗笠或大朵的芝菌，是上佳的香料。這種香趙構並非未聞過，可以前均不曾留意，而今聞見卻倍感熟悉而親切，彷如心間有四月和風輕輕拂過，微微一顫後綻出一片明淨的愉悅。

那日在柔福的臥室內，他聞到了相同的清香。

她的衾枕似乎都用蓬萊香薰過，她身上亦染上了如此的味道，與她天然的體香相融，使他霎時意識到原來香味也會有美酒所起的作用。

目光重落在書卷上，看見的卻彷彿是她散髮垂肩輕顰含嗔的模樣，不禁微微一笑，嬰茀在一旁看見，便問他：「官家看到什麼有趣的內容了？」

「哦，沒什麼。」趙構道：「只是尋常的句子，但此刻細品，才覺出其中悅心之處。」

嬛茀亦淡然笑笑，不再說話。趙構這才收斂了心神，準備繼續細閱手中書卷。

忽有一陣清悠婉轉的歌聲自遠處傳來，唱的不是坊間流行的各類詞牌曲調，歌詞亦不是尋常詩詞，四字一句，頗有古風。

趙構微有些詫異，便抬首朝外凝神細聽。唱歌的女子一曲歌罷，略停了停又重新唱過，這次聲音比上次清晰，似是走近了些。

趙構聽出她唱的是《詩經‧國風‧鄭風》中的〈有女同車〉：「有女同車，顏如舜華。將翱將翔，佩玉瓊琚。彼美孟姜，洵美且都。有女同行，顏如舜英。將翱將翔，佩玉將將。彼美孟姜，德音不忘。」

「這歌詞很特別，其間說的似乎是一位美女罷？」嬛茀聞後輕聲問。

趙構頷首：「歌中的女子，是齊僖公的女兒文姜……」

此詩形容的女子，是春秋時齊僖公的次女文姜。文姜姿容絕代，豔冠天下，而當時齊僖公主政下的齊國國力強盛，因此文姜便成了各國君侯、世子戀慕追求的對象。在眾多求婚者中，文姜只中意鄭國世子姬忽，於是齊、鄭兩國遂締結了文姜與姬忽的婚約。鄭國子民亦早聞文姜美名，得知世子中選，將攜美人歸後十分欣喜，便作了〈有女同車〉一詩，想像文姜出嫁之日世子以車載她歸國的情景，並盛讚她的美貌與美德。

「齊僖公的女兒，那就是齊國的公主了。」嬛茀微笑道：「想必這位公主像福國長公主那般美麗。」

趙構無語。一位美如木槿花的少女，步履輕捷似翱翔地翩然走來，身上的玉佩珠玉於她行動間叮噹作響，她的面容嬌美，神態安嫺且優雅……這不是及笄那日的柔福麼？

須臾，又聽歌聲再起，這次唱的是一首《齊風》中的詩〈載驅〉：「載驅薄薄，簟茀朱鞹。魯道有蕩，齊子發夕。四驪濟濟，垂轡濔濔。魯道有蕩，齊子豈弟。汶水湯湯，行人彭彭。魯道有蕩，齊子翱翔。汶水滔滔，行人儦儦，魯道有蕩，齊子遊敖。」

趙構聽著，臉色漸變，到最後終於按捺不住，將書重重一拋，怒問：「是何人在唱歌？」

原來此詩內容意在諷刺文姜與同父異母的哥哥公子諸兒，即後來的齊襄公的私情。

鄭國世子姬忽與文姜訂婚後不久便以「齊大非偶」爲由，稱自己勢位卑微，不敢高攀大國公主，態度堅決地退了婚。文姜被姬忽拒婚後大受打擊，精神恍惚，終日半坐半眠於宮中，寢食俱廢。她的異母哥哥諸兒時常入閨中探病，每每坐於她床頭，借探查病況之名滿懷愛憐地對妹妹遍體撫摩，與其耳鬢廝磨，只是未曾及亂。他們青梅竹馬地長大，彼此皆暗生情愫，感情一直很曖昧，姬忽拒婚或許就與此有關。

後來齊僖公將文姜許給魯桓公，諸兒聞訊，傷心之下終於不再掩飾對妹妹的感情，遣宮人送給妹妹一枝桃花，並附詩一首，惋惜自己未能與妹妹結緣，只得眼睜睜地看著妹妹花落魯地：桃有華，燦燦其霞。當户不折，飄而爲苴。籲嗟兮復籲嗟！

而文姜得詩後亦領其意，解其情，以詩作答：桃有英，燁燁其靈。今茲不折，櫝無來春？叮嚀兮復叮嚀！

這是暗示哥哥要把握眼前時機。兩人遂不管不顧地在文姜出嫁前，彼此遠離前夕將深藏已久的愛情燃燒在桃花影裡，做下了亂倫之事。十八年後文姜借於歸之機又入宮與諸兒纏綿三晝夜，她的丈夫魯桓公得知後怒打文姜，結果被更爲憤怒的諸兒設計殺死。

魯桓公死後文姜再無顧忌，留在齊國公然與諸兒出雙入對，〈載驅〉這首詩便是描寫文姜回齊，並與諸兒駕著馬車招搖過市的情景。馬車以紅革竹席爲篷，車外綴滿飾物，車內鋪著軟席獸皮，由四匹駿馬拉著疾馳而過。文姜與其兄同乘一車，一路公然調笑，令路人爲之側目。

那歌者先唱〈有女同車〉，再唱〈載驅〉，分明意指文姜諸兒亂倫之事，正觸中趙構心病，故而他當即便怒不可遏。

嬛苐聽了他的問話，探首朝歌聲傳來的方向看看後說：「似乎是從張姐姐院內傳出的。」

「去，把唱歌的人拘來杖責八十！」趙構朝門邊侍候的內侍命令道。內侍答應，正要趕去，卻被嬛苐叫住：「且慢！」然後她睜大雙目吃驚地問趙構：「怎麼了？她唱得不好麼，還是打擾了官家讀書？官家將以何罪名治她的罪？」

經她一問，趙構沉默下來。杖責八十是很嚴重的刑罰，若要以此處治宮人確實需要一個可以公開宣佈的理由。屆時該如何解釋？唱得不好不是理由，打擾讀書罪不至此，更不可讓人知道他是爲了她唱的內容而處罰她，否則反倒會引原本不知道此事的人去研究歌中深意。

何況，若非心虛，斷不會如此動怒。所有人大概都會這麼想。

於是只得放棄適才的念頭，命那兩名內侍回來。

嬛苐小心翼翼地觀察他，良久，才輕聲問：「官家，那歌詞說的是什麼意思？」

趙構不答，片刻後問她：「嬛苐，朕是不是對長主太好了？」

「官家對長主確實很好，」嬰茀應道：「無微不至，關愛有加。有官家這樣的好哥哥，亦是長主之福。」

趙構略有些遲疑地再問：「那宮中之人……對此是不是有什麼怨言……你可曾聽見她們說什麼閒話？」

嬰茀說：「長主是官家身邊惟一的妹妹，官家自然會特別優待她，這是很正常的事。宮中女子多了，免不了有幾個心眼小的，見官家經常賞賜長主財物，一時眼紅嫉妒也是有的，或許偶爾會就此抱怨幾句罷，也算不得什麼大事，官家不必在意。」

趙構又一陣沉默，最後還是問了出來：「她們可曾抱怨過……說朕與長主太過親近？」

嬰茀一聽便淺淺笑了：「兄長與妹妹親近些她們也抱怨？這臣妾可沒聽過。如果有，那她們也太過無聊。官家是憐惜長主以往受過許多苦，所以如今經常去看望照顧她，這有什麼好疑神疑鬼的，難不成是怕官家把長主留在身邊一輩子？長主將滿二十了，官家必會爲她尋一位如意駙馬，她出嫁那天一定也會美如舜華，說不定也會有文人爲她寫下歌謠，留給後人詠唱呢。」

她的話讓趙構暗自一驚。他與柔福分離數年，好不容易得以重聚，這一年多以來他早已習慣有她在身邊的生活，卻沒想到她漸漸增長的年齡必將領她歸於與另一個男人的婚姻，而自己，毫無留住她的任何理由。

有女同車，有女同車，誰將有此幸運，與她同車，載之以歸？

不覺輕歎出聲，目光越窗落在庭院內的木槿上，止不住地悵然。

（待續，請繼續閱讀《柔福帝姬（中）蓮葭蒼蒼》）

國家圖書館出版品預行編目資料

柔福帝姬（上）棠棣之華／米蘭 Lady 著；——初版．
——臺中市：好讀，2012.09

面：　公分，——（眞小說；17）

ISBN 978-986-178-249-2（平裝）

857.7　　　　101014284

好讀出版

真小說 17

柔福帝姬（上）棠棣之華

作　　者／米蘭 Lady
總 編 輯／鄧茵茵
文字編輯／莊銘桓
美術編輯／鄭年亨
行銷企畫／陳昶文　陳盈瑜
發 行 所／好讀出版有限公司
台中市 407 西屯區何厝里 19 鄰大有街 13 號
TEL:04-23157795　FAX:04-23144188
http://howdo.morningstar.com.tw
（如對本書編輯或內容有意見，請來電或上網告訴我們）
法律顧問／甘龍強律師
承製／知己圖書股份有限公司　TEL:04-23581803

總經銷／知己圖書股份有限公司
http://www.morningstar.com.tw
e-mail:service@morningstar.com.tw
郵政劃撥：15060393 知己圖書股份有限公司
台北公司：台北市 106 羅斯福路二段 95 號 4 樓之 3
TEL:02-23672044　FAX:02-23635741
台中公司：台中市 407 工業區 30 路 1 號
TEL:04-23595820　FAX:04-23597123

初版／西元 2012 年 9 月 1 日
定價／250 元
如有破損或裝訂錯誤，請寄回知己圖書台中公司更換

Published by How-Do Publishing Co., Ltd.
2012 Printed in Taiwan

ISBN 978-986-178-249-2

讀者回函

只要寄回本回函，就能不定時收到晨星出版集團最新電子報及相關優惠活動訊息，並有機會參加抽獎，獲得贈書。因此有電子信箱的讀者，千萬別吝於寫上你的信箱地址

書名：柔福帝姬（上）棠棣之華

姓名：____________ 性別：□男□女　生日：____年____月____日

教育程度：____________________

職業：□學生 □教師 □一般職員 □企業主管

□家庭主婦 □自由業 □醫護 □軍警 □其他__________________

電子郵件信箱（e-mail）：____________________ 電話：______________

聯絡地址：□□□______________________________________

你怎麼發現這本書的？

□書店 □網路書店（哪一個？）________________ □朋友推薦 □學校選書

□報章雜誌報導 □其他______________________________________

買這本書的原因是：______________________________________

□內容題材深得我心 □價格便宜 □封面與內頁設計很優 □其他___________

你對這本書還有其他意見麼？請通通告訴我們：

____

你買過幾本好讀的書？（不包括現在這一本）

□沒買過 □ 1 ～ 5 本 □ 6 ～ 10 本 □ 11 ～ 20 本 □太多了

你希望能如何得到更多好讀的出版訊息？

□常寄電子報 □網站常常更新 □常在報章雜誌上看到好讀新書消息

□我有更棒的想法______________________________________

最後請推薦五個閱讀同好的姓名與 E-mail，讓他們也能收到好讀的近期書訊：

1.____

2.____

3.____

4.____

5.____

我們確實接收到你對好讀的心意了，再次感謝你抽空填寫這份回函

請有空時上網或來信與我們交換意見，好讀出版有限公司編輯部同仁感謝你！

好讀的部落格：http://howdo.morningstar.com.tw/

請填妥後對折黏貼，直接投郵即可，無須貼郵票。

廣告回函
台灣中區郵政管理局
登記證第 3877 號
免貼郵票

好讀出版有限公司　編輯部收

407 台中市西屯區何厝里大有街 13 號

電話：04-23157795-6　傳真：04-23144188

沿虛線對折

購買好讀出版書籍的方法：

一、先請你上晨星網路書店 http://www.morningstar.com.tw 檢索書目或直接在網上購買

二、以郵政劃撥購書：帳號 15060393 戶名：知己圖書股份有限公司並在通信欄中註明你想買的書名與數量

三、大量訂購者可直接以客服專線洽詢，有專人爲您服務：客服專線：04-23595819 轉 230 傳眞：04-23597123

四、客服信箱：service@morningstar.com.tw